LA NUIT DE L'ÉGORGEUR

Dépôt légal :
1er trimestre 1984

ISBN 2-89111-176-1

William P. McGivern

LA NUIT DE L'ÉGORGEUR

Collection PANIQUES

LIBRE EXPRESSION

I

Il s'appelait Gus. Il avait un autre nom, bien sûr, un nom de famille, mais il lui arrivait de l'oublier. Il était alors saisi d'un terrible sentiment de perte d'identité, qui le rendait aussi tendu qu'un animal menacé et allumait en lui une espèce de rougeur qui le faisait trembler de fureur.

Quand on le raillait à ce sujet, dans le magasin de fruits et légumes où il était homme à tout faire, quand les commis portoricains se moquaient de lui en lui lançant : « Hé, Gus ! Gus comment ? Comment tu t'appelles ? », il détournait les yeux et s'efforçait de se maîtriser, en cherchant à comprendre, dans le vague de ses pensées, la raison d'une telle cruauté.

Dans ces moments-là, lorsque les commis insolents, aux yeux de velours et aux cheveux luisants, riaient et le taquinaient dans leur mauvais anglais chantant, le señor Perez, le propriétaire de cette petite boutique minable du Bronx, fronçait les sourcils et secouait la tête d'un air réprobateur. Alors ils cessaient de sourire et certains prenaient même un air contrit en se remettant au travail, pour arracher les feuilles extérieures jaunies des salades, arroser un peu les piles d'oignons de printemps ou de choux verts, servir les Portoricains et les quelques Noirs de New York qui se fournissaient dans cette zone de décrépitude.

Quand cela arrivait, Gus se réfugiait dans l'arrière-boutique et, si personne ne le voyait, s'esquivait dans la ruelle qui traversait ce quartier près de la 135ᵉ Rue et de St.Ann Avenue. Il se trouvait plus à l'aise dans les ruelles et dans l'obscurité que dans la boutique ou au grand jour sur les trottoirs encombrés. Grand et costaud, Gus parcourait la ruelle à longues enjambées comme un animal en quête de sa proie. La puanteur des ordures, le grouillement des rats et les groupes menaçants de Portoricains en blouson de cuir au coin des rues ne l'inquiétaient pas. Il était chez lui ; rien ne le gênait dans cette ambiance fétide et dangereuse, non par confiance dans ce qui l'entourait mais simplement parce qu'il n'en avait pas conscience.

Dans l'entrée de l'immeuble misérable où il occupait une petite chambre meublée chez Mrs. Schultz, Gus regardait avec soulagement les étiquettes sales au bas des boîtes aux lettres. Quand il trouvait le nom de Mrs. Schultz, il baissait les yeux d'un centimètre et là il y avait son propre nom écrit au crayon : Gus Soltik. Il ne recevait jamais aucun courrier, il n'y avait personne pour lui écrire, mais il éprouvait une sensation de sécurité en sachant que son nom était écrit là sous la boîte aux lettres. Il ne savait pas lire mais il avait appris par cœur la forme de ces lettres et savait que ces petites marques de crayon voulaient dire Gus Soltik.

Il était incapable de rendre de la monnaie et n'avait qu'une très vague notion de la valeur de l'argent mais il s'était familiarisé avec le concept des nombres et trouvait facilement son chemin par les rues numérotées des divers quartiers de New York.

Pour parler aussi simplement que possible, le « processus de pensée » de Gus Soltik était singulier. Il ne « pensait » pas de manière suivie ; il lui était aussi difficile d'enchaîner des idées qu'à n'importe qui de « normal » d'énumérer et de définir sans recourir aux mots les divers objets qui l'entouraient. Pour « comprendre » les concepts, les émotions, les choses, Gus avait besoin d'un mot précis, qui lui apparaissait aussi clairement que s'il était écrit à la craie sur une ardoise. Ainsi, le mot « cage » représentait pour lui tous les animaux. Il n'avait pas de mot, cependant, pour ses besoins physiques. Il n'avait aucun moyen de rentrer en lui-même ; il était conscient de son existence en tant qu'objet mais il ne pouvait évaluer ni concevoir Gus Soltik d'une manière subjective.

Il ne savait pas qu'il sentait mauvais. Il ne s'apercevait pas que dans la rue, les gens se retournaient souvent sur lui. Il ne comprenait pas pourquoi il était si désolé et désespéré quand il oubliait son nom. C'était ce qui l'inquiétait le plus. Il ne savait pas que sa force physique était égale à celle de plusieurs hommes réunis. Il ne savait pas non plus que la petite casquette de cuir jaune qu'il portait au-dessus de son front proéminent le rendait ridicule, comme s'il était un enfant mongolien habillé par une personne à l'humour noir.

Mais Gus Soltik savait certaines choses avec l'instinct d'un animal. Il avait une vue perçante, une ouïe exceptionnelle ; il était toujours le premier à entendre approcher une rame de métro, par exemple, et dans son vieil immeuble, il pouvait suivre Mrs. Schultz dans tout l'appartement à son pas, même si elle était chaussée de pantoufles à semelles de feutre. Il possédait un sens de l'orientation remarquable ; il pouvait vagabonder dans tous les faubourgs de New York, de jour ou de nuit, mais quand il voulait rentrer « à la maison », un indicateur mental lui indiquait le plus court chemin vers le pont de Triboro dans le bas du Bronx. Il pouvait marcher pendant des heures, couvrir des kilomètres, parfois au pas de course, lourdement, sans jamais se fatiguer, sans jamais s'essouffler.

Et Gus Soltik savait encore autre chose. Il savait qu'il avait trente ans. Sa mère était morte quand il en avait vingt-cinq et, depuis sa mort, il faisait quelque chose tous les ans, qu'il avait maintenant fait quatre fois. Et il recommencerait dans les prochaines vingt-quatre heures, ce qui ferait cinq fois en tout. Il avait donc trente ans.

Il devinait vaguement qu'il était déloyal à sa mère en oubliant son nom. Tout ce qui lui restait d'elle, c'était une de ses robes, noire et informe mais avec un joli col brodé de petites perles. Elle était accrochée dans la petite chambre sur cour qu'il louait à Mrs. Schultz, et, avec la robe, il y avait des fleurs séchées et une carte.

C'était tout ce qui restait de sa mère.

Mais Gus Soltik, avec l'instinct d'une créature sauvage, sentait toujours approcher l'anniversaire de sa mort. C'était l'époque de l'année où les jours étaient plus courts et plus sombres, où le vent froid devenait plus agressif jusqu'à ce que la neige tombe et que les caniveaux deviennent bruyants en charriant la gadoue et l'eau sale. Et quand il commençait à faire froid, il écoutait et observait Mrs. Schultz, avec la patience d'un animal, parce que la vieille femme faisait quelque chose, tous les ans, qui révélait à Gus le jour exact où sa mère avait été tuée.

A chaque anniversaire, Mrs. Schultz faisait célébrer une grand-messe de requiem à la vieille église Saint-Stanislas, pour délivrer l'âme de la mère de Gus de tous les maux et tourments de l'enfer. Elle avait essayé d'expliquer tout cela à Gus mais il ne comprenait rien, à part l'horreur de sa mère hurlant dans un endroit dévoré par le feu.

Mrs. Schultz l'avait emmené à la première messe. Il n'y était jamais retourné ; les trois prêtres en noir à l'autel l'avaient effrayé, la musique tonnante et coléreuse de l'orgue l'avait terrifié au point que son cœur battait furieusement dans sa poitrine comme un animal emprisonné dans sa cage. Alors il n'était plus jamais retourné à la messe. Mais Mrs. Schultz était heureuse et fière d'économiser sou à sou le prix de cette messe des morts pour l'âme de la mère de Gus.

Quand elle lui en parlait, il savait que le moment approchait ;

quand elle partait pour l'église engoncée dans d'épais chandails sous son vieux manteau noir, Gus Soltik savait qu'il était temps pour lui de commémorer la mort de sa mère.

Un après-midi de la mi-octobre, Gus Soltik se tenait assis au soleil de Central Park et regardait les petites filles jouant dans le zoo des enfants, près de l'entrée au coin de la 66° Rue et de la Cinquième Avenue.

Il y avait des Noires, des Portoricaines et des Blanches courant en groupes tout en poussant des cris aigus, d'autres accompagnées de jeunes mères ou de nurses. Le soleil était tiède sur les mains et la figure de Gus et le banc de fer agréablement chaud, excitant même, sous ses lourdes cuisses musclées.

C'était le début de l'après-midi et le soleil de cette belle journée d'automne dorait les cimes jaunies des érables et des ormes, se déversant sur les allées de briques patinées et les pelouses encore vertes comme une averse de petites pièces de bronze. Et le soleil tombait sur les bras nus des petites filles, bruns, blancs ou noirs, les caressait d'un rayonnement irisé qui transformait tout en or.

Gus entendait le grondement des lions dans le grand zoo de la 65° Rue. Il lui disait l'heure. Deux heures et demie. C'était à ce moment qu'on les nourrissait. Les grondements ressemblaient à un tonnerre lointain qui lui rappelait Lanny Gruber. Lanny était son ami. Lanny lui parlait lentement et Gus pouvait bien le comprendre.

Des enfants jouaient au ballon sur la pelouse près de lui et leurs petites voix formaient un contrepoint aigu à la cacophonie gutturale des lions. De vieilles gens étaient assis à côté et lançaient des cacahuètes aux écureuils. Certains contemplaient avec une aigre nostalgie les jeux des enfants.

Des hommes d'affaires bien mis passaient rapidement, en route vers la Cinquième Avenue ou Central Park Ouest. Gus n'en avait pas peur mais, confusément, ils le diminuaient avec l'arrogant balancement de leur serviette de cuir, le fait qu'ils semblaient tout savoir. Lorsque Gus les imaginait assis dans des bureaux, téléphonant d'une ville à l'autre (comme il croyait que c'était possible), il se sentait petit et vulnérable. Malgré tout, ils ne lui faisaient pas peur car il savait qu'ils ne lui feraient pas de mal.

Gus remarqua alors quelque chose qui crispa de crainte tout son grand corps : un agent de police en uniforme l'observait. Les policiers pouvaient vous faire mal, il le savait. Plus que la souffrance elle-même, ne connaître aucun moyen de les en empêcher le terrifiait.

Il se rappelait un des anniversaires de sa mère, un sous-sol avec quelqu'un contre qui sa mère l'avait mis en garde, à qui il donnait une leçon en se sentant fort et excité, et on avait enfoncé la porte, ils avaient fait irruption comme des animaux enragés, un grand avec des cheveux orangés, l'autre brun avec une terrible cicatrice à la joue et Gus avait vu tout cela dans la lumière jaillissant par la porte enfoncée. Ils avaient crié, avec fureur, ils lui avaient tiré dessus avec des pistolets mais la terreur avait décuplé sa force et il les avait renversés, il avait fui ce sous-sol. Oui, ils pouvaient faire du mal et ne jamais s'arrêter, pensait-il en regardant craintivement, du coin de l'œil, le jeune agent en uniforme bleu.

L'agent Max Prima, les pieds bien plantés dans ses grosses chaussures, résuma d'un mot sa première impression de Gus Soltik : un « tordu ».

L'agent Max Prima avait vingt-quatre ans. Il était entré dans la police parce qu'il admirait son oncle Ernesto, qui avait été agent à Manhattan et lui avait farci la tête de tant d'exploits historiques (en majorité bidons, pensa-t-il plus tard) ; mais ces récits contenaient assez de vérité pour qu'il en soit séduit et jamais un instant il n'avait regretté d'avoir pris l'illusion pour la réalité et de s'être engagé dans la police.

D'autres vocables lui venaient à l'idée alors qu'il examinait Gus Soltik. Drogué ? Non, probablement pas. Brute épaisse ? Sans doute. Mais dans l'ensemble, ce n'était que son instinct qui lui disait que cet homme était dangereux. Un anormal. Ça se devinait à sa façon de regarder les petites filles dans le zoo des enfants. Surtout parce que ce grand type costaud avec son chandail marron à col roulé et sa ridicule casquette jaune faisait semblant de ne pas les regarder. C'était cela qui avait éveillé l'intérêt de Max Prima. Il apprenait à se fier à son instinct, comme le lui avait dit l'oncle Ernesto. C'était un détail, un fait minuscule, sur quoi les vieux flics comptaient avec la foi du charbonnier mais que bien peu savaient décrire avec précision. L'oncle Ernesto disait : « Tu vois une femme assise à sa fenêtre toute la semaine. Tout un mois. Un jour, la fenêtre est fermée. Mieux vaut te renseigner... Une famille sans enfants qui achète quatre litres de lait... la baisse du prix du hasch... tu gardes les yeux ouverts, tu vois et tu entends des trucs comme ça, tu vérifies, tu fais un rapport. »

L'agent Prima s'approcha sans se presser du banc où était assis Gus Soltik mais il en était encore à vingt mètres quand le colosse le regarda fixement, se leva et s'éloigna d'un pas lourd le long du sentier sinueux qui l'amènerait à la Cinquième Avenue.

Max Prima s'arrêta. Que pouvait-il faire ? L'arrêter ? Pour quel motif ? Le traîner au 22ᵉ commissariat de la Traverse Trois ? En l'accusant de quoi ? Parce que j'ai comme l'impression qu'il va faire du vilain ? Parce qu'il a l'air d'un malade ? Il entendait d'ici ce que son sergent aurait à dire !

Mais comme Max Prima était un jeune policier excellent et qu'il serait un jour encore meilleur, il tira de sa poche un calepin et un crayon et il écrivit un signalement détaillé de l'homme en chandail marron à col roulé :

« Sujet : race blanche, trente ans env., 1,90 m, 110 kg ou plus, paraît rapide et fort. Epais cheveux blonds, mal coupés dans le cou. Front bas, arrondi, proéminent. Yeux très écartés. Bouche et nez petits, gros menton, cou épais. A 14 h 30 env. le 14 octobre, le sujet portait un chandail marron, un pantalon bleu d'ouvrier et des bottes en caoutchouc à talons. Petite casquette de cuir jaune. Aucune raison d'interpeller le sujet. Mais il regardait les petites filles dans le zoo des enfants d'une manière suspecte et malsaine. Paraissait n'avoir rien à faire mais il est parti quand je me suis approché de lui. »

Max Prima estima que le mieux serait de porter ce rapport à l'unité spéciale du lieutenant Vincent Tonnelli, créée depuis deux mois et installée au 19ᵉ commissariat de la 67ᵉ Rue Est.

Tonnelli saurait qu'en déduire. Si quelqu'un était capable d'empêcher l'égorgeur de réussir son cinquième coup d'affilée, c'était bien ce flic sicilien légendaire, le lieutenant Vincent « Gipsy » Tonnelli.

En revenant vers l'Arsenal et le bâtiment des lions, Gus Soltik n'avait qu'un mot à l'esprit, flamboyant comme un incendie : « murs ». C'était son terme mnémotechnique englobant tous les concepts de peur, d'incertitude et d'injustice. Ça l'avertissait qu'il était menacé ou qu'un piège attendait de se refermer sur lui. Le flic l'effrayait. Mais ce n'était pas juste. Le flic se trompait. Gus n'avait pas l'intention de donner une leçon à une de ces petites filles. Il savait à laquelle il allait donner la leçon. Et c'était trop tôt. Pas avant trois heures. Il songeait à elle suivant deux références distinctes, qui parfois se mélangeaient confusément en une seule unité déconcertante. Les mots qu'elle évoquait dans son esprit étaient tantôt « jupe verte », tantôt « jambes blanches ». Mais quand ils se confondaient, d'une façon mystérieuse, ils devenaient « cordeverte ».

Le carillon de l'horloge Delacorte résonna. Deux heures et demie. On nourrissait les animaux. L'horloge, sur une haute arche au-dessus du péristyle reliant la maison des singes au bâtiment des lions, était entourée d'un cortège humoristique d'animaux sculptés qui, tous, jouaient d'un instrument en accompagnant le carillon.

Comme toujours, Gus Soltik contempla avec fascination et un rien de crainte respectueuse les bêtes souriantes tournant autour de l'horloge en offrant un concert de boîte à musique au public nombreux groupé entre le péristyle et le bassin des phoques. Les animaux de métal gris, figés dans des poses dansantes, emplissaient l'air de leur légère musique innocente et douce.

L'hippopotame jouait du violon, le kangourou de la trompette, l'ours secouait un tambourin tandis que l'éléphant jouait de l'accordéon, que le bouc soufflait dans un pipeau et que le pingouin tapait sur une grosse caisse.

Lanny. C'était là qu'il avait fait sa connaissance. Le jour où il avait apporté à manger. Gus aimait bien être là, avec le nom de « Lanny » qui se formait dans sa tête. Il y avait des grandes personnes aussi, qui regardaient l'horloge animée. Pas seulement des enfants. Alors il avait le droit d'y être. Il aimait bien les animaux dansants et parfois il battait de ses grosses mains pour manifester son approbation, mais la musique le troublait ; elle l'effrayait parce qu'il ne la comprenait pas.

Gus entra dans la ménagerie où Charlie, le tigre, mangeait et où le grand lion Garland arpentait sa cage avec une régularité de métronome, après avoir certainement dévoré ses dix kilos de viande crue, car il avait l'air endormi et du sang sur les moustaches.

Gus se sentait à l'aise parmi les cages. Il aimait l'odeur des animaux, âcre et fétide, qu'il trouvait sauvage et grisante en dépit du relent d'ammoniaque. Il s'attarda en contemplation devant le grand lion, parce qu'il était trop tôt pour « cordeverte ».

Garland avait huit ans ; c'était un mâle africain à crinière noire, un cadeau de Jomo Kenyatta, président du Kenya, à la ville de New York. Il avait été baptisé par les enfants des écoles, dans un concours organisé par le *Daily News*. En réalité, le nom qui avait été le plus cité, de loin, était Bert Lahr, mais on l'avait écarté sous prétexte que les enfants avaient été influencés par le souvenir que gardaient les adultes du grand fantaisiste, dans le rôle du lion peureux du *Magicien d'Oz*. Les organisateurs avaient donc décidé de baptiser le lionceau Judy, pensant que cela satisferait tous les âges, mais il se révéla que le cadeau du président du Kenya était un mâle ; ils avaient donc choisi Garland, nom charmant et épicène, qui n'avait pas obtenu une seule voix dans le concours.

Gus ne savait pas lire l'heure, mais il l'estimait avec assez de précision. Et maintenant il savait qu'il était temps d'aller observer « cordeverte ». Les grondements des lions attendant impatiemment leur repas le lui avaient dit.

Bientôt, très bientôt, pensait-il en se hâtant vers une cachette déjà repérée, un épais fourré juste derrière le mur bordant Central Park le long de la Cinquième Avenue, à hauteur des 66ᵉ et 67ᵉ Rues ; bientôt se disait-il avec une certaine agitation parce qu'il ne devait pas être en retard. Le car s'arrêterait au carrefour, elle descendrait et s'attarderait pour bavarder avec son amie, tandis que le vent ferait voler leur jupe verte autour de leurs jambes blanches ; il était très important qu'il la voie maintenant, parce que demain c'était l'anniversaire de la mort de sa mère.

Peu après trois heures, un car jaune à bande noire, de l'institution de Miss Prewitt, s'arrêta au coin de la Cinquième Avenue. Quand la portière avant s'ouvrit, deux adolescentes sautèrent à terre et restèrent au bord du trottoir en agitant la main vers leurs camarades ; celles-ci leur répondirent à travers les vitres du car qui accélérait déjà vers la limite sud de Central Park.

Elles s'appelaient Kate (Katherine Jackson) Boyd et Tish (Patricia) Tennyson, elles avaient toutes deux onze ans et portaient le même uniforme, un blazer noir élégant, une courte jupe de flanelle verte, un béret vert, des chaussettes blanches et des mocassins noirs. Elles habitaient des immeubles contigus dont les fenêtres des pièces de réception donnaient sur le panorama spectaculaire et verdoyant de Central Park.

Kate Boyd avait des cheveux blonds brillants, portés en queue de cheval retenue par un ruban vert, et un teint pâle sans défauts où ses yeux marron étincelaient avec une intensité presque comique. Il était évident, même à première vue, que l'agressivité et la vivacité de Kate dominaient complètement son amie Tish, qui avait un teint plutôt terne et dont les hanches et le ventre trop ronds provoquaient des faux plis permanents à sa jupe.

Fouettées par le vent d'automne, les deux petites filles serraient contre leur cœur leur cartable en bavardant avec une animation farouche. Leur préoccupation actuelle était passionnée : la mesquinerie, la traîtrise et l'arrogance des garçons.

Kate et Tish avaient marqué un grand coup pour leur classe de cinquième. Elles s'étaient mutuellement donné le courage d'aborder Bob Elliott, qui avait dix-sept ans et qui dirigeait un groupe rock appelé les *Purple Dreams*, pour lui proposer de jouer au thé dansant annuel de l'Institution Prewitt pour jeunes filles. A leur étonnement, et à leurs délices, Bob Elliott avait accepté. Les *Purple Dreams* étaient « cool » et « in » et, par conséquent, une prise de choix pour un thé dansant de cinquième. Malgré le cachet élevé, cent dollars pour trois heures de musique plus quinze pour le transport du matériel électronique, Kate Boyd avait engagé sans réserves les fonds de la classe, sachant que ce serait un triomphe qui valait bien son prix.

Mais ce matin, leur rêve s'était écroulé quand Bob Elliott avait téléphoné pour annuler l'engagement parce que deux des

14

Purple Dreams étaient au lit avec la grippe. C'était une abominable déception, mais on aurait pu s'y faire si, au déjeuner dans une pizzeria près de chez miss Prewitt, Kate n'avait découvert l'amère et inacceptable vérité. Bob Elliott les avait tout simplement laissé tomber pour jouer au dîner dansant plus prestigieux de la classe de seconde de l'école préparatoire Darwin.

Kate Boyd, toujours outrée et scandalisée par la moindre injustice, avait sauté dans un taxi dès qu'elle avait appris cette trahison pour aller dire son fait à Bob Elliott.

— Il m'a tout simplement ri au nez, dit-elle pour la quinzième fois à Tish. Il s'est moqué de moi. Il a dit que nous n'étions que des gosses et que d'abord nous ne comprendrions pas sa musique.

— Et tu le lui as vraiment dit ? demanda Tish d'une voix surexcitée. Ce que tu m'as dit ?

Kate soupira.

— Non, avoua-t-elle.

— Mais tu as dit que tu l'avais dit !

— Eh bien, je le voulais. Je voulais lui dire « J'ai envie de vous flanquer un coup de pied... (Kate baissa théâtralement la voix) en plein dans vos bijoux de famille ! »

— Mais tu ne l'as pas dit.

— Ne sois pas idiote ! Je le voulais, alors c'est pareil.

— Non, ce n'est pas pareil, Kate.

— Tu ne sais même pas ce que ça veut dire !

Tish regarda anxieusement Kate. Elle ne supportait ni l'air supérieur de son amie, ni sa réprobation.

— C'est possible, dit-elle. Où tu as entendu ça ?

— Ils étaient au lit et ils riaient, répondit Kate et puis elle ajouta le prologue logique à sa phrase, comme si cela lui venait après coup : j'ai entendu ma mère le dire à mon père.

— Quand est-ce qu'elle revient, ta mère ?

— Eh bien, nous ne savons pas trop. Elle téléphone tous les jours, bien sûr, mais il faut qu'elle soigne sa tante.

— Qu'est-ce qu'elle a ?

Kate haussa les épaules dans un mouvement qui se voulait indifférent mais des larmes lui piquèrent les yeux et elle se détourna vivement en offrant son visage à la brise fraîche.

— Elle a attrapé une espèce de grippe, du Brésil, de Grèce, ou d'ailleurs.

Encore une fois, Tish éprouva un pincement d'anxiété ; elle n'aurait pas dû parler de la mère de Kate.

— Je peux te rappeler plus tard, dis ? demanda-t-elle en s'efforçant vainement d'être désinvolte. Je veux dire après les devoirs.

— Si tu veux, répondit Kate et elle courut vers son immeuble où Mr. Brennan, le portier en uniforme, l'accueillit par un franc sourire et l'accompagna jusqu'aux ascenseurs.

Ce soir-là vers 6 heures Luther Boyd rentra dans l'appartement de la Cinquième Avenue qu'il avait loué pour trois mois à un producteur de théâtre qui montait une pièce à Londres, une production (avait-il expliqué à Boyd que cela n'intéressait pas du tout) avec Sir Laurence Olivier en Othello albinos entouré d'une distribution entièrement noire, à part Desdémone qui serait jouée par l'actrice Yako Tani dont le rôle, contrairement aux autres, serait composé de récitatifs et d'arias d'opéra.

Les murs du grand appartement étaient couverts de souvenirs théâtraux, d'affiches fanées, de télégrammes de générales, de photos sur papier glacé d'acteurs et d'actrices, portant des dédicaces affectueuses. Rien de tout cela n'intéressait beaucoup Luther Boyd mais il savait que certains de ces visages prestigieux fascinaient Kate.

Luther Boyd trouvait bêtes et puériles les félicitations et les protestations d'amitiés des photos et des télégrammes. Pour lui il y avait quelque chose de mesquin et de pas très fair-play dans les effusions défensives faites manifestement à la suite de fours retentissants. Mais il pouvait vivre avec tout ça. Il n'avait pas loué l'appartement pour son décor mais pour le magnifique panorama qu'il offrait de Central Park, des fenêtres du grand salon et de la bibliothèque tapissée de livres. Les cimes flamboyantes des ormes de Chine et des aulnes qu'il voyait de ce cinquième lui rappelaient d'heureux souvenirs des trois cents hectares de plaine entourant sa ferme laitière du sud de la Pennsylvanie. Et puis il aimait bien se promener dans le parc, le soir, et, comme la flore, la faune et le terrain faisaient autant partie de sa profession que de son plaisir, ses investigations satisfaisaient en lui le soldat comme le naturaliste.

Au cours de ses lentes promenades depuis la pointe sud du Mall (son point de départ habituel) pour aller vers le nord en passant par l'esplanade cruciforme de la conque d'orchestre, le hangar des bateaux et le lac il avait observé des dizaines d'arbres ou de buissons exotiques ou spontanés ; dans ses vagabondages à l'est et à l'ouest de ce parcours nord-sud (on lui avait conseillé d'éviter ce bois enchevêtré appelé le Ramble), il avait découvert un véritable champ d'observation. En l'espace de quelques semaines, il avait vu et examiné, parfois à sa stupéfaction, d'immenses chênes-lièges, des magnolias monumentaux aux feuilles ressemblant à du cuir vert ciré, des aubépines, certaines à feuilles roses, des cyprès, des érables rouges et mouchetés, des chênes de toutes espèces, noirs, anglais, rouges, rouvres.

En arrivant chez lui, Luther Boyd fut accueilli par les débordements affectueux de Harry Lauder, le scottish-terrier de **Kate**, et par une certaine insolence satisfaite de la part de leur bonne, Carrie Snow, une dame noire rebondie, d'âge moyen, qui l'attendait dans le long salon, le chapeau sur la tête et un grand sac en papier dans les bras.

— Faudra que vous fassiez votre vaisselle ce soir, Mr. Boyd, annonça-t-elle avec un sourire qui illumina la grande pièce, seulement éclairée à cette heure par deux lampes. Le dîner est dans le four, les assiettes sont préparées, alors faudra vous servir aussi.

— Très bien, Carrie, dit Luther Boyd. Et Kate ?

— Elle est dans la baignoire, mais d'abord elle a fait ses devoirs avant de finir tout ce qui restait de ce faisan dans un sandwich.

— Nous en avons encore une dizaine dans le congélateur, Carrie.

— Je sais, mais c'est plutôt bizarre.

Quelle que soit l'idée de Carrie, pensa Boyd avec une certaine ironie, elle était bien décidée à l'exprimer.

— Qu'est-ce qu'il y a de bizarre ? demanda-t-il, pris au piège, obligé par leurs rapports — un mélange de quoi ? de sympathie, de courtoisie, de remords ? — à poser une question dont il se moquait éperdument de la réponse.

Barbara n'avait jamais compris ni aimé le besoin fréquent qu'il avait de retrouver des casernes et des camps d'entraînement. Dans ces endroits simples, il était facile de trancher le nœud gordien de ces sensibilités subalternes. On disait à un capitaine ce qu'il devait faire et il le faisait. Sinon, il avait intérêt à avoir une sacrée bonne raison pour ne pas le faire. Mais là, Luther Boyd, agréablement fatigué après six heures passées dans son bureau et deux sur un court de squash, affrontait une dame noire aux sentiments blessés et cherchait sans grand intérêt quelle finesse pourrait pousser ce conflit minime mais assommant vers une conclusion raisonnable et, espérait-il, rapide.

— Ce qui est bizarre, Mr. Boyd, c'est qu'une jeune fille, je veux dire une petite fille, un bébé, reste assise là l'après-midi à regarder la télévision en mangeant des sandwiches au faisan.

C'était ça, le reproche. Maintenant, Carrie Snow devait se sentir mieux, ayant dit ce qu'elle avait sur le cœur. Luther Boyd jeta un coup d'œil à sa montre.

— Il faudrait vous dépêcher, Mrs. Snow, si vous voulez avoir votre car.

La tactique était bonne mais Luther Boyd s'en voulut car c'était une rebuffade de sa part, un congé avec tout ce que cela pouvait signifier pour la sensibilité irritable mais foncièrement bonne de Mrs. Snow.

Il n'aimait pas l'insolence, pas parce qu'elle le vexait personnellement mais parce qu'il la considérait à juste titre comme un succédané de la colère, émotion qu'il respectait surtout si elle inspirait une action positive et constructive. Cependant, tout sévère qu'il fût pour son entourage et lui-même, il était assez juste pour comprendre que la colère était un luxe que certains Noirs et autres créatures défavorisées de ce monde ne pouvaient savourer que dans le silence de leur âme.

Mrs. Snow, l'air mal à l'aise, se tourna vers la cuisine.

— Ça n'a pas tant d'importance, je pourrais prendre le car suivant, Mr. Boyd, et tout ranger après le dîner.

Il vit le drapeau blanc de la capitulation dans les yeux inquiets de la bonne. Que pouvait-il faire d'autre que d'accepter son offre de service ? Il la payait bien, Kate, Barbara et lui la traitaient bien, mais s'ils lui déniaient son utilité, à quoi servait tout le reste ?

— C'est très gentil de votre part, Mrs. Snow, dit-il.

Sur ce, son énergie stratégique épuisée en futilités, Luther Boyd se dirigea vers son bureau et Mrs. Snow, sa dignité flottant comme un panache, s'engouffra dans la cuisine d'un air important.

Kate Boyd, qui aimait se croire une observatrice curieuse plutôt qu'une mouche du coche, avait l'habitude de laisser la porte légèrement entrouverte quand elle prenait son bain, pour ne rien manquer de ce qui se passait dans la maison. Quand elle entendit les pas de son père dans le couloir elle cria :

— Papa, c'est toi ?

— Oui, ma chérie. Je te verrai après ton bain.

— Mais j'ai une nouvelle absolument effroyable !

Il poussa la porte et la regarda. L'air était imbibé de vapeur, chaud et parfumé. Kate trempait jusqu'au menton dans de la mousse et de grandes volutes d'épais shampooing crémeux transformaient ses cheveux en une blanche et gigantesque coiffure afro.

— Qu'est-ce qui t'arrive ?

— C'est Bob Elliott.

— Après ton bain, dit-il en souriant et il referma la porte.

Ce soir-là, justement, Luther Boyd aurait préféré que Carrie Snow rentre chez elle à l'heure et que Kate passe la nuit avec Tish ou une autre de ses nouvelles amies. Cela ne le gênait pas du tout de se servir lui-même, bien au contraire. Grand et mince, à quarante-deux ans il jouait encore au squash plusieurs heures par jour, soulevait des poids et s'entraînait régulièrement avec un judoka expert.

Ses vêtements camouflaient sa vigueur corporelle, parce qu'il avait un penchant pour les gabardines et les vêtements amples qui dissimulaient la largeur et la puissance de ses épaules.

En entrant dans la bibliothèque, Luther Boyd fronçait les sourcils et se frottait la mâchoire avec le pouce et l'index de la main gauche, un de ses rares gestes qui révélaient une anxiété cachée. Il aurait préféré être seul ce soir parce qu'il cherchait à résoudre deux problèmes, un simple et l'autre très complexe, et son expression préoccupée le faisait paraître singulièrement jeune et vulnérable. Cette bizarrerie venait de ce que tout, chez Luther Boyd, de ses cheveux noirs coupés court à ses traits aigus et à ses yeux gris acier, suggérait une assurance inébranlable et une telle compétence qu'il était difficile d'imaginer un problème qu'il ne pourrait résoudre en claquant des doigts.

Le premier concernait l'ouvrage en trois volumes, faisant autorité, du général de division Scott Carmichael sur la stratégie et la tactique de ce que ce militaire appelait la « Confrontation de Phoenix », en entendant par là la guérilla.

C'était le problème numéro un. Et c'était pourquoi Luther Boyd se trouvait à New York, dans un appartement loué pour trois mois : corriger les épreuves de l'exégèse du général sur la guérilla, vérifier les faits, les dates, les noms de lieux et, plus exaspérant encore, reformuler diverses conclusions du traité de Carmichael qui lui paraissaient erronées.

C'était le problème simple. Depuis qu'il avait pris sa retraite de l'armée au début des années 70 avec le grade de colonel, Luther Boyd avait augmenté les revenus de divers héritages substantiels en servant de conseiller militaire à des maisons d'édition, des sociétés de production, des gouvernements étrangers et, à plusieurs reprises, à l'armée de terre des Etats-Unis.

La spécialité de Luther Boyd était la guérilla. Il avait fait cinq ans au Viêt-nam chez les Rangers et s'était porté volontaire à la base des Rangers de Fort Benning.

Mais, en ce moment, il ne pouvait se concentrer sur le premier problème à cause du second : sa femme Barbara, qu'il aimait et dont il avait désespérément besoin, l'avait quitté après quatorze ans de mariage. Et il ne voyait aucun moyen de la faire revenir. Il ne savait pas implorer, s'expliquer devant les autres. Le colonel Boyd avait donné des ordres pendant si longtemps qu'il était presque physiquement mal à l'aise dans les rapports exigeant un échange démocratique de points de vue et d'opinions.

En marchant nerveusement de long en large, Luther Boyd contempla la vaste bibliothèque, cherchant un réconfort et des solutions parmi ses affaires personnelles, les gravures de chasse qui lui venaient de son père, les profonds fauteuils en peau d'antilope, les cartes à échelle réduite de champs de bataille qu'il avait connus personnellement et le bureau portable de campagne sur lequel il y avait un plateau avec des bouteilles, des verres et un seau à glace. Et, naturellement, ses livres, ses tableaux et ses cartes.

Luther Boyd avait demandé au producteur, son propriétaire, de dégager toutes les étagères des collections reliées de scénarios et de coupures de presse et maintenant une partie de sa propre bibliothèque avait pris leur place : des histoires militaires, des biographies, les ordres de bataille des affrontements historiques, depuis Hamilcar Barca jusqu'à Grant et Patton.

En frottant toujours sa mâchoire anguleuse d'un geste d'anxiété songeuse, il se planta devant la fenêtre et contempla les piétons et la circulation, dans la Cinquième Avenue et sur le trottoir longeant le parc. Il remarqua alors quelque chose, distraitement, sans s'y intéresser, par simple réflexe professionnel : parmi les piétons suivant comme un flot mouvant la grille du parc, un homme demeurait immobile comme un rocher dans le courant, un homme grand et fort ; les passants le contournaient et il restait debout, la tête coiffée d'une espèce de casquette jaune, renversée en arrière comme s'il regardait fixement les fenêtres de l'appartement.

Les bons soldats, comme les bons flics, se fient à leur instinct. Ils essaient de comprendre un silence anormal sur un champ de bataille ; ils cherchent, et réussissent souvent à déterminer le canon ou le char sous les filets de camouflage et, en combinant l'expérience et les perceptions instinctives, ils sentent les mouvements de troupes, connaissent bien à l'avance les courbes de l'offensive et l'effondrement possible des flancs. Si ces prémonitions martiales sont exactes, les réserves sont engagées à temps et les flancs tiennent comme des murs d'acier.

Puisque Luther Boyd était un tacticien et un stratège militaire expert, il se demandait distraitement mais sans grand intérêt (à dire vrai il oubliait ainsi de penser à Barbara) pourquoi ce grand bonhomme était là immobile à l'heure de pointe, alors que tout le monde courait vers des trains et des bus pour rentrer chez soi.

Kate entra en trombe et Luther Boyd la souleva dans ses bras pour s'asseoir avec elle dans un des profonds fauteuils de daim. Elle avait mis un pantalon écossais et un chandail de cachemire bleu pâle qui flattait ses yeux bleus et ses cheveux blonds. Sortant du bain, elle était aussi parfumée qu'une savonnette.

— Alors, qu'est-ce que c'est que cette histoire de Bob Elliott ? demanda son père après avoir reçu un gros baiser.

Kate lui raconta la trahison avec une indignation farouche et des yeux fulgurants, mais quand elle eut fini son humeur changea, elle soupira et avoua :

— J'ai eu un peu pitié de lui après, parce qu'il savait que je savais qu'il mentait.

— A ta place, je ne perdrais pas mon temps à le plaindre. Il a manqué à sa parole et il t'a menti parce qu'il n'avait pas le courage de te dire la vérité.

Kate regarda son père dans les yeux, puis elle se détourna et traça du bout du doigt un petit cercle autour de la boutonnière de son revers.

— Papa, si Maman n'allait jamais revenir à la maison, est-ce que nous ne devrions pas en parler ?

Il chercha en vain une réponse et le silence devint gênant. A la fin, il dit :

— Très bien. Nous en parlerons.

Ils entendirent alors aboyer Harry Lauder derrière la porte du salon.

— Je ferais mieux d'aller d'abord lui faire faire un tour, dit Kate. Il sait que c'est l'heure.

— C'est ça. Ensuite nous aurons une conversation. Mais n'oublie pas le règlement, Kate. Assure-toi que Mr. Brennan est sur le trottoir et qu'il peut te voir, et ne traverse pas.

Kate se dégagea des bras de son père, sauta de ses genoux et, arrivée à la porte, elle s'arrêta, le dos tourné, ses petites épaules crispées. Elle tourna la tête et il comprit, à la triste maturité de son expression, qu'elle avait deviné la raison de la pénible séparation entre Barbara et lui.

— Est-ce qu'elle t'en veut parce que Buddy a été tué ?

Il n'avait pas non plus de réponse à cette question et, se sentant impuissant, il contempla en silence ses mains grandes et fortes. Puis il regarda de tous côtés comme s'il cherchait à échapper aux yeux troublés de Kate, en remarquant vaguement que la tombée du jour déposait sur le mobilier un léger vernis de reflets roses et citronnés. Enfin Luther Boyd fit ce qu'il redoutait (ce que son père lui avait toujours ordonné de faire sans hésitation), il tourna le dos aux livres familiers et réconfortants de sa bibliothèque militaire et soutint le regard légèrement accusateur de sa petite fille.

— Oui, cela a un rapport avec la mort de Buddy.

— Mais ce n'est pas de ta faute s'il a été tué !

— J'essaierai de t'expliquer, mais je ne sais pas si je pourrai.

— Mais ce n'est pas de ta faute ! répéta-t-elle, obstinée dans sa loyauté. Comment est-ce que ça se pourrait ?

— C'est une des questions auxquelles je ne suis pas sûr de savoir répondre, avoua-t-il avec lassitude.

Une fois Kate partie avec son chien, Luther Boyd se leva et se remit à arpenter la bibliothèque en se frottant la joue. Il essayait de ne pas penser à Barbara. Pour se changer les idées, il songea au général Carmichael, dont les problèmes étaient au moins concrets et raisonnables. Un des plus graves défauts du général venait paradoxalement de son ingéniosité stylistique : c'était, en fait, un excellent auteur, aux dons de persuasion indéniables, mais ce talent était surtout adapté à la rédaction de manuels militaires. La guerre n'était pas un débat, avec des questions à résoudre au moyen d'arguments bien menés. L'objet n'était pas de gagner sur le papier et de perdre au combat, ou d'étudier des cartes et de négliger le champ de bataille. Boyd prit un volume au hasard sur une étagère et le feuilleta jusqu'à ce qu'il tombe sur ce passage : « L'ennemi est durement battu, gravement démoralisé et ses munitions sont épuisées. La route de Vicksburg est ouverte. Tout ce qu'il nous faut maintenant c'est des hommes, des munitions et du pain dur... »

Voilà le genre de style que comprenaient les soldats, clair et sans équivoque, celui du général Grant écrivant à Sherman.

Dans un autre livre, il lut : « Le Rhin est à 212 kilomètres d'ici et si cette armée attaque avec une rage et une énergie désespérées, il est plus que probable que la guerre se terminera avant que nous arrivions au Rhin. Par conséquent, quand nous attaquerons, nous foncerons comme le diable. » Le général Patton à la 95° division, octobre 1944.

Et dans un troisième volume, il trouva les paroles de sagesse d'un homme d'Etat qui n'était pas seulement un militaire mais un stratège politique : « Les problèmes que pose la victoire sont plus agréables que ceux que pose la défaite mais ils ne sont pas moins délicats. » C'était le bulldog anglais au cigare, Sir Winston Churchill.

Mais en replaçant le livre sur l'étagère, Luther Boyd comprit qu'il commettait une erreur qu'il n'aurait permise à aucun officier sous ses ordres : il remettait la décision qu'il avait à prendre sur ce qu'il convenait de dire à sa fille, et c'était d'une lâcheté impardonnable.

John « Buddy » Boyd était le fils que Barbara Boyd avait eu de son premier mari mort dans un accident de voiture sur l'autoroute du New Jersey, quand Buddy (alors Buddy Shaw) avait quatre ans. En épousant Barbara Shaw, Boyd adopta Buddy et lorsque le garçon fut assez grand pour aborder la question, ils convinrent tous deux de faire légalement changer son nom en Boyd.

Luther Boyd avait aimé Buddy comme son propre fils, s'était réjoui de ses triomphes et avait souffert de ses défaites, s'était aussi totalement, sagement et tendrement occupé de lui que de sa fille Kate.

Buddy Boyd s'était engagé dans l'armée quatre ans auparavant, malgré un tympan crevé qui l'exemptait automatiquement du service armé et en dépit d'un numéro de recrutement élevé qui l'excluait mathématiquement de toute conscription.

Buddy Boyd n'avait pas tenu compte des injonctions de sa mère de rester à l'Université et il était mort sans gloire dans une collision entre deux camions, pendant son entraînement à Fort Riley, dans le Kansas. Au début, Barbara s'était montrée solide comme un roc. Elle avait emballé les vêtements et les effets de Buddy, ses appareils photographiques et ses collections de papillons, avait envoyé le tout à des hôpitaux militaires et fait transformer ses deux pièces, situées juste au-dessus de la bibliothèque de Luther Boyd, en studio de danse pour Kate et ses amies, où ne manquaient ni les grandes glaces, ni les barres ni les gravures de Degas. Mais au bout de la première année, quelque chose d'insidieux et de virulent avait sapé sa volonté d'oublier. Elle se mit à remettre en cause la mort de son fils et la vie de son mari. Elle lui reprochait ses décisions, les valeurs, le code de l'honneur qui étaient l'essence même de l'existence de Luther Boyd. Elle en venait à croire que l'intérêt fébrile (comme elle disait) de Boyd pour les armes, la fauconnerie, la chasse, le massacre, avait créé dans leur foyer une atmosphère empestant la mort et que dans cette atmosphère délétère, son fils avait dépéri et trouvé la mort. Comment le fils du colonel Boyd aurait-il pu décider de ne pas aller à la guerre ? En la haïssant, en la méprisant, en abominant les canons et la tuerie, Buddy avait néanmoins engagé sa jeune vie plutôt que de risquer la désapprobation du colonel.

Ce n'était pas vrai, pensait amèrement Boyd. Il était comme il était et il n'y avait aucun moyen de changer cela. Barbara pouvait changer, mais pas lui. Elle pouvait glisser dans l'oubli de la boisson au crépuscule, elle pouvait épancher son chagrin dans des crises nerveuses, mais il n'y avait pas d'antidotes ni d'évasion pour le colonel Luther Boyd. Il avait été élevé pour encaisser, pour serrer les dents sur tout cri de douleur ou de peine, laissant les larmes peut-être apaisantes aux femmes, aux enfants et aux lâches.

La sonnette de la porte se répercuta dans l'appartement silencieux. Luther Boyd traversa le salon et alla ouvrir. Mr. Brennan, le portier galonné, était sur le palier, les portes de l'ascenseur ouvertes derrière lui.

— Cela vient d'arriver par distribution spéciale, Mr. Boyd, dit-il en tendant un petit paquet bien enveloppé, de la taille d'un jeu de cartes.

Boyd le prit mais ne le regarda pas ; ses yeux étaient fixés froidement sur ceux de Mr. Brennan.

— Est-ce que Kate est sortie avec Harry Lauder ?

— Je vous prie de croire que non, Mr. Boyd ! Elle attend dans le hall que je descende la surveiller.

Jeune homme, Mr. Brennan s'était fait un petit nom sur les rings dans la catégorie des poids moyens, sous le pseudonyme de Kid Irish et, à soixante-quatre ans, il était encore en excellente forme physique ; il aurait été ravi de régler son compte à tout individu qui oserait toucher un cheveu de Kate Boyd.

— Bon, très bien, dit Luther Boyd. Et merci.

Il referma la porte et défit le paquet, d'une main mal assurée parce qu'il avait reconnu l'écriture de Barbara. La petite boîte contenait une mince cassette de magnétophone et un mot de sa femme :

Je ne peux jamais rien t'expliquer parce que je sais que tu attends que je finisse pour me démontrer tous mes torts à ta manière logique et précise. Mais tu mérites une explication. Ainsi que la pauvre Kate chérie. J'ai confié certains de mes sentiments à cette cassette. Je ne sais s'ils « expliquent » tout. Mais je te prie de croire que j'ai essayé d'être franche.

Il n'y avait pas de signature. Luther Boyd hésita un moment dans la pénombre du salon, en faisant doucement sauter la cassette dans le creux de sa main. Il prit enfin une décision qui visiblement lui procurait peu de plaisir. Il soupira, retourna dans la bibliothèque où un magnétophone était posé sur son bureau, à côté d'une pile de courrier en attente.

Luther Boyd se servit un scotch-soda léger et tira une pipe de son étui de daim. Puis il installa la cassette, mit en marche le magnétophone et regarda tourner la bobine, avec une expression dure et réfléchie.

II

La police de New York n'ignorait pas l'existence de Gus Soltik, pas plus qu'elle n'ignorait les « leçons » qu'il avait données à quatre adolescentes, pendant quatre années consécutives, au milieu du mois d'octobre.

Quatre à la suite, pensait le lieutenant Vincent « Gipsy » Tonnelli, et l'on était en octobre, le lendemain serait le quinze. Allait-on enfin épingler ce fou, ou est-ce que l'Egorgeur allait réussir son cinquième coup consécutif ?

Les policiers ignorait le nom de Gus Soltik, ils n'avaient de lui qu'un vague signalement mais ils connaissaient très bien certains aspects de son mode d'opération.

L'assassin qui, en quatre ans, avait enlevé, mutilé, violé et égorgé quatre jeunes filles dans le quartier de Manhattan avait été baptisé l'Egorgeur par la police. Son dernier geste, à chaque fois, était de trancher les veines jugulaires.

Le lieutenant Tonnelli songeait à cela alors qu'il suivait le corridor d'un poste de police, dans le haut de Manhattan.

C'était le siège de l'unité spéciale dont il avait été chargé deux mois plus tôt par l'inspecteur-chef adjoint Walter Greene, vétéran grisonnant à la voix éraillée et à la tête en forme de boulet de canon. La seconde unité de Tonnelli était stationnée au 13ᵉ commissariat de l'East Side, sous le commandement du sergent-inspecteur Michael « Rusty » Boyle.

Chacun de ces détachements disposait de deux standardistes et de quatre inspecteurs de deuxième classe. Au siège du 19 commissariat de la 67ᵉ Rue Est, il y avait les inspecteurs Clem Scott, Jim Taylor, August Brohan et Carmine Garbalotto et, au standard, les agents Jules Mackay et August Sokolsky. Deux auxiliaires féminines en uniforme, Doris Polk et Rachel Skinner, étaient chargées de collationner et de classer les rapports.

Rusty Boyle, au 13° commissariat de la 21° Rue Est, avait sous ses ordres les inspecteurs Miles Tebbet, Jason Corbell, Roger Fee et Ray Karp. Le standard était tenu par les agents Joe Knapp et Ed Maurer et le flot de fiches et de rapports était entre les mains compétentes des auxiliaires Alice Halzer et Melissa Foreberg.

Le lieutenant Gipsy Tonnelli était petit et trapu, avec une large poitrine et des bras si épais et musclés qu'il ne pouvait pas s'habiller en prêt-à-porter mais devait faire faire ses costumes sur mesure. Comme il était obligé de dépenser énormément d'argent en vêtements, il avait fini par cultiver une certaine élégance vestimentaire ; en fait, le lieutenant avait l'air d'un agent de change prospère aux goûts discrets mais excellents, plutôt que du flic très dur et presque légendaire à New York.

Célibataire, il vivait dans un modeste logement du côté de la 30° Rue Est et, à part sa prédilection pour les costumes bien coupés, il se permettait très peu de dépenses extravagantes. Ses parents étaient morts et il ne lui restait qu'une sœur, Adela, mariée à un Grec qui vendait des voitures d'occasion à Baltimore. Il savait qu'elle avait des enfants mais ils ne se voyaient plus et n'échangeaient même pas de cartes de vœux à Noël.

Gipsy Tonnelli arborait généralement un aimable sourire trompeur. Il avait des yeux marron foncé, des lèvres rouges et charnues. Une cicatrice allait de sa tempe gauche à la pointe de son menton, souvenir de l'arrestation d'une voiture bourrée de Noirs qui ne se souciaient guère de la loi, au cours d'une des émeutes de la fin des années 1960. Un des hauts faits de sa légende.

Et pourquoi « Gipsy » ? Ce surnom de « gitan » lui avait été attribué alors qu'il était encore sous les drapeaux. D'origine sicilienne, il avait été élevé dans une tradition qui croyait au mauvais œil, que la bonne et la mauvaise chance pouvaient se deviner aux formations de nuages et aux étoiles filantes, que les chiens hurlant dans la nuit prédisaient souvent la mort de leur maître et que les balles de fusil en argent et les guirlandes d'ail étaient des remèdes adéquats contre les vampires et les loups-garous.

En un mot, Gipsy était superstitieux mais il possédait indiscutablement la mystérieuse faculté de prévoir la diversité des crimes perpétrés dans sa ville, qu'il connaissait comme une vieille mère avisée connaît ses enfants. Un curieux sixième sens l'avertissait des semaines à l'avance qu'il pouvait s'attendre à une augmentation des incendies criminels ou à un déclin des assassinats, une baisse des attaques à main armée ou une recrudescence des hold-up de banques.

Au début, ses supérieurs n'avaient pas pris au sérieux ses prédictions mais ils étaient incapables d'expliquer le pourcentage élevé de leur exactitude par la simple chance ou la coïncidence. Le « gitan » avait si souvent raison que, finalement, toute la police en venait à respecter son intuition sicilienne.

Cependant, en dépit de ses bons états de service, Gipsy n'avait pu convaincre ses supérieurs qu'il y avait plus que de la coïncidence dans les meurtres d'Encarna Garcia et de Bonnie Jean Howell. Les corps torturés et violés avaient été découverts à une année d'intervalle, la gorge tranchée, chaque fois sous le signe de la Balance, dans la nuit du 15 octobre.

L'année suivante, toujours le 15, Trixie Atkins était assassinée après avoir subi les mêmes raffinements sadiques infligés à Encarna Garcia et à Bonnie Jean Howell.

Après ces trois crimes, dès le 1er octobre, Gipsy Tonnelli avait patrouillé dans les rues de Manhattan après son service, en espérant que la chance ou la coïncidence lui permettrait de mettre la main sur l'Egorgeur. Il avait demandé à être reçu par l'inspecteur-chef adjoint Walter Greene dans son bureau du 240 Centre Street, ce qui lui avait été accordé à contrecœur.

Ce que voulait Tonnelli, c'était une unité spéciale d'inspecteurs expérimentés, destinée à prévenir le quatrième crime rituel qu'il pressentait.

— Bien sûr, lui avait dit le chef, il y aura un homicide le 15 octobre prochain. Probablement même une demi-douzaine ou plus. Nous en avons eu quarante et un il y a deux ans, pendant la vague de chaleur de juillet et d'août. Il paraît que vous faites des heures supplémentaires pour ça, sans être payé. C'est vrai, Gipsy ?

Tonnelli ne fut pas surpris par cette question ; toute conduite anormale d'un flic (particulièrement du rang de Tonnelli) ne pouvait manquer de venir aux oreilles de tous les échelons de la police.

— Je fais régulièrement mon service, chef, répondit-il sans irritation. Ensuite, je parcours les rues à mes moments perdus. En espérant un coup de chance.

Le chef avait soupiré et contemplé le plafond de son bureau avec un certain agacement.

— Gipsy, je n'aime pas que mes hommes cavalent en dehors du service avec des idées ridicules de héros de bandes dessinées. Vous voulez travailler au noir, très bien. Faites quelque chose d'utile. Conduisez un taxi, engagez-vous comme garde du corps d'un encaisseur de loterie clandestine. Soyez réaliste, Gipsy, les gens qui paient notre salaire, les contribuables, n'aiment pas non plus les flics trop zélés. Ils pensent qu'un flic qui fait des heures supplémentaires ne cherche qu'une occasion de matraquer quelqu'un. Quand mes hommes quittent leur service, je veux les savoir au stade ou sur la plage avec leurs gosses, pour qu'ils reviennent au boulot en se sentant un peu plus humains.

Mais le lieutenant Tonnelli avait obstinément continué de

demander de la main-d'œuvre et des ressources pour empêcher l'Egorgeur de commettre son quatrième crime. Le viol et la mutilation de ces jeunes corps étaient devenus chez lui une obsession.

Une fois, Tonnelli s'était audacieusement rendu à Camden, dans le New Jersey, pour traquer le préfet de police de New York qui était là-bas pour s'adresser à un groupe des principaux représentants de l'ordre du pays. (Le sujet du discours du préfet était un peu tordu et caractéristique de l'homme : il recommandait que les célibataires, n'étant pas chargés de famille, soient recrutés comme officiers de police de réserve certaines heures par mois.)

Tonnelli avait trouvé le préfet dans sa chambre d'hôtel et l'avait supplié de créer une force spéciale pour arrêter l'Egorgeur. Le préfet avait été impressionné par son zèle mais assez exaspéré par l'interruption, car il était en train d'apporter les dernières retouches à son allocution. La « légère exaspération » avait gagné en force et en énervement, en courant le long de la voie hiérarchique et avait fini par frapper Tonnelli avec une violence d'ouragan.

Il n'avait pas été suspendu mais on l'en avait menacé.

Et puis Jenny Goldman avait été assassinée le 15 octobre. Et Tonnelli s'était découvert une alliée assez forte pour briser le pouvoir de n'importe quelle police du monde libre, ladite alliée étant une presse nationale et internationale remuante, vociférante et accusatrice. Et comme Tonnelli avait maintenant un début de signalement de l'Egorgeur, l'inspecteur-chef adjoint Greene l'avait convoqué dans son bureau par une journée étouffante d'août.

— Bande de foutus vautours, avait-il grommelé. Les manchettes nous traitent d'incompétents parce que nous ne trouvons pas une aiguille dans une meule de foin.

— On pourrait retourner ça, chef, fit observer Gipsy. Notre problème, c'est un million d'aiguilles dans notre meule de foin particulière et il nous faut trouver la bonne.

— Alors qu'est-ce que vous voulez ?

— Deux unités. Une sous le commandement de Rusty Boyle. L'autre sous le mien.

— Quel genre d'hommes voudriez-vous ?

— Seize inspecteurs de deuxième et de troisième classe.

— Je vous en donne huit. Quoi encore ?

— Des réserves d'agents en tenue que je n'engagerais qu'en cas d'alerte rouge. Des dispatchers, quelques stagiaires pour la paperasse.

Le chef prit des notes.

— Et ensuite ?

— A partir du 8 octobre, je veux des hélicoptères prêts à décoller, des chiens entraînés à l'attaque, des camions légers et une équipe de tireurs d'élite.

— Bon Dieu, Gipsy, on dirait que vous allez déclencher une foutue guerre !

— J'espère que je vais en terminer une.

Le lieutenant Tonnelli et le sergent-inspecteur Rusty Boyle avaient choisi leurs hommes avec grand soin, en puisant dans tous les commissariats des cinq faubourgs de New York pour trouver ceux dont ils avaient besoin. Ils devaient profiter de l'avance représentée par août et septembre pour remettre à jour la biographie complète des quatre jeunes mortes, en cherchant si les victimes avaient ou non des traits ou des défauts communs qui correspondaient aux besoins sadiques de l'Egorgeur.

Cela avait déjà été fait, naturellement, mais par des inspecteurs affectés par routine à cette tâche, suivant l'organigramme du moment. Maintenant, la masse entière des rapports officiels serait réétudiée par une unité spécialement entraînée et préparée pour arrêter l'Egorgeur.

Ainsi, les hommes de Tonnelli et de Boyle avaient été choisis pour leur tact et leur compréhension, en plus de leur rigoureuse efficacité d'enquêteurs. Ils devaient interroger de nouveau les familles des quatre jeunes victimes, en s'efforçant de ne pas trop rouvrir de blessures. C'était non seulement de la simple humanité mais cela aiderait aussi à créer un climat presque confidentiel, qui permettrait aux parents de reconstituer les activités de leurs enfants avec autant de précision que possible.

L'inspecteur de deuxième classe Miles Tebbet, de l'unité de Boyle, était passé par le séminaire avant de comprendre qu'il n'avait pas une vraie vocation de prêtre ; il s'était alors engagé dans la police de New York. Il avait vingt-huit ans, il était mince et blond, généralement vêtu d'un jean et d'un poncho, et c'était probablement le meilleur homme dont disposât la police pour dissuader un candidat au suicide s'apprêtant à sauter d'une fenêtre.

L'inspecteur de deuxième classe Clem Scott, sous les ordres de Tonnelli, possédait une licence d'urbanisme de l'université Fordham. Scott était marié, avait deux enfants et passait une journée par mois dans un hôpital d'anciens combattants pour taper les lettres personnelles de soldats mutilés.

Le reste des unités était composé d'hommes de la même valeur, plus ou moins cultivés, mais qui avaient tous un point commun. Ils formaient, aux yeux de Tonnelli, un groupe représentant les traditions les plus rigoureuses et les plus dévouées de la police. Ils étaient tireurs d'élite et Tonnelli savait, d'après leurs états de service, qu'ils avaient du courage. Des hommes précieux à avoir à son côté quand on se précipitait dans une ruelle obscure à la poursuite d'un tueur.

Carmine Garbalotto, chez Tonnelli, était un ancien, dix-huit ans de police, qui vivait à Brooklyn avec sa femme et neuf enfants. C'était un expert de la perversion et des sévices infligés aux enfants ; il savait évaluer d'un coup d'œil une aire de jeux et deviner si elle était « propre » ou non. Sa spécialité était les cinémas ; sa grosse main était tombée lourdement sur l'épaule de centaines d'hommes qu'il avait observés tentant d'attoucher de jeunes garçons ou filles dont l'attention était tellement captivée par John Wayne ou Doris Day qu'ils ne remarquaient pas les doigts se glissant vers leurs reins.

Les unités de Boyle et de Tonnelli s'étaient occupées de tous les crimes sexuels commis dans les cinq faubourgs depuis cinq ans, mais aucun de leurs schémas ne concordait avec le mode d'opération de l'Egorgeur.

En septembre, Tonnelli avait dépêché les inspecteurs Tebbet et Scott au service de documentation du *New York Times* pour relire les articles du 15 octobre des années précédant les meurtres de Manhattan. Ils avaient pour mission de chercher les nouvelles qui avaient pu susciter un besoin de vengeance : gros procès, divorces éprouvants et coûteux, fautes professionnelles de médecins, accidents tragiques, suicides, quelque chose de bizarre ou de catastrophique capable de faire perdre la raison à quelqu'un, malchance poussant une victime à une série de meurtres paranoïaques. Tebbet et Scott avaient découvert une multitude de désastres, dans chaque édition du *Times* du 15 octobre, pendant les cinq années précédant les assassinats : viols, noyades, explosions, victimes de chauffards, bas de nylon et coups de pistolet fatals. Mais le nombre et la diversité de ces drames étaient d'une telle complexité et avaient si peu de rapport, que les précieuses heures consacrées au projet étaient restées improductives ; ce ne fut qu'une perte de temps.

Balance : 24 septembre au 23 octobre. Tous les crimes avaient été commis le 15 octobre. Quelque chose de caché dans les mystérieux signes du zodiaque, d'insaisissable comme un ambre dans l'eau trouble, séduisait fortement l'imagination du policier sicilien. Mais aucune des victimes n'était de la Balance. Encarna Garcia, Gémeaux. Trixie Atkins, Verseau. Bonnie Jean Howell, Capricorne. Jenny Goldman, Scorpion.

Gipsy Tonnelli réfléchissait à la signification possible du symbole du signe, la balance dorée classique. Est-ce que cela suggérait un sens perverti de la justice ou du châtiment ? Ou cela évoquait-il le sinistre équilibre entre lui-même et celui qu'ils appelaient l'Egorgeur ?... Jusqu'à présent, en dépit de toutes les recherches, de toutes les éventualités étudiées avec tant de zèle et de talent, l'équipe spéciale de Tonnelli avait fait chou blanc.

Il savait pourtant, tout au fond de son cœur sicilien, que l'Egorgeur se préparait à passer à l'action ; il sentait cela jusque dans la moelle de ses os, dans la froide et douloureuse crispation de ses entrailles. L'Egorgeur rôdait dans la ville, vivait peut-être dans un sous-sol comme un animal puant, tirait ses plans, se préparait à enlever une petite fille et à savourer sur elle son plaisir sadique avant de lui trancher la gorge. Eh bien, pensait Tonnelli, cette fois il ne réussirait pas. On l'attraperait et on le passerait à tabac. Cela aussi, Gipsy le pressentait. Et il n'y aurait pas de psychiatre pour venir défendre l'Egorgeur avec des arguments larmoyants. Pas de recours à la démence temporaire, pas de sermon juridique suivi de six ou sept ans dans un asile douillet. Non, quand ils mettraient la main sur l'Egorgeur, ils l'abattraient comme un chien enragé...

Le lieutenant Tonnelli entra dans les vastes bureaux qui lui avaient été attribués dans le 19ᵉ commissariat de la 67ᵉ Rue Est. Immense, un peu chauve, Carmine Garbalotto rassurait au téléphone une jeune mère et affirmait qu'elle ne les avait pas dérangés inutilement.

— Ecoutez, disait-il de sa voix patiente, votre fille rentre de l'école par la porte de service et s'endort dans sa chambre et vous ne la voyez pas. Alors vous vous inquiétez. Alors vous nous appelez. Nous sommes là pour ça. Nous envoyons une voiture à l'école, nous patrouillons dans le quartier. Ne vous en faites pas pour nous. Chaque fois que votre gosse disparaît, quelle que soit l'heure ou la raison, avertissez-nous.

Gipsy Tonnelli salua Sokolsky et Jules Mackay au standard. L'inspecteur Clem Scott se leva et rejoignit Tonnelli, qui examinait d'un air amer les quatre grandes photos des filles que l'Egorgeur avait torturées et assassinées. Scott, dont la figure burinée et ridée le faisait paraître plus vieux que ses vingt-neuf ans, lui remit une liasse de rapports. Les deux auxiliaires tapaient à la machine dans le bureau voisin. August Brohan et Jim Taylor n'étaient pas là.

— Taylor et Augie sont allés à une école de Harlem, dit Scott en regardant la pendule. Vers 20 heures, quelqu'un a signalé un individu qui embêtait des enfants noirs jouant au basket. Augie vient de téléphoner. C'était un dingue avec une barbe jusqu'au ventre et une jambe de bois. Il distribuait des bouchées en chocolat aux mômes parce que c'était son anniversaire. Sa fille est arrivée sur les lieux en même temps que nos gars et l'a emmené.

Tonnelli continuait de parcourir les rapports. Des ivrognes pour la plupart, des vagabonds, dix-sept en tout, trois ou quatre avec un casier. Effraction, vol de voiture.

— Le sergent Boyle a appelé du 13ᵒ, reprit Scott. Plainte pour viol du côté de la 35ᵉ Rue et de la Huitième Avenue. Tebbet et lui y sont allés. Mais ce n'est pas notre homme, lieutenant. La dame a plus de quarante ans. Elle se porte bien et ne boira probablement plus de cocktails avec un inconnu, jusqu'à la prochaine fois.

Tonnelli lut le rapport de Max Prima sur l'individu musclé qu'il avait remarqué dans la journée à Central Park.

— Max Prima, vous le connaissez ? demanda le lieutenant à Scott.

— Je crois que son oncle était à la Quatrième Division de la 82° Rue. Il a été promu détective de première classe avant de prendre sa retraite. Mais non, je ne connais pas Max Prima.

Tonnelli continuait d'étudier le rapport.

— Il a de bons yeux, marmonna-t-il. Et un bon instinct.

Il relut encore une fois la description, le cœur battant. Sujet, race blanche, environ trente ans, 1,90 m. envi. 110 kilos, rapide et fort... épais cheveux blonds... front proéminent... chandail marron, pantalon d'ouvrier, bottes de caoutchouc... casquette de cuir jaune. Observait les petites filles dans le zoo des enfants. Anormal...

De nouveau, Gipsy Tonnelli sentit battre son cœur. Une intuition, une prémonition, un sombre mélange de superstitions siciliennes ou le simple instinct du flic l'avertissaient qu'il était maintenant près de l'Egorgeur si près qu'il pouvait presque le voir, l'entendre, le renifler ; il ne pouvait jamais expliquer ses convictions quasi mystiques, elles échappaient à toute vérification. Mais il croyait (ou voulait croire) qu'il venait d'avoir un aperçu soudain de son gibier et tandis que cette certitude devenait ferme et solide, il croyait presque sentir le cou épais et musclé de l'Egorgeur à portée de ses mains.

Ses yeux allèrent du rapport de Max Prima aux grandes photos des victimes, dont le visage frais et innocent, plein d'espoir et de gaieté, ne montrait rien de ce que le destin leur réservait.

Encarna Garcia. Quatorze ans, brune, yeux pétillants, souriant avec confiance à l'objectif. Visiblement fière de sa robe neuve à volants, un cadeau d'anniversaire de son père. Signalée disparue le 15 octobre à 17 heures, il y avait cinq ans. Retrouvée le même jour à 21 heures dans un immeuble condamné près de la 87° Rue et de Broadway. Brûlures de cordes aux poignets et aux chevilles. Quatre doigts cassés à la main gauche. Violences sexuelles, gorge tranchée.

Bonnie Jean Howell. Treize ans, Noire. Petites nattes, large sourire, dents blanches saines. Père employé des wagons-lits. Mère réceptionniste d'un dentiste de Harlem. Bonnie Jean avait été découverte dans une cabane à outils, dans un terrain de jeux d'une école près de la 129° Rue et de Lenox Avenue. Disparition signalée à 18 h 30 le 15 octobre, il y avait quatre ans. Les deux bras cassés, le genou gauche éclaté, brûlures à l'abdomen et au creux des reins. Deux de ses belles dents cassées. Violences sexuelles. Gorge tranchée.

Trixie Atkins. Quatorze ans, Blanche. Vivait avec sa mère, call-girl, dans un appartement de la 47ᵉ Rue Ouest. Trixie était blonde, avec des yeux brillants et un grand sourire. Sa mère était partie à Detroit avec un client et la disparition de Trixie n'avait été signalée qu'après une semaine d'absence de son école. Et puis la police avait reçu un appel le 22 octobre, une personne se plaignait d'une odeur venant d'une soupente vide d'un immeuble de Greenwich Village. C'était là qu'on avait trouvé Trixie Atkins. Brûlures de cordes aux cuisses, trois doigts cassés à la main droite, le sang séché et coagulé sur la plaie béante à sa gorge.

Jenny Goldman. Treize ans, pâle, rousse, solennelle sur sa photo de fin d'année de classe de quatrième. Père médecin, mère mannequin. Violences sexuelles, gorge tranchée le 15 octobre de l'année dernière.

La petite figure sérieuse de Jenny Goldman, ses yeux curieusement sagaces et nostalgiques, faisaient si mal à Tonnelli qu'il en était presque physiquement malade, parce que Rusty Boyle et lui avaient été à deux doigts de lui sauver la vie.

L'année dernière, ils avaient failli épingler l'Egorgeur...

Ils patrouillaient dans la 39ᵉ Rue, entre Lexington et la Troisième Avenue, quand deux gosses surexcités les avaient arrêtés.

— Il a Jenny, il l'a emmené dans la cave, leur cria un petit Irlandais effrayé.

Tonnelli et Boyle s'étaient rués dans le sous-sol indiqué mais ils étaient arrivés trop tard pour sauver Jenny Goldman de son monstrueux supplice. Elle avait souffert et était morte quelques minutes avant qu'ils enfoncent la porte de la chaufferie obscure.

Dans le noir, ils n'eurent qu'une impression de mouvement, de déplacement d'air fétide, et puis la lourde et puissante silhouette d'un homme les avait renversés en fonçant comme un animal vers la porte ouverte. Tonnelli avait tiré deux fois, du sol, mais les balles avaient frappé la porte enfoncée et l'Egorgeur avait fui... Les recherches intensives dans le quartier se soldèrent par un échec, l'Egorgeur avait bel et bien disparu.

Le seul signalement qu'ils avaient jamais eu de l'homme avait été donné par le petit Irlandais surexcité, qui s'appelait Joey Harpe et avait indiqué aux inspecteurs le sous-sol où le « grand géant sale », comme il disait, avait entraîné Jenny Goldman. Mais un long et patient interrogatoire n'avait rien donné de plus. L'homme était blanc, il sentait mauvais et il portait une espèce de casquette de cuir. Et puis ses vêtements faisaient pauvre...

Dès le début de l'enquête, les policiers avaient été surtout déroutés de ne trouver aucun schéma révélateur dans les crimes de l'Egorgeur. Il n'y avait aucun indice racial ou ethnique pour les guider. L'homme avait tué une petite Noire, une jeune juive, une Portoricaine et la fille d'une prostituée qui fréquentait une école élémentaire catholique. Des jeunes filles torturées, violées et égorgées un 15 octobre, dans des quartiers de Manhattan éloignés les uns des autres. Les policiers n'avaient eu que ce point de départ mais maintenant, la description du petit Irlandais et les yeux perspicaces de Max Prima leur apportaient peut-être leur première piste.

Grand, fort, bleu de travail, bottes de caoutchouc. Un ouvrier quelconque. Probablement pauvre, probablement peu instruit. Tonnelli ne faisait que deviner mais il fallait bien commencer quelque part. On pouvait supposer qu'il avait eu recours à des prêteurs sur gages. Cela ne coûtait rien de se renseigner.

Milky Tichnor, dans le Village. Ted Chapman sur les quais au sud de la 44° Rue. Solly Castro au nord de la 70° Rue. Maybelle Cooper avec les Noirs et les Portoricains dans leurs « barrios » du Harlem espagnol. Comment diable se faisait donc appeler cette grande usurière noire, ces temps-ci ? Quelqu'un l'avait dit à Tonnelli. Oui, Samantha Spade.

Il rendit à Scott le rapport de Prima.

— On va trouver ce type, Scotty. Commençons par convoquer Max Prima.

Pendant que Scott passait la consigne à Sokolsky qui transmettrait le message par l'intermédiaire du Central au domicile ou au commissariat de l'agent, le lieutenant Tonnelli vérifiait mentalement, par réflexe, la force et le dispositif de ses unités spéciales.

Dans la vingtaine de commissariats de Manhattan et leurs six divisions, des agents en tenue se tenaient en alerte, pouvant être transportés dans n'importe quel quartier de la ville en quelques minutes, sur l'ordre de Tonnelli. Des voitures de patrouille supplémentaires, de gros et de petits camions d'éclairage d'urgence, deux ambulances, des infirmiers, montaient la garde selon une grille qui permettrait au lieutenant de les engager dans un minimum de temps et de les envoyer vers tout quartier, rue, parc ou terrain de jeux donné.

Des dobermans dressés à l'attaque, instruits et tenus par les maîtres-chiens Hogan, Platt et Branch pouvaient aussi être transportés dans n'importe quel quartier en quelques minutes.

Trois hélicoptères de la police, des Bell 106-B, en alerte depuis une semaine sur le terrain Floyd Bennett à Brooklyn, attendaient avec leurs pilotes et leurs équipages les ordres de Tonnelli. Les hélicos étaient équipés de filets Apollo et munis de puissants projecteurs sous le fuselage, dont un seul était capable d'éclairer comme en plein midi un pâté de maisons de cent mètres de côté.

En plus de cet équipement en matériel sophistiqué, il y avait des inspecteurs quatre étoiles et, au-dessus d'eux, les quatre que l'on appelait les super-chefs avec leurs assistants, leurs adjoints et leurs inspecteurs. Avec les capitaines, les lieutenants, les sergents et les agents, tout cela constituait une puissance humaine et mécanique maintenant prête à refermer le piège sur l'Egorgeur.

Mais, pensait Tonnelli, malgré toute cette préparation, ce personnel et cet équipement, la piste la plus déterminante venait souvent d'un simple flic un peu observateur effectuant sa ronde...

En tout cas elle ne viendrait certainement pas du préfet Joseph Harding, pour l'heure à Stockholm à un congrès international de juristes dont l'ordre du jour comprenait une discussion sur les « possibilités de surveillance criminelle par plates-formes spéciales mises sur orbite ».

III

Le sergent-inspecteur Michal « Rusty » Boyle était allé enquêter personnellement sur la plainte pour viol dont la prétendue victime était prête à jurer sur la Bible de sa mère qu'il avait eu lieu dans ce parking à ciel ouvert de la 35ᵉ Rue Ouest. L'inspecteur Miles Tebbet et lui s'y étaient précipités toutes sirènes hurlantes et gyrophare allumé, parce qu'à la suite d'une confusion (au Central ou par le correspondant anonyme), on avait donné seize ans à Hilda Smedley, ce qui les avait fait tout de suite penser à l'Egorgeur.

Depuis dix jours, toutes les formations de New York, dans tous les commissariats et toutes les divisions, avaient l'ordre de signaler tout individu suspect rôdant autour de terrains de jeu, de toilettes publiques ou de parcs ; tous les rapports de sévices, viols ou disparitions d'enfants devaient être dirigés directement sur les unités de Tonnelli et de Boyle. L'évaluation de l'information était du ressort de Tonnelli et il possédait l'autorité, conférée à la fois par le chef adjoint de patrouille et l'inspecteur-chef, de déclencher les opérations s'il le jugeait nécessaire.

Le sergent-inspecteur Boyle était donc allé lui-même, rapidement, se renseigner sur cette affaire de viol et il avait déjà transmis son rapport à Tonnelli par l'intermédiaire de l'inspecteur Scott.

Ce n'était pas le travail de l'Egorgeur.

La femme s'appelait Hilda Smedley et elle s'était donné trente-quatre ans quand elle avait été interrogée par les agents du commissariat de Midtown, dont les voitures au gyrophare tournant stationnaient contre le trottoir, derrière la voiture banalisée de Boyle.

Rusty Boyle avait un peu plus de trente ans et de larges épaules, il était grand, rapide et fort comme un athlète professionnel. Il avait d'épais cheveux roux, des traits anguleux et un goût marqué pour l'extravagance vestimentaire ; il aimait les pantalons à pattes d'éléphant, les bottes, les ceinturons « macho » et les blousons de cuir noir. Il admirait secrètement les maquereaux noirs qu'il arrêtait naguère autour de Times Square et il aurait été ravi de porter un chapeau à larges bords, des bottes à talons d'argent et des pardessus jusqu'aux chevilles.

Le règlement réprouvait ces tenues voyantes, à moins qu'un déguisement ne les impose. Mais la véritable raison était Joyce. Elle trouvait ça vulgaire et pour Rusty Boyle, ce que pensait Joyce était le fin du fin, parole d'Evangile.

— Je vous l'ai dit, il m'a pas donné de nom ! hurlait Hilda à un des agents en tenue.

Elle avait une gueule épouvantable, pensait Boyle mais non sans un peu de compassion. Des larmes faisaient couler son maquillage, le devant de sa robe déchirée exposait des seins pendouillants. Plus près de quarante que de trente ans, Hilda Smedley était une vieille harpie déjà épaissie, qui sentait le gin et qui serait tombée sur le nez si elle n'avait pas eu une voiture de patrouille pour s'y appuyer. Il n'y avait rien de tragique dans son viol, se dit Boyle et il se rendit compte que c'était ça le plus tragique.

— On s'est mis simplement à causer, comme ça se fait dans les bars, dit-elle à l'inspecteur Miles Tebbet qui l'écoutait avec la compréhension et la pitié d'un homme qui avait voulu être prêtre. Il était poli et tout, il avait un peu le type juif. Il l'était peut-être, mais j'ai jamais eu ce genre d'ennuis avec un juif, jamais. Comme je l'ai dit, il a proposé de me raccompagner à la maison. Au lieu de ça, il gare sa bagnole ici et il me saute dessus comme King Kong !

Pendant que Tebbet écoutait gravement, Rusty Boyle planta ses poings sur ses hanches et regarda fixement un groupe de malfrats hippies massés sur le trottoir. Ils portaient des ponchos et des jeans crasseux et rigolaient en s'amusant de Hilda Smedley, de sa figure bouffie et congestionnée, de sa blouse déchirée et de ses larmes.

Un inspecteur de troisième classe du 10ᵉ commissariat, Dennis St. John, arriva et gara sa voiture à côté de celle de Boyle, en bloquant la circulation et déclenchant un concert d'avertisseurs. C'était un homme massif de plus de quarante ans, vêtu d'un anorak et coiffé d'un béret.

Bon Dieu, pensa Rusty Boyle dont l'exaspération se changeait vite en colère. Le chaos faisait partie de la vie d'un officier de police, Boyle le savait bien : la mort sous ses formes les plus violentes, par balle, couteau, rasoir, incendie, noyade, tel était le

37

pain quotidien du policier. Mais Rusty Boyle détestait ce pain et consacrait tout son talent et sa force à empêcher la perpétration du crime ou du moins à le camoufler sous une certaine forme de discipline. Et c'était pourquoi la scène actuelle l'offusquait tellement, par son désordre bruyant, cette Hilda Smedley échevelée et violée, les badauds imbéciles, les passants qui s'arrêtaient pour dévisager la pauvre femme avec une intensité injurieuse et même, pensa-t-il rageusement, ce foutu con de Dennis St. John du 10°, qui faisait l'important et contribuait au vacarme en se garant en double file et en bloquant la circulation jusqu'à la Sixième Avenue.

Boyle se mit à hurler des ordres, à commencer par les hippies à qui il flanqua une trouille du diable en tonnant d'une voix de jugement dernier :

— Circulez, bande de foutus branques ! Sinon je vous fais remonter à coups de pompe le cul entre les épaules !

Tandis qu'ils battaient en retraite, couvrant leur gêne par des sourires niais, le sergent Boyle fit demi-tour et dévisagea froidement les autres piétons qui s'étaient arrêtés pour assister au drame pitoyable de Hilda Smedley.

— Tout va au poil chez vous ? Les gosses ont tous vingt sur vingt ? Personne ne saute sa secrétaire ou ne picole en douce avant le petit déjeuner ? Occupez-vous de vos affaires. Vous entendez ? Circulez !

Dennis St. John tapota le bras de Boyle et désigna Hilda Smedley de la tête, d'un air important empreint de gravité.

— Qu'avons-nous ici, Rusty ?

— Qu'est-ce que vous croyez qu'on a ? fulmina Boyle. Je m'en vais vous dire ce que nous avons ici. Un foutu embouteillage. Est-ce que vous allez enlever votre bagnole de la chaussée ? Garez-la dans le parking.

Le sergent Boyle se rendit compte qu'il n'avait aucune raison de crier ; St. John s'occuperait probablement de cette affaire, mais la stupidité de l'inspecteur s'ajoutant à ses manières pompeuses rendait Boyle malade.

— Je vais la déplacer, répondit St John, mais je croyais qu'une bagarre éclatait, que vous aviez peut-être besoin de renforts.

Boyle se tourna avec écœurement vers la longue file de véhicules bloqués.

— Ce qui va éclater, c'est mes foutus tympans, grommela-t-il.

— Du calme, du calme, sergent, dit St. John d'une voix maussade en retournant à sa voiture.

Boyle remarqua alors un homme qui restait sur le trottoir, à l'entrée du parking. Il paraissait âgé de quarante ou quarante-cinq ans, portait un pantalon de flanelle et un sweater sur une chemise de sport. Ses cheveux gris se clairsemaient et sa figure était anonyme ; un brave citoyen, pensa Boyle, un contribuable conscient et organisé, mais il y avait quelque chose de triste dans ses grands yeux bleus, derrière ses lunettes à double foyer. Il n'a pas l'air d'un type à s'exciter à la vue d'une femme en larmes, pensa Boyle, mais il avait cessé de juger sur la mine depuis le jour où il avait arrêté un enfant de chœur qui avait coupé un concierge en morceaux et y avait mis le feu et qui, en plus, avait paru enchanté d'avoir fait d'un être humain ces restes calcinés.

Boyle s'approcha de l'homme et lui dit :

— Ecoutez, cette dame a passé un mauvais moment. Vous n'arrangez rien en la dévisageant.

— Je voulais vous parler, monsieur l'inspecteur. Je m'appelle Ransom. John Ransom, dit l'homme et il montra les fenêtres d'un appartement du premier, donnant sur le parking. Je l'ai entendue crier. J'ai regardé par la fenêtre juste au moment où elle était poussée hors de la voiture.

— Vous avez vu l'agresseur ?

— A peine. Je ne pourrais pas l'identifier.

Ouais, normal, pensa Boyle avec lassitude. Ne nous mêlons surtout pas de ça. Il voit violer une fille, il prend tout son temps pour descendre donner un coup de main.

— Il était blanc ou noir ? demanda-t-il.

— Je suis à peu près sûr qu'il était blanc.

— Aucune idée de son âge ?

— Je ne saurais vraiment pas deviner, dit Ramson mais il fouilla dans la poche de son pantalon et en tira un bout de papier avec des chiffres, qu'il donna à Boyle. J'ai relevé le numéro de sa voiture.

— Et alors, qu'est-ce que vous comptiez en faire ? Des conserves ?

— Je n'étais pas habillé, voyez-vous. J'étais en robe de chambre. Alors il a fallu que je m'habille. C'est pour ça que j'ai mis si longtemps à descendre, dit Ransom sur la défensive, en s'excusant presque. Je suis venu dès que j'ai pu.

— Vous avez bien agi, très bien, monsieur.

Pourquoi diable est-ce que j'engueule tout le monde ? se demanda Boyle dans un de ses rares mais sincères moments d'autocritique ; d'abord St. John, et maintenant ce brave citoyen.

— Vous savez, monsieur, ajouta-t-il pour réparer, si tout le monde agissait aussi bien que vous ce soir, nous pourrions fermer la moitié de nos commissariats.

Le sergent Boyle alla donner le numéro à St. John, en disant sur un ton aimable et conciliant :

— Je vous conseille de faire examiner miss Smedley à l'hôpital et de mettre la main en vitesse sur ce violeur.

— Merci, sergent, dit l'inspecteur en regardant gravement le numéro minéralogique. Je vais appeler les Véhicules et demander les renseignements sur cette voiture.

— Andouille. Mais à quoi bon ? A qui sinon aux Véhicules ? A la fourrière ? A la morgue ? Au rayon quincaillerie de Macy's ?

— Merci encore, sergent, dit St. John. Je vais faire examiner cette dame par un médecin et me hâter d'arrêter le violeur. A bientôt.

Le sergent Boyle se dirigea vers sa voiture mais remarqua que ce Ransom était toujours à l'entrée du parking et le regardait de ses yeux tristes et douloureux. Se sentant toujours un peu repentant, il retourna auprès de lui pour lui donner une petite claque sur l'épaule.

— Je vous le dis encore une fois, vous avez été épatant ce soir.

— J'ai un cancer, dit alors Ransom mais avec une telle simplicité et d'une manière si inattendue que les mots frappèrent le sergent Boyle comme un direct au cœur.

Merci, pensa-t-il avec épuisement, merci mille fois. Je n'ai pas assez de mort et de merde au boulot, de cadavres dans le fleuve, de cadavres pendus à des cordes, de têtes fracassées par des dingues, il faut qu'un civil qui pense probablement que c'est pour ça qu'il paie des impôts vienne encore m'en resservir.

— Ma femme ne le sait pas, reprit Ransom avec un sourire gêné comme pour indiquer que ce n'était qu'un simple oubli de sa part. Je vends du tissu d'ameublement chez Altman, ça fait partie de leur service de décoration d'intérieurs, mais il y a deux mois, le poids des rouleaux de tissu a été trop pour moi. J'avais mal aux bras et dans la poitrine. Je ne travaille plus du tout depuis trois semaines, mais ça non plus, je ne l'ai pas dit à ma femme.

Ransom sourit encore et cette fois le léger plissement nerveux de ses lèvres donna à penser que le sergent et lui échangeaient une petite plaisanterie aux dépens de Mrs. Ransom.

— Mon Dieu ! s'exclama Boyle. Quand allez-vous le lui dire ?

— Je ne sais vraiment pas. Je n'ai pas cru le premier médecin, personne ne doit le croire non plus. Mais le second a dit la même chose. Je continue de sortir tous les matins, comme avant, et quand je rentre le soir il faut que j'invente des histoires pour elle. C'est ça le pire. Je n'ai pas beaucoup d'imagination.

— Comment ça ? Pourquoi devez-vous inventer des histoires ?

— Eh bien, je lui parle de mes visites. Notre fille fait ses études au loin, prémédicales, alors il n'y a que nous deux. Je raconte à ma femme quels tissus plaisent aux gens, et toutes les petites anecdotes que je peux inventer, par exemple la dame qui veut assortir son canapé à son caniche ou peut-être à un petit-fils rouquin. Et puis je m'assieds à mon bureau et je remplis des bordereaux, sur les ventes que je suis censé avoir faites dans la journée. (Il soupira mais son sourire et ses manières demeurèrent curieusement contrits.) Je ne sais vraiment pas comment le lui dire. Ce sera si dur pour elle ! Il n'y a pas d'argent pour que ma fille poursuive ses études, fasse sa médecine. Je ne sais pas comment le dire non plus à ma fille.

Le travail de police n'avait pas rendu Boyle fataliste ; au contraire, malgré toutes les preuves matérielles qui s'opposaient à son point de vue, il restait un être humain optimiste et charitable qui avait horreur de ce qui lui paraissait injuste. Il était un exemple vivant de cette injustice.

Le père du sergent Boyle était mort quand Rusty avait quatre ans et il ne s'était jamais très bien remis de cette injustice du sort. Mais sa mère avait fait pencher la balance de l'autre côté, sa mère, une merveilleuse personne qui croyait que l'homme n'avait rien à faire sur la lune mais qui avait cité Michée, chapitre VI, verset 8, à son fils en disant de sa voix irlandaise mélodieuse :

— Qu'est-ce que le Seigneur exige de toi, sinon être juste, aimer la miséricorde et marcher humblement avec ton Dieu ?

Il avait eu tout cela. Et il avait Joyce ; leur amour était infiniment plus profond et important que les merveilleux plaisirs physiques qu'ils goûtaient ensemble. Et il avait la chance de travailler pour le Gipsy, alors que ce pauvre bougre avait un corps plein de douleur, qu'il regardait la mort dans les yeux et ne pouvait même pas en parler à sa femme. Et, par-dessus le marché, il se forçait à rédiger de faux bordereaux et à lui raconter des histoires drôles alors que ses tripes mouraient à l'intérieur de son corps.

— Seigneur, répéta Boyle.

Une idée lui vint alors. Une idée superbe. Et quand de telles idées venaient à l'esprit de ce solide Irlandais sentimental, elles le frappaient avec la force des lois de la nature. Il mit un bras musclé autour des épaules de Ransom et lui adressa un sourire complice.

— Ecoutez. Où est votre femme en ce moment ?

— Elle fait les commissions.

— Parfait. Traversons la rue et allons nous taper une bière ou deux. Dans des moments comme ça, un type doit avoir quelqu'un à qui parler. Hein, qu'est-ce que vous en dites ?

— Ça me ferait grand plaisir, répondit calmement Ransom et puis il se tourna vers la rue mais pas assez vite pour cacher le scintillement d'une larme à Rusty Boyle.

Boyle alla demander à Tebbet d'avertir le lieutenant Tonnelli qu'il serait absent du bureau pendant une demi-heure environ, mais que si le Gipsy avait besoin de lui, il serait en face au Grange Bar.

A peu près à l'heure où Rusty Boyle et Mr. Ransom entraient au Grange, Gus Soltik parcourait la jungle de Manhattan à la recherche d'un chat.

L'Egorgeur marchait lentement et sans bruit dans une ruelle jonchée d'ordures, du côté de la Onzième Avenue et de la 56ᵉ Rue, traînant son ombre immense derrière lui, sa silhouette noire couronnée par la casquette de cuir jaune à bouton de métal. Elles aimaient les chats, il le savait, tout ce qui était petit, soyeux et tiède. Comme elles... Il entendit un faible ronronnement et s'arrêta net pour regarder avidemment autour de lui, mais il comprit que ce n'était que le bruit du vent dans les lignes à haute tension au-dessus de lui. Quelque chose agaçait Gus Soltik. Il éprouva un début de panique. Il n'oubliait pas son nom. Non, ça il le savait.

— Gus Soltik, dit-il, en détachant doucement les deux mots dans le vent de la nuit.

Non, c'était autre chose. Ce n'était pas un chat qu'il voulait mais autre chose. Un chaton, pas un chat. Un chaton. Il poussa un soupir de soulagement en se le rappelant. Puis il tourna lentement la tête, se força à écouter, tendit l'oreille au bruit de sirènes de pompiers. C'était là qu'il y avait les chatons. Dans les feux. Il avait vu des chattes fuyant des incendies, emportant leurs petits dans leur gueule, fuyant les flammes, les trombes d'eau, les voix des hommes hurlant hideusement dans des mégaphones. Il fallait trouver un incendie. Et puis un chaton, se dit Gus Soltik. Il hocha vivement la tête pour approuver ces conclusions, satisfait de n'avoir rien oublié. Le couteau, les cordes, rien... Tout ça pour ce qu'il appelait « jambes blanches » ou « cordeverte ».

IV

« Je te comprenais peut-être quand nous étions plus jeunes. Ou alors je t'acceptais simplement et j'étais trop idiote pour poser des questions. Quoi qu'il en soit, étant une jeune et docile belle du Sud (la voix baissa brusquement et prit un accent sirupeux exagéré du Sud), je ne me croyais pas le droit de poser la moindre question à mon petit mari sauf s'il voulait quelque chose de moi avant d'aller au dodo et aux beaux rêves. »

Assis dans la bibliothèque, Luther Boyd écoutait la voix de sa femme monter du magnétophone. Il était perché sur le bord de son fauteuil, les mains croisées et serrées, les coudes sur les genoux. Ses traits étaient figés dans une expression d'amère frustration. Sur un guéridon à côté de lui, il y avait un whisky-soda intact, la pipe et la blague qu'il avait posées après avoir entendu les premiers mots de sa femme :

« J'imagine que tu as allumé ta pipe, que tu as un verre en main et que tu t'apprêtes à écouter avec ton foutu sourire sceptique et respectueux toutes mes tristes hisoires. »

Luther avait déjà fait passer la bande plusieurs fois et la savait presque par cœur. Il appuya sur un bouton et la laissa avancer rapidement jusqu'aux derniers paragraphes, qui contenaient le fond des accusations de Barbara. Puis il appuya sur le bouton de marche normale et se carra dans son fauteuil, en prenant le verre où la glace avait fondu depuis longtemps, en se sentant curieusement vaincu et dérouté. Il avait repris sa femme au milieu d'une phrase :

« ...ah merde, je ne sais plus ce que je voulais dire. » Un silence, puis le tintement de la glace dans un verre, le clapotis d'un liquide qu'il devina être de la vodka, puisqu'elle en buvait de préférence, et de plus en plus depuis la mort de Buddy. « Eh oui, je suis en train de boire un bon coup, colonel. Alors, où en étais-je ? Ah oui. Je pouvais comprendre un jeune garçon traquant tous les animaux rien que pour les tuer. Et quand tu ne pouvais pas faire le travail personnellement, tu dressais des chiens et des faucons pour le faire. Après tout, les jeunes garçons ne sont pas bien malins. Et je comprends aussi un jeune homme qui part à la guerre. Ça, à part cette honteuse tuerie du Viêt-nam, c'est du patriotisme. Mais je ne comprends pas qu'un adulte consacre des dizaines d'années pas seulement à tuer des animaux et des hommes mais à apprendre aux autres à le faire, à publier des livres avec des schémas pour rendre le massacre plus horrible, efficace et scientifique. C'était ce que Buddy ne comprenait pas non plus. » La voix de Barbara s'éleva, très émue. « Il s'est engagé et s'est fait tuer. Pas parce qu'il t'aimait et te respectait mais parce qu'il avait besoin de ton amour et de ton respect. Et c'était le seul moyen qu'il avait trouvé pour les obtenir ! »

Luther Boyd entendit s'ouvrir la porte de Kate, ce qui fut immédiatement suivi d'une explosion de musique de sa chaîne hi-fi. Il fit une grimace tout en arrêtant vivement le magnétophone. Et merde, se dit-il avec ressentiment — et il pensait à la fois à la musique de Kate et à l'attitude de Barbara —, il était vraiment vieux jeu, il avait horreur de cette cacophonie qu'on appelait le rock, et, oui, il était patriote, il aimait son pays et s'était battu pour la patrie, alors pourquoi lui ferait-on le procès de son attitude et de ses convictions ?

Lorsque Kate entra en courant en robe de chambre rouge matelassée et pantoufles assorties, le ressentiment de Boyd s'évapora à la vue de la jolie figure rose et des longs cheveux blonds, délivrés de leur queue de cheval, tombant sur les épaules. Quand elle vint s'asseoir sur ses genoux, il lui sourit, l'examina en jaugeant ses qualités, le léger contour des seins naissants, les bonnes épaules bien droites, les longues et fines jambes, comme il aurait évalué les qualités d'une pouliche pur sang.

— Eh bien, miss Katherine Jackson Boyd, voyons un peu comment vous creusez votre dos, dit-il.

Elle rit, rentra le ventre, carra ses épaules et croisa les mains sur le pommeau d'une selle imaginaire.

— Ça va comme ça, papa ?

— Ruban bleu, déclara-t-il et elle se détendit pour se blottir dans les bras de son père.

— Est-ce qu'on peut parler de Buddy, maintenant ?

— Tu te rappelles ton grand-père, Kate ?

— Simplement qu'il était grand et avait des cheveux blancs. Et il me disait de me pencher en avant et d'empoigner la crinière de mon poney pour l'aider à monter les côtes.

Boyd sourit légèrement.

— C'est tout ?

— Eh bien, il sentait toujours le savon Pears et le tabac.

— Je l'admirais parce que, par-dessus tout, il était juste. Et j'ai essayé d'être comme lui. Alors je crois que nous devrions parler de Buddy un jour où ta mère sera là. C'est le moyen le plus juste de te faire comprendre.

Elle soupira et se pelotonna plus près encore.

— Mais je ne trouve pas qu'elle soit juste.

— Chut, maintenant, murmura-t-il en caressant doucement l'épaule de sa fille.

Et Katherine Jackson Boyd se laissa aller dans les bras de son père, physiquement saine et sauve et privilégiée dans leur appartement électroniquement protégé, bien haut, au-desus des misérables rues et ruelles où Gus Soltik rôdait à la recherche d'un chaton.

V

Samantha Spade regardait par la fenêtre d'un logement du Harlem espagnol pendant que deux de ses hommes de main — les gros-bras professionnels Biggie Lewis et Coke Roosevelt — étouffaient méthodiquement et sans aucune émotion un jeune Portoricain, Manolo Ramos, coupable de devoir six cent quatre-vingt-dix dollars à Samantha, une sculpturale usurière noire dont le territoire englobait la plus grande partie de Harlem, au sud de la 125° Rue. Samantha était grande, 1,79 m en bottes de cuir blanc, avec de beaux traits classiques et de grands yeux lumineux qu'elle agrandissait d'une manière presque comique au crayon noir et au fard à paupières blanc argenté. Elle portait un chapeau de velours rouge à haute calotte et une redingote de cuir sur un tailleur-pantalon noir étincelant de motifs pailletés patriotiques, d'étoiles, d'aigles, de pattes d'épaule de vieilles unités glorieuses.

La pièce était petite, crasseuse et sentait l'égout.

Coke Roosevelt et Biggie Lewis étaient de jeunes Noirs costauds qui aimaient à se donner des allures de pirates avec des anneaux d'argent aux oreilles, des chapeaux de brousse, des costumes de cuir cintrés et des mouchoirs écarlates noués autour de leur cou puissant.

Sans aucun effort, ils maintenaient le jeune Manolo qui se débattait sur le lit étroit, en lui tordant les bras entre les épaules et appuyant sa tête frisée et sa jolie petite gueule basanée dans un oreiller dégoûtant.

— Ça va ! Ça suffit ! ordonna brusquement Samantha Spade et, aussitôt, Coke Roosevelt et Biggie Lewis lâchèrent leur victime, obéissant comme des chiens bien dressés à la voix irritée de leur patronne.

46

— Maman, maman, ne les laisse pas me faire du mal ! glapit Manolo à Samantha.

Elle trouvait tout cela dégradant. On commençait avec quelque chose de propre et les intérêts devenant impossibles, ils ne pouvaient pas s'adresser aux banques alors ils venaient à elle. Quand ils étaient en retard sur les paiements et commençaient à se cacher, on devait avoir recours à la force, sinon tout votre travail et votre réputation partaient en quenouille.

— Nous ne somme pas allés te chercher, Manolo.

— C'est mon frère, gémit Manolo de façon à peine audible.

Il scrutait l'impénétrable visage noir de Samantha, cherchant derrière cette hostilité quelque chose à quoi se raccrocher.

Elle connaissait ce frère, un drogué dont les lamentations et les appels au secours désespérés pesaient lourdement sur l'esprit de Manolo. A vingt ans, Manolo avait deux ans de plus que son frère malade. Des milliers de fois, leur mère, morte aujourd'hui, lui avait répété de prendre bien soins de son petit frère et de lui tenir la main pour traverser les rues. Toutes les rues de la vie...

— Mais nous avions conclu un bon accord, toi et moi, et ça n'avait rien à voir avec ton frère, dit Samantha.

— Il me fait pleurer et je ne peux pas le supporter.

A merde, pensa-t-elle. Coke et Biggie retournèrent Manolo sur le dos en tenant ses bras derrière sa tête dans leurs grandes pattes noires. Manolo était nu, à part une paire de chaussettes blanches propres, et le plafonnier faisait briller son corps svelte.

C'est vraiment quelque chose, pensa Samantha en contemplant avec un vif intérêt le corps gracile. Elle se disait qu'elle pourrait s'en donner à cœur joie avec lui, en jouant avec lui comme avec une élégante petite poupée. Manolo avait des cheveux bruns bouclés, une figure potelée de chérubin et une peau aussi douce et fine que de la soie. Mais aucun de ces charmes n'était pour les dames. Manolo était strictement pour les garçons.

Samantha — née Maybelle Cooper à Mobile, dans l'Alabama, et élevée à New York — s'assit sur le lit et fit courir le bout de ses doigts sur la peau veloutée du ventre de Manolo.

Il frémit de dégoût, révolté par ce contact ; c'était une sensation malpropre, perverse, comme une odeur de fleurs pourries.

Coke Roosevelt alluma un gros cigare et lui souffla la fumée au nez.

— Le soutien de la vie, pédalette, dit-il d'une voix douce et grave.

— Il veut dire, comme le pain, dit Biggie Lewis.

Manolo n'avait pas peur de Biggie. Il savait que Biggie le désirait mais si Biggie lui faisait du mal, il perdrait toute chance de le prendre. Tandis que Coke Roosevelt ne l'aimait pas et serait probablement ravi de lui faire du mal pour le prouver. Samantha aussi le désirait mais avec Manolo elle n'avait aucune chance.

— Quel est le plus grand nombre de passes que tu as faites en une nuit, Manolo ?

— Huit, peut-être dix.

Samantha l'examina d'un air songeur.

— Ça va peut-être coûter un paquet au MLF, mais je vais t'accorder une chance. Tu as deux nuits pour faire ces six cent quatre-vingt-dix dollars. Ne nous oblige pas à te chercher.

— Merci pour la merde, grogna Manolo.

— Parle poliment à Samantha, ordonna Coke Roosevelt. Sinon, je t'arrache ta petite queue d'Espingouin. Mais comme je sais où tu aimes la mettre, je ferai ça avec des pincettes.

— Va te faire foutre ! hurla Manolo et il cracha à la figure de Coke.

— Assez ! cria Samantha.

Manolo cracha de nouveau et puis il hurla de douleur ; Samantha venait de tirer violemment sur ses poils, par réflexe plus que par sadisme, le geste exprimant toute la tyrannie indifférente de tous les ghettos où la souffrance et la violence servaient de preuve impersonnelle de la puissance.

— Quand je dis assez, tu arrêtes, déclara-t-elle.

Distraitement, elle passa ses ongles sur le ventre de Manolo ; il eut une réaction purement spasmodique, une contraction frémissante de ses reins.

— Manolo, il y a un congrès de fleuristes au Plaza, cette semaine, et des tas de ces zigotos sont de grandes folles. Choisis-toi un joli bouquet. Prospecte Central Park pendant deux nuits, trouve-toi quelques fruits de la passion.

Elle continuait de griffer légèrement la peau satinée, amusée et un peu irritée par le refus résolu du garçon de réagir aux efforts qu'elle faisait pour l'exciter.

Il devinait ce qu'elle essayait de lui faire et il était bien décidé à résister. Parfaitement immobile, il détourna la tête. Il ne chercha pas à se débattre entre les énormes mains noires qui le clouaient sur le lit comme sur un chevalet de torture. Manolo savourait le chaud contact des muscles virils sur son corps, sa propre impuissance, la retenue qui lui était imposée, alors il ne bougeait pas parce que toute lutte ne servirait qu'à l'exciter et à assurer la victoire de Samantha.

Manolo pensa à sa mère et aux petits gâteaux au sucre qu'elle lui faisait. Parfois elle les fourrait de pignons, parfois de raisins secs. Son frère et lui les mangeaient en regardant la télé après l'école. Ils regardaient les vieux films, les émissions de jeux. Feintée Samantha, se dit-il avec une rage triomphante en retombant dans le présent. Mais c'était risqué. Il ramena ses pensées vers son enfance, quand il était en sécurité, quand sa mère était vivante et son frère petit, faible et pas encore drogué.

Mais, à sa honte, à son horreur, il sentit sa chair le trahir. Répondant malgré lui aux caresses sensuelles de Samantha, les muscles de son estomac se contractèrent en envoyant des courants d'extase à la racine même de ses organes génitaux et, lentement, la base de sa colonne vertébrale commença à se fondre dans une délicieuse douleur.

— Arrête ça ! Arrête, salope ! glapit-il.

Biggie et Coke pouffèrent en constatant les signes du rut sur le corps svelte de Manolo.

Mais Samantha fut dégoûtée et en colère contre elle-même. Elle se leva brusquement et alla à la porte.

— Garde ça pour quelqu'un qui le paiera, dit-elle.

— Samantha, murmura-t-il dans un souffle.

Elle avait le cœur lourd, sans savoir pourquoi. Mais elle était touchée, émue par la réaction physique de Manolo. Elle se demanda si ce ne serait pas amusant de l'aider, de s'occuper de lui. Sa propre vie avait été tellement pleine de douleur et de peine, si assombrie par la résignation, qu'elle rêvait désespérément de quelque diversion émotionnelle.

Elle sortit de la chambre et dans la rue, devant l'immeuble de Manolo, elle trouva son chauffeur à côté de sa Cadillac et fronça les sourcils avec irritation aux sept ou huit petits Portoricains qui admiraient le luxueux coupé vert. Quand elle s'avança sur le trottoir le chauffeur, Doc Logan, lui ouvrit la portière arrière et lui annonça :

— J'ai reçu un coup de fil pendant que vous étiez en haut, Samantha. Chuck, de la salle de billard. Gipsy Tonnelli vous cherche.

— Chuck a dit pourquoi ?

— Ouais. C'est au sujet de ce dingue qui tue ces petites filles. Le Gipsy sait quelle gueule il a et il pense que peut-être un de nos prêteurs pourrait connaître le mec.

— Le Gipsy peut aller se faire voir, déclara Samantha en s'installant sur la banquette de cuir parfumé de la Cadillac.

Quelques secondes plus tard, Coke Roosevelt monta à côté d'elle et Biggie Lewis à l'avant avec Doc.

Samantha souriait vaguement.

— Ouais, au diable le Gipsy, dit-elle en croisant ses longues jambes bottées. Vous savez, j'étais à l'école avec lui. Ici à Harlem, dans le temps. Il était bien en avance sur moi, mais je traînais avec sa sœur, Adela. Je l'aidais avec son arithmétique. (Elle rit, en montrant de superbes dents blanches.) Dieu, qu'elle était idiote ! Rien dans la tête, rien. Nous appelions Gipsy le pape, parce qu'autant que nous sachions, il ne se tapait pas de filles.

Le coupé vert aborda silencieusement un carrefour au feu orange et continua avec arrogance, en brûlant le rouge.

Dans une voiture de patrouille, un jeune agent en tenue remarqua l'infraction et tendit la main vers la clef de contact mais son camarade, un vieux flic chevronné, secoua la tête.

— Pas question. Toi et moi, on ne touche pas à celle-là.

La nuit de Harlem était bleue de smog reflétant les lueurs dansantes du néon et, dans la Cadillac verte, Samantha avait l'humeur aussi sombre que la nuit, en proie à un mélange d'émotions qui tournait ses pensées vers son enfance et son ivrogne de père, un géant rongé par la syphilis qui ruminait sans cesse de vieilles colères et des illusions mortes.

Il avait l'habitude de lui dire :

— Le jeu ne vaut pas la honte, petite. Tu gagnes, et tu ne fais que battre un pauvre merdeux. Tu perds, c'est le contraire. C'est toi la pauvre merde battue.

C'était Gipsy Tonnelli qui assombrissait ses pensées, elle le savait, parce que la seule raison qu'il avait de la chercher c'était parce qu'il avait besoin d'aide. Mais aider Blanchet, c'était ce qui donnait la migraine à Samantha...

Manolo Ramos s'habilla rapidement de sa tenue la plus provocante, une chemise de soie gris perle ouverte jusqu'au nombril, une courte veste de fourrure blanche, des bottes de cuir bleu à talons hauts et un pantalon de daim bleu nuit qui moulait ses fesses rondes comme une seconde peau. Il tapota sur ses joues et ses cheveux une eau de Cologne parfumée après avoir crêpé son auréole de boucles brunes. Il s'adressa un éblouissant sourire professionnel dans la glace au-dessus du lavabo et sortit pour dévaler l'escalier et prendre l'autobus jusqu'à Central Park.

Six cent quatre-vingt-dix dollars, pensait-il. Merde. Quelle entreprise...

A 23 h 13, le 14 octobre, la grande échelle fonça vers l'incendie d'un immeuble misérable de Manhattan, à l'ouest de la Neuvième Avenue. Les pompiers maîtrisèrent le feu qui s'était déclaré dans un matelas d'une chambre du rez-de-chaussée, provoqué par un vieil ivrogne qui s'était endormi en fumant un cigare.

Le sifflement de l'eau sous pression, les voix hurlant des ordres, le martèlement des bottes des pompiers avaient terrifié une chatte allaitant quatre chatons dans le sous-sol de l'immeuble. Prise de panique, elle se hâta d'évacuer ses petits en les portant entre ses dents, par la nuque ; sautant par une lucarne, elle alla les mettre à l'abri dans un garage voisin inoccupé. Elle fit trois voyages mais quand elle revint pour le quatrième et dernier chaton, elle ne put le trouver. Elle tourna nerveusement en rond, en miaulant de détresse, mais finalement, ne recevant aucune réponse à ses appels plaintifs, elle bondit une dernière fois par la lucarne et disparut dans la nuit.

Le hall du Plaza, à la 59ᵉ Rue près de la Cinquième Avenue, contrastait brillamment avec le quartier de taudis où les pompiers avaient éteint les flammes d'un matelas et sonné les cloches à un imbécile d'ivrogne portoricain qui s'était endormi en fumant un méchant cigare et où s'attardait vaguement, dans la tête d'une mère chatte, le lointain souvenir d'une partie d'elle-même à jamais perdue.

Crescent Holloway faisait une entrée hagarde dans le hall du palace, fatiguée par le décalage horaire, clignant des yeux avec irritation, sous les flashes d'une cohorte de photographes de presse. Miss Holloway traînait dans son sillage une suite imposante et protectrice augmentée de chasseurs chargés de bagages, d'une paire de directeurs adjoints et de plusieurs responsables de National Films, une société qui était devenue un phénomène financier en distribuant des productions où se déployait l'explosive pyrotechnie sexuelle de Miss Holloway.

Sur les talons de Crescent Holloway, qui se protégeait les yeux d'un geste gracieux, venait son maquilleur personnel Simon Sachs, suivi par le chargé de presse Nate Sokol, et sa femme de chambre noire à l'air belliqueux, Honey Hopper.

Juste devant Crescent — proue solide de ce navire sexuel pacifiquement assiégé — marchait Rudi Zahn, son amant, son agent et son producteur.

Rudi Zahn, un homme trapu frisant la quarantaine, aux cheveux déjà clairsemés et aux yeux gris francs et directs, levait les deux mains et souriait amicalement aux photographes et aux journalistes. Le sourire n'était pas étudié mais aimable et sincère, suggérant quelque chose d'authentique dans le caractère de Rudi Zahn qui changeait du cynisme que la presse attendait des gens de Hollywood.

Les journalistes et les photographes apprécièrent le message de Rudi Zahn et écoutèrent ce qu'il avait à dire, à savoir :

— Le vol a été rude, avec une alerte à la bombe. Je veux parler du film. (Il mentionna une production d'un concurrent et obtint des rires.) C'était si mauvais que les gens ont quitté la salle.

Nouveaux rires. La plaisanterie était éculée mais tout le monde s'en moquait ; Rudi ne prétendait pas le contraire.

— Nous sommes fatigués, reprit-il, mais nous resterons debout toute la nuit si vous avez un journal à boucler. Nate a un dossier de presse avec des citations et des photos inédites. Ça, c'est la mauvaise nouvelle.

On rit encore. La bonne nouvelle, c'était la promesse d'une conférence de presse le lendemain matin de bonne heure, avec une projection des principales séquences du prochain film de Crescent Holloway, le tout agrémenté d'un buffet bien garni, avec du champagne pour les assoiffés et du whisky pour ceux qui ne l'étaient pas...

En quelques secondes, Crescent Holloway et sa suite s'engouffrèrent dans les ascenseurs, parmi les sourires et quelques sifflements admiratifs de la presse au travail.

Après minuit, quand la journée importante commença (mais il n'avait pas l'impression qu'elle commençait avant que l'aube éclaire l'horizon), le sommeil gagna Gus Soltik et l'indicateur infaillible de son cerveau se pointa sur « la maison ». Suivant un réseau de rues et de ruelles qui étaient comme les veines de son corps immense, par le métro et sur le panneau arrière d'un camion roulant lourdement sur la voie express Major Deegan, Gus Soltik arriva au coin de la 135° Rue et de St. Ann Avenue une heure environ après avoir quitté le lieu de l'incendie de la Neuvième Avenue à Manhattan.

Tout était silencieux. Il pleuvait et des rafales de vent emportaient des détritus dans les caniveaux et le long des trottoirs. Des immeubles couleur de boue se dressaient vers le ciel noir et entre eux s'étendait de la terre humide et gluante, sans un arbre, sans la moindre feuille ou brin d'herbe. Ni balançoire d'enfant, ni banc pour que des vieux s'assoient au soleil dans ces cours arides bordées de bâtiments semblables à des prisons.

Gus était heureux de ne pas habiter là, heureux de vivre dans le vieil immeuble délabré de Mrs. Schultz. Le señor Perez remettait à cette dame l'argent que Gus gagnait et parfois elle lui donnait quelques dollars ; avec cet argent, Gus pouvait s'acheter tout ce qu'il lui fallait vraiment : des hot-dogs aux marchands des rues, un sandwich bourré d'oignons, un cornet de glace, des noix grillées et des bretzels chauds.

Il avait aussi une réserve d'argent supplémentaire que personne ne connaissait. Ni le señor Perez ni même Mrs. Schultz. Gus avait découpé une profonde encoche dans les talons de ses bottes et, après avoir rempli les trous de pièces de dix et de vingt-cinq cents, il avait remis en place le triangle de caoutchouc en le maintenant fermement avec une bande adhésive noire. Il aimait à se dire qu'il marchait sur son argent secret. Les pièces étaient toujours là s'il avait besoin de prendre l'autobus ou le métro, ou de satisfaire ses envies soudaines de choses sucrées.

Mais Gus Soltik n'aimait pas beaucoup dépenser ce trésor. C'était pourquoi il était heureux que le petit chaton ronronnant contre lui dans la poche de sa veste ne lui ait rien coûté.

Et, tout en ne coûtant rien, il allait résoudre un problème qui le tourmentait depuis des mois : comment faire traverser cette chaussée à « cordeverte ».

Gus Soltik pourrait dormir maintenant, jusqu'à ce que les cloches lointaines de Saint-Stanislas le réveillent. Il savait qu'il entendrait Mrs. Schultz descendre par l'escalier grinçant, sachant qu'elle tenait entre ses vieilles mains un livre de messe en cuir et le lourd chapelet de bois du pays natal, pour se rendre à l'office funèbre de sa mère.

VI

Gipsy Tonnelli avait l'esprit pratique ; il se fiait à son instinct et savait par expérience que ce n'était pas seulement les « faits » ou ce que l'on apprenait des indicateurs qui résolvaient les affaires ; c'était plutôt quelque chose que l'on négligeait ou que l'on ne voyait que trop tard. Ainsi, en arpentant le grand salon au plafond haut de son appartement, il laissait vagabonder ses pensées, en s'efforçant de ne pas trier ses réflexions mais en laissant des stimulations extérieures imprégner ses sens. Il était un peu plus de minuit, le jour J. Les quatre années précédentes, l'Egorgeur avait frappé tard dans l'après-midi du 15 octobre. Mais on ne pouvait pas compter là-dessus. Pour Tonnelli, c'était maintenant l'heure de l'alerte générale. Tandis qu'il arpentait la pièce, fumait cigarette sur cigarette et remplissait constamment sa tasse de café, il regardait de temps en temps, avec espoir, le téléphone sur une table à côté d'un vieux fauteuil, une ligne directe avec son siège du 19ᵉ commissariat. Alors que le compte à rebours approchait de zéro, les rapports des quatre faubourgs se faisaient plus nombreux ; jusqu'à présent, tous avaient été vérifiés et tous s'étaient révélés négatifs.

Tonnelli laissait volontairement vagabonder ses pensées, en espérant qu'un important fait caché surgirait comme une révélation qui se laisserait prendre au piège de son inattention ; la piste fugace était fréquemment repérée de cette façon détournée.

Le sergent-inspecteur Boyle était au 13° commissariat de la 21ᵉ Rue Est. Il y resterait pendant dix-huit heures, en s'accordant de temps en temps une demi-heure de sommeil dans la cafétéria. A la fin de l'après-midi, Rusty Boyle quitterait son service pour aller prendre une douche, se changer et dîner chez Joyce Colby.

Le viol supposé sur lequel le grand Irlandais avait enquêté avait eu des ramifications. Boyle en avait parlé à Tonnelli. Le numéro de la voiture du violeur suspect lui avait été fourni par un nommé John Ransom, qui avait plus tard confié à Boyle qu'il mourait d'un cancer. Rusty avait donné le numéro à Dennis St.-John du 10° commissariat. St. John s'était renseigné au bureau des Véhicules et avait obtenu une adresse ; il s'était rendu chez le suspect et y avait non seulement trouvé l'individu qui aurait violé Hilda Smedley mais encore quatre pièces pleines de postes de télévision, d'appareils photos et matériel stéréo volés. St. John tirerait tout l'honneur de cette arrestation et, malgré sa tête de bois et sa stupidité, il serait probablement promu. Mais Rusty Boyle ne se souciait pas de ça. Son grand cœur irlandais saignait pour John Ransom, l'homme rongé par le cancer qui était forcé de mentir à sa femme sur ses ventes de tissu d'ameublement et d'inventer de petites anecdotes amusantes sur ses clients, alors qu'il souffrait et perdait le sommeil en se demandant comment apprendre à sa femme qu'il mourait, comment avouer à sa fille qu'il n'y aurait pas d'argent pour lui payer ses études de médecine.

Tonnelli avait choqué Rusty en lui demandant si Ransom avait une clause de double indemnité dans sa police d'assurances. Il y avait un moyen de coiffer au poteau ces cellules cancéreuses en folie. Louer un voilier et sauter par-dessus bord. Foncer en voiture dans les Catskills, rater un virage et faire la longue chute finale dans la vallée.

Pourquoi pas ? Il n'aurait à perdre que des heures de souffrance. Il épargnerait à sa femme la connaissance de son épreuve et il donnerait le maximum à sa fille, une chance d'obtenir son doctorat de médecine. Qui sait ? Elle pourrait même finir par avoir le prix Nobel.

Mais Rusty Boyle, optimiste sentimental, avait été scandalisé par la proposition de Tonnelli.

— Mais enfin quoi, bon Dieu ! Et si on découvrait un remède pour guérir le cancer le lendemain de son suicide ?

— Ça me fait mal de vous révéler ça comme ça, Rusty, mais le Père Noël n'existe pas.

Le téléphone de Tonnelli sonna encore une dizaine de fois, au cours de la demi-heure suivante et à mesure que les rapports affluaient, il pouvait imaginer et analyser l'action dans toute la ville.

Le 90° de Brooklyn signala des hommes rôdant dans des ruelles. Le 90° était un secteur d'îlots pleins de juifs hassidiques, de Portoricains et d'immigrés italiens obstinément stationnaires. Des agents en civil et en tenue ramassèrent les suspects, une bande de jeunes brutes néo-nazies espérant casser des têtes de juifs militants.

Au 48° commissariat de la Septième Division du Bronx-Sud, le sergent de semaine reçut un coup de fil d'une femme hystérique exigeant que la police fasse quelque chose au sujet de deux hommes mystérieux, dans l'appartement au-dessus de chez elle, qui depuis des jours copulaient vingt-quatre heures sur vingt-quatre dans un accompagnement de bruits liquides et obscènes. En réalité, ces hommes faisaient fonctionner ce que l'ATF (sigle de l'agence fédérale de répression des alcools, tabacs et armes à feu illégaux) appelle officieusement un alambic « nègre », un terme péjoratif par rapport à la quantité mais pas nécessairement à la **qualité**.

A Manhattan-Nord (couvrant la majorité de Harlem), le 26° commissariat signala un viol dans un terrain vague à l'ouest de la Dixième Avenue et de la 128° Rue. Mais la fille avait plus de vingt ans et ses trois agresseurs étaient tous noirs ou plutôt « chocolat » comme le précisa un second rapport laconique.

Harlem-Est, Deuxième Avenue près de la 116° Rue. Une petite fille noire de douze ans signalée disparue. Retrouvée trois quarts d'heure plus tard complètement défoncée, dans les toilettes des hommes d'une boîte à hamburger de la 110° Rue près de Central Park Ouest.

Maudit soit son cul noir, pensa Tonnelli, mais cela ne concernait pas cette enfant droguée dans une boîte à hamburger. Il pensait à Maybelle Cooper qui n'avait pas répondu à son appel, qui n'avait pas pris la peine de fixer un rendez-vous à sa salle de billard ni au QG du 19° commissariat. Milky Tichnor s'était présenté ainsi que Chapman et Solly Castro. Tous négatifs. Mais Samantha Spade n'avait pas donné de ses nouvelles.

Il se promettait de l'épingler pour ça et il le ferait avec un plaisir féroce. Mais pourquoi cet emportement ? se demanda-t-il. Elle devait savoir pourquoi il ne voyait plus Adela. Ce n'était pas contre Maybelle Cooper qu'il en avait, cette gamine noire avec un ordinateur dans la tête qui avait appris à son idiote de sœur l'arithmétique élémentaire, mais contre Samantha Spade, qui connaissait la ville et ses secrets aussi profondément et amèrement que lui et qui savait probablement fort bien que le mari grec d'Adela, Stav Tragis, dirigeait un trafic de voitures volées, dans ses parkings de bagnoles d'occasion à Baltimore.

Les rapports continuaient d'arriver, relayés par les standardistes des 13° et 19° commissariats au lieutenant Tonnelli. Il voyait en pensée les opérations, il imaginait l'immense étendue de la ville obscure. Il voyait couler le fleuve, il entendait les sirènes de police, il distinguait la lueur rouge des gyrophares, il se représentait les flics en uniforme, pistolet au poing, montant quatre à quatre pour enquêter sur des tuyaux et des plaintes canalisés à présent avec une rapidité croissante aux 13ᵉ et 19ᵉ.

9ᵉ Rue près de la Cinquième Avenue. Un Noir forçant une jeune Noire à monter dans une Mark II bordeaux. Négatif à la vérification. Un proxénète et sa « protégée ».

Un Blanc signalé dans les toilettes pour dames de Central Park. Arrêté par un agent, inculpé d'outrages aux mœurs au 22ᵉ commissariat de la 86ᵉ Rue (Traverse Trois de Central Park).

Disparition d'un garçon blanc, huit ans, habitant la 54ᵉ Rue entre les Première et Deuxième Avenues. Négatif. Sujet retrouvé à la gare routière de Manhattan, espérant se faire transporter à Detroit pour voir le père divorcé.

Paul Wayne, du *New York Times*, téléphona mais Tonnelli n'avait pas grand-chose pour lui. Après le deuxième meurtre rituel de l'Egorgeur, la presse et la télévision locales avaient flairé une histoire aux proportions épiques et explosives en gestation, en espérant bien une matérialisation du « si » conditionnel : S'il tuait encore...

C'était le souci morbide mais néanmoins professionnel des journalistes. Alors la troisième année, quand le corps de Trixie Atkins avait été trouvé dans une soupente de Greenwich Village avec des brûlures de cordes sur ses cuisses et l'artère jugulaire horriblement tranchée, la nouvelle avait escaladé les échelons et avait été reprise par tous les journaux des Etats-Unis. Un an plus tard, quand Jenny Goldman avait été assassinée le même jour après avoir subi les mêmes affreuses tortures, les médias s'étaient déchaînés dans un registre de vertueuse indignation, en établissant des parallèles avec les massacres Zebra et Zodiac de San Francisco, accompagnés des inévitables allusions à l'incompétence policière et politique. On avait insinué, sans subtilité, que si les agents ne « roupillaient » pas dans des halls de théâtre fermés, ou des sous-sols d'école, si les commissaires adjoints et les inspecteurs-chefs qui servaient le bon plaisir du préfet avaient le courage d'imposer de stricts couvre-feux et de rafler tous les obsédés sexuels connus depuis dix ans, et si le préfet lui-même n'avait pas une telle ambition politique et passait un peu moins de temps dans des congrès internationaux pour exposer ses thèmes favoris de « fraternité par la loi et l'ordre » et de « tyrannie de la philosophie du nombre dans le travail de police », eh bien, l'Egorgeur aurait été attrapé depuis longtemps.

Tonnelli était certain que la plupart des médias exigeraient et obtiendraient leurs têtes à tous, si jamais l'Egorgeur réussissait son cinquième coup. Et ils l'auraient bien mérité...

Mais le tapage et les grands discours ne s'appliquaient pas à Paul Wayne. C'était un vétéran blasé qui connaissait son métier et Tonnelli avait confiance en lui. C'étaient d'autres journaux qui étaleraient du sang à la une pour vendre cinq exemplaires de plus.

Il donna donc à Wayne tout ce qu'il avait. Les tuyaux, les enquêtes, les résultats, les forces et le matériel en alerte.

Le téléphone sonna encore une fois. C'était Sokolsky au standard du 19°.

— Lieutenant, nous avons une gosse disparue à Brooklyn, d'un de ces minables immeubles près du pont de Williamsburg. Onze ans, portoricaine. Les flics de la division Est du commissariat sont sur le coup.

Jamais l'Egorgeur n'avait frappé en dehors de Manhattan.

— Le nom de la petite ?

— Trinidad Davoe.

— Avertissez le commissaire et le divisionnaire que nous envoyons des inspecteurs du 13°.

— D'accord, lieutenant.

Avant que Tonnelli ait le temps de remplir sa tasse de café ou d'allumer une nouvelle cigarette, Sokolsky rappela.

— C'était rien, lieutenant, la petite Portoricaine de Williamsburg.

— Qu'est-ce que c'était ?

— Une dingue, probable. Paraît que la gosse a été tuée par une voiture il y a quelques années. Un camion de laitier. Le prêtre a dit à la vieille dame qu'elle n'était pas vraiment partie, des tas de gars du commissariat sont au courant, et alors la vieille va à l'église et elle allume des cierges et elle signale constamment la disparition de sa fille. Un des gars m'a dit qu'elle garde le lit de la gosse préparé, la couverture rabattue et qu'elle se lève la nuit, elle trouve le lit vide et elle appelle la police pour qu'on cherche sa gosse. C'est plutôt triste.

Des dingues, une ville pleine de dingues. Paul Wayne lui avait dit qu'au *Times* les cinglés commençaient à téléphoner et Gipsy Tonnelli pensait à eux en contemplant les photos aux murs de son appartement, des photos qu'il prenait ses jours de congé ; des scènes des divers quartiers qu'il avait aimés, où il avait grandi et travaillé, des scènes que les touristes ne voyaient jamais parce que tout ce qu'ils voulaient, pensait Gipsy, c'était se soûler et vagabonder dans les coins mal famés pour se faire attaquer et dévaliser afin de pouvoir rentrer chez eux et raconter ça aux copains.

Les dingues sortaient de leurs trous.

« Ecoutez voir, je ne cause pas à une foutue secrétaire ou à un reporter, je veux parler au rédacteur en chef du *Times* et je ne mâcherai pas mes mots, parce que si les flics n'attrapent pas ce type qui assassine toutes ces petites filles, moi je ne paie plus un rond d'impôts, locaux ou autres ! »

« Je vous passe le bureau des informations, monsieur... »

L'idée que se faisaient de New York les visiteurs n'englobait jamais le concept de quartier ; leur image était inévitablement un stéréotype de gens hostiles et névrosés vivant les uns sur les autres dans des gratte-ciel, se côtoyant dans les ascenseurs sans jamais un « bonjour » ou un « bonsoir ».

Paul Wayne lui avait parlé d'une dame hystérique qui lui avait annoncé, en hurlant avec des accents bibliques, qu'elle et elle seule était responsable de la mort des quatre petites filles. Elles avaient été punies par un Dieu tout-puissant mais juste, parce qu'elle avait péché, fait la pute dans les bars de la Troisième Avenue comme une chienne en chaleur et comme, avant sa chute, elle avait été l'ange de la famille, la vengeance de Dieu avait été d'autant plus sévère et impitoyable.

— C'est comme une espèce de punition vaginale du Grand Dard dans le ciel, disait Wayne avec lassitude.

Le lieutenant Tonnelli aspira profondément la fumée de sa cigarette et regarda les photos qu'il avait prises à Queens, du côté de Jackson Heights, dans les jardins Carroll de Brooklyn et les terrains de jeux et les bassins du Hillside Home dans le Bronx. Beaucoup de ces vues étaient imparfaites. Il y avait toujours les traces d'une humanité commune dans les graffiti, les ordures, mais il y avait aussi de la force, partout, une volonté non seulement de supporter mais de survivre, dont le plus magnifique exemple était les panoramas et les scènes que le lieutenant avait saisis à Grymes Hill, Staten Island, un quartier encore merveilleux avec ses mouettes, son eau, ses vues des ports et des voies de navigation.

Mais les touristes ne voyaient rien de tout ça. Sans doute parce qu'ils ne le voulaient pas. Pour eux, New York était un safari, où les chauffeurs de taxi étaient leurs guides de chasse qui les régalaient et les effrayaient avec des histoires de certains quartiers du West Side et de Central Park. Et pas seulement les touristes, des professionnels aussi. Sokolsky avait téléphoné en début de soirée pour lui parler d'un inspecteur de police à la retraite, de Camden, New Jersey, qui s'appelait Babe Fritzel. Ce Fritzel s'était présenté au 19ᵉ, un type bien bâti malgré ses soixante-dix berges passées, disait Sokolsky avec des yeux intelligents, perçants, et une belle crinière blanche. Fritzel avait encore un pistolet, son insigne et un émetteur-récepteur, et il était venu de Teaneck, New Jersey, à Manhattan pour proposer ses services à la police, afin de « coincer le salaud » qui « découpait » les petites filles.

— Vous connaissez un certain Unruh, lieutenant ?

— Unruh ?

— Oui, Unruh, c'est ce que ce Fritzel a dit.

— Ma foi... Il y a eu un Howard ou John Unruh qui est sorti

de sa maison de Camden par une belle journée d'été ensoleillée, merde, c'était bien avant notre temps, Sokolsky, dans les années cinquante, peut-être même avant, bref il est sorti et il a abattu treize personnes à coups de fusil, des tas de gosses parmi elles, je me souviens.

Sokolsky parut heureux de confirmer cette dernière réflexion du lieutenant :

— Ce mec, Babe Fritzel, il m'a dit qu'un petit gosse était assis sur un cheval de bois chez un coiffeur, attendant de se faire couper les cheveux quand Unruh l'a descendu. Fritzel est un des flics qui ont arrêté Unruh.

— Vous lui avez dit d'aller se faire voir ?

— J'ai conseillé à Mr. Babe Fritzel de rentrer chez lui à Teaneck et de regarder l'émission en couleurs naturelles à la télé.

— Mais qu'est-ce qu'ils ont tous, nom de Dieu ?

Sokolsky hésita un moment, puis il s'éclaircit la gorge et dit :

— Eh bien, lieutenant, à mon avis...

— Ah merde ! s'exclama Tonnelli et il raccrocha.

On sonna à la porte. Tonnelli s'assura que le 38 glissait bien dans l'étui à sa ceinture, tira deux verrous et entrouvrit sa porte des quelques centimètres autorisés par la chaîne de sécurité. Il vit devant lui les grands yeux lumineux bordés de blanc de Samantha Spade, brillant dans l'ombre du bord souple de son chapeau de velours rouge.

— C'est vraiment chouette de passer, dit-il.

— J'aurais peut-être quelque chose, lieutenant. Vous payez un verre à une dame ?

— D'accord, dit-il en décrochant la chaîne.

— C'était dans la Huitième Avenue, du côté de la 111ᵉ ou de la 112ᵉ Rue, il y a six à huit mois, dit Samantha.

Elle portait encore sa redingote de cuir noir et le tailleur-pantalon noir pailleté de motifs patriotiques, mais elle avait ajouté à sa tenue une demi-douzaine de gros bracelets d'or.

— Bourbon, ça va ?

— Avec une goutte d'eau.

Tonnelli passa dans sa petite cuisine, servit deux verres et en apporta un à Samantha qui était nonchalamment vautrée dans un profond fauteuil de cuir, les jambes croisées, ses bottes blanches étincelant de reflets du plafonnier.

— Continue, dit Tonnelli.

— Où j'en étais ?

— Huitième Avenue entre la 111ᵉ et la 112ᵉ.

— Un de mes gars faisait des prêts dans ce quartier, il allongeait le fric, d'une voiture. Deux de mes durs, Coke et Biggie, tenaient les affaires bien en ordre, notaient les noms, les adresses, les sommes et rassemblaient les signatures. La plupart des types étaient de vieux clients, des frères et quelques Portoricains, alors ce grand Blanchet, pas, il ressortait. Je veux dire, quoi, il était comme un cri de guerre dans un bal nègre. Il était grand, Gipsy. Plus d'un mètre quatre-vingt-dix, m'ont dit mes gars. Et, à ce qu'il paraît, avec un torse et des épaules comme toi. Il portait un blouson de cuir et une espèce de drôle de casquette. Mes durs m'ont dit plus tard qu'il avait l'air d'avoir une sacrée fêlure côté cerveau.

Tonnelli prenait des notes sur un bloc.

— Son âge ?

— Trente, trente-cinq ans. Bref, le grand type blanc a l'air de penser que c'est le Père Noël qui distribue le fric. Quand il arrive au trésorier, il allonge la main pour en avoir. Ils ont essayé de savoir son nom, où il travaillait, mais ça n'entrait pas. Finalement, ils lui ont donné un bout de papier et un crayon pour écrire tout ça et c'est là qu'il a tourné branque.

— Mais est-ce qu'il a écrit quelque chose ?

— Il a essayé, mais il avait l'air de ne pas savoir comment, et c'est ça qui l'a fait basculer. Il a tout simplement explosé, il a jeté par terre mes deux durs, et faut un sacré costaud pour arriver à ça ! Et puis il a enfoncé son poing dans le pare-brise et il s'est mis à courir dans la Huitième Avenue, vers le sud. Les frères lui ont couru après, je te prie de le croire, mais il a filé dans Central Park et c'est là qu'ils l'ont perdu.

— Où exactement, Maybelle ?

— Y a un foutu tas de cachettes entre Central Park Ouest et le lac de Harlem. Faudrait des chiens pour trouver quelqu'un.

— Tes gars n'avaient rien d'autre, sur son signalement ?

Elle fronça légèrement les sourcils et passa sa longue main sur sa joue.

— Pas vraiment, Vince... Il était grand. Il était blanc. Blouson de cuir, casquette idiote. Jaune, je crois qu'ils ont dit.

— C'est important. Tu es sûre qu'il avait une casquette jaune ?

— Comment diable est-ce que je pourrais être sûre d'un truc qui s'est passé il y a six mois ?

Tonnelli soupira.

— Tu as toujours eu un foutu caractère et du plomb sur la langue.

— Chut, dit-elle, soudain songeuse. Je me rappelle d'autres trucs. Le seul mot qu'il a dit qui était clair avait l'air d'un nom d'homme. Lanny.

— Rien que Lanny ? Pas de nom de famille ?

Elle secoua la tête.

— Rien que Lanny. Et un de mes gars m'a dit que ce dingue avait de tout petits yeux et un front qui avançait.

— Ils ne l'ont plus revu ?

— Non, et c'est pas faute d'avoir cherché, parole !

— Va te servir à boire si tu veux, la bouteille est à la cuisine. Je ne sais pas, mais tout ça pourrait bien nous aider.

Pendant que Tonnelli allait au téléphone, Samantha se leva d'un souple mouvement langoureux et alla à la cuisine. Merci beaucoup, Gipsy, pensait-elle en sentant venir les premiers élancements de la migraine redoutée.

Le lieutenant Tonnelli donna des ordres au standardiste du Central.

— Je veux que vous diffusiez ce signalement à tous les commissariats et toutes les divisions, dans tous les faubourgs. Je veux qu'il aille en premier au sergent Boyle, au 13ᵉ et à l'inspecteur Clem Scott au 19ᵉ. Arrêter à vue, pistolet au poing, un homme blanc, trente à trente-cinq ans...

Dans la petite cuisine fonctionnelle, Samantha ajouta deux doigts de bourbon à son verre et revint dans le salon, où elle examina avec curiosité les photos, les fauteuils de cuir avachis, les photos encadrées des parents de Tonnelli, sur la cheminée de marbre au-dessus des fausses bûches à gaz.

Tonnelli raccrocha et jeta un coup d'œil à Samantha, tout en passant légèrement le doigt sur sa balafre de la joue gauche. Elle devina la question dans ses yeux et soupira.

— Quoi encore, Gipsy ?

— Il y a un dessinateur de portraits-robots, à mon siège. Tes mecs ont pu voir le fumier que nous appelons l'Egorgeur. Voilà ma question : est-ce qu'ils travailleront avec l'artiste de la police pour nous aider à faire un portrait ?

Boire..., pensait-elle en se frottant le front tandis que les premières aiguilles de douleur s'enfonçaient dans son cerveau.

— Coke et Biggie vous aideront. Je vais les envoyer au 19ᵉ.

A cause de la migraine, et parce qu'elle savait ce qui la provoquait, elle éprouvait le besoin de faire mal à Tonnelli ; son sourire devint plus froid et méprisant alors qu'elle regardait de tous côtés.

— Ainsi, voilà comment finit le grand Vincent Tonnelli ! Rempart de l'Etat, flic honnête, célibataire dans un deux-pièces avec des fauteuils et un canapé qui ne feraient pas cinquante dollars aux enchères.

Tonnelli sourit et chassa d'une chiquenaude une poussière imaginaire de sa manche de cachemire.

— Je porte tout sur mon dos, Sam.

Elle le regarda avec curiosité.

— A part ton côté vaudou rital, tu marches en général du côté cool. Qu'est-ce qui te pique à présent ? Pourquoi est-ce que tu veux clouer ce mec au mur en bandes détachées ?

— Je suis flic. C'est mon boulot.

— Conneries, bébé. Moi je gagne ma vie en lisant les gens et, comme je te connais, Gipsy, je pourrais faire ça en braille.

— Ça se voit donc ?

— Tu peux le croire. Ça transparaît.

Au fil des ans, Tonnelli avait soigneusement surveillé ses émotions et ses réactions, conscient que l'intensité de sa colère pouvait devenir une dangereuse maladie, atteindre un plateau où elle serait plus un risque qu'un avantage. Il avait vu cela arriver à des policiers dont le partenaire était tué et qui s'en rendaient responsables. Ils voulaient des victimes, pour passer leur rage et leurs remords. Mais au-delà d'un certain point les considérations d'innocence et de complicité perdaient leur sens et n'importe quelle victime alimentait leur faim de vengeance.

Au début, Tonnelli croyait que sa passion s'enracinait dans les simples violations de son territoire. Les crimes étaient commis dans son village de Manhattan. C'était le tabou du territoire, de la tribu, des temples et des sanctuaires. Mais à mesure que les années passaient, il se rendait compte que c'était plus que cela.

— Au fait, comment va ta sœur ? demanda Samantha. Adela ? Paraît qu'elle s'est mariée et qu'elle a des tas de gosses ?

C'était si près de la douleur de Tonnelli que ces mots lui firent l'effet d'un coup de feu. Des tas de gosses, eh oui, pensa-t-il amèrement. Trois nièces, deux neveux. Sa seule famille. Quand il passait devant les magasins de jouets, il s'arrêtait, regardait tout ce qu'il aurait aimé acheter pour ses neveux et nièces et ne pouvait pas. De grandes poupées de chiffon, des trains, des animaux mécaniques qui sautaient à travers des cerceaux, des modèles réduits d'avions télécommandés. Il avait même envisagé d'obtenir un prêt des services de police pour les emmener tous à Disneyland. Ou de les faire venir quand il avait un week-end de trois jours. Ils iraient au restaurant, ils se promèneraient dans sa voiture banalisée en écoutant la radio de la police. Il leur montrerait ses albums de photos. Le vieux avec son tablier et les fromages suspendus au plafond de sa boutique de Fulton Street. Et la photo en couleurs de sa mère, sans un cheveu blanc à soixante ans, dont le caractère contrastait avec ces grands yeux expressifs. Au magasin ou à la maison, il n'y avait pas d'embrouille, on était réglo. Il savait bien qu'Adela n'aurait aucune de ces photos, n'en voudrait même pas.

Jamais il ne connaîtrait ses neveux et nièces, jamais il ne les tiendrait dans ses bras et c'était pour ça qu'il détruirait l'Egorgeur, parce que les victimes de ce dément se substituaient à la famille qu'il ne pouvait connaître ni aimer.

— Alors, comment va-t-elle, Gipsy ?

— Très bien, très bien, répondit vivement Tonnelli, trop vite, pensa Samantha, et elle préféra ne pas insister.

Elle savait parfaitement qu'Adela Tonnelli était la femme d'un Grec, un marchand de voitures d'occasion qui fourguait des bagnoles volées tout le long de la côte atlantique, et Gipsy devait le savoir aussi, ce qui signifiait qu'il ne voyait plus sa sœur ni les gosses.

Elle se dit qu'il n'était pas le pire des Blancs, il était même le meilleur, et son besoin de lui faire mal la quitta.

S'il y avait quelque chose de bon chez les flics, c'était les costauds comme Gipsy Tonnelli. Il était franc et honnête et il n'irait pas marquer un homme à vie, à coups de crosse, histoire de rigoler. Tonnelli avait en lui une tonne de douleur et de lassitude et c'était une chose que Samantha connaissait elle aussi dans ses moindres détours. Par moments, elle était tellement malade de détresse, à force d'écouter gémir un perdant après l'autre, que ça la touchait physiquement ; il y avait des nuits où son mal de tête et ses crampes la rendaient folle et alors c'était les comprimés et la bouteille, la rage de ne pas pouvoir haïr assez Blanchet, et le rêve apaisant mais morbide et irréalisable d'une plage au soleil, sous un grand ciel bleu, avec uniquement de l'air propre et doux autour d'elle et le lent froissement des vagues déferlant sur le sable et peut-être — ça c'était le côté morbide — avec quelqu'un comme ce petit Manolo à soigner et à protéger et, qui sait, à aimer...

Tonnelli comprit à la compassion visible dans les yeux de Samantha qu'elle n'ignorait rien de Stav Tragis, le mari de sa sœur qui maquillait des voitures et les revendait à des ploucs de Caroline. Et il lui fut reconnaissant de se taire, de ne pas le frapper avec ça, le fait qu'il ne pouvait pas voir sa sœur et ses enfants parce qu'elle était la femme d'un vulgaire voleur.

— Dis donc, Sam, pourquoi est-ce que tu n'essaierais pas l'autre côté de la barrière, pour changer ? dit-il. Qui sait, ça pourrait te plaire.

— Tu oublies, Gipsy, que les chats noirs comme nous ne peuvent pas changer de peau. Et je t'en prie, Pape, pour l'amour de Dieu, la prochaine fois que tu m'inviteras, tâche d'avoir du scotch !

Un des bureaux du QG de Tonnelli au 19ᵉ commissariat avait été transformé en « chambre noire » par le dessinateur de la police, l'inspecteur Todd Webb. Il avait installé un écran portatif et un projecteur de 16 mm et tous les témoins utiles étaient présents, à part Joey Harpe, le petit Irlandais, qui ne tarderait pas puisque ses parents et lui étaient déjà en route dans une voiture de police.

Le lieutenant Tonnelli était debout à côté de l'agent Max Prima qui se tenait raide comme la justice et écarquillait des yeux pleins d'un respect presque comique ; c'était sa réaction à la présence des huiles, le commissaire principal adjoint Walter Greene et, plus imposant encore, le commandant de la police de Manhattan-Sud en personne, un flic deux étoiles, Taylor « Chip » Larkin qui, avec ses épaules un peu voûtées et ses cheveux blancs, avait plus l'air d'un curé de campagne de son comté natal de Cork que du chef de toutes les polices de la moitié sud de l'immense métropole.

Coke Roosevelt et Biggie Lewis s'écartaient des policiers et causaient entre eux en plaisantant à voix basse ; s'ils considéraient comme un privilège de se trouver en compagnie d'officiers de police aussi prestigieux, ils le dissimulaient à merveille.

Enfin — il était alors environ 3 h 15 dans la matinée du 15 octobre — la porte s'ouvrit et le petit Irlandais, Joey Harpe, entra avec ses parents vaguement inquiets.

C'était Joey qui avait vu l'assassin de Jenny Goldman dans le sous-sol d'un vieil immeuble de la 29ᵉ Rue entre Lexington et la Troisième Avenue.

La salle éteinte, Todd Webb se mit au travail en faisant passer sur l'écran divers types de crânes, longs, carrés, ronds, ovales, jusqu'à ce qu'un consensus soit atteint par l'agent Prima, le petit Irlandais et les deux gorilles noirs, qui se mirent d'accord pour déclarer que l'homme qu'ils avaient tous vus avait une tête aussi ronde qu'une boule de bowling.

L'inspecteur Webb laissa ce contour sur l'écran et commença, avec une rapidité voulue, à ajouter ou à soustraire diverses formes de bouches, de nez, d'yeux et d'oreilles jusqu'à ce que finalement, après des discussions et des désaccords considérables, ils en viennent à se décider pour le croquis de face et de profil d'un homme présentant les caractéristiques suivantes : petits yeux, front proéminent, cheveux blonds mal coupés, cou musclé et puissant, et oreilles décollées comiques.

Des copies du croquis seraient faites et distribuées par des voitures de police à tous les commissariats de tout New York.

Elles ne seraient pas remises aux journaux locaux ni aux chaînes de télévision. C'était une décision du chef des inspecteurs Chip Larkin.

Un officier de police aussi cultivé et intelligent que Larkin savait que l'Egorgeur pouvait être classé médicalement parmi les grands psychopathes déficitaires, que la honte et les humiliations les rages et les dépits provoqués par leur propre déficience poussaient inexorablement et à jamais vers la violence antisociale.

On finirait par l'arrêter, bien sûr, parce qu'il continuerait sur sa voie de meurtres sadiques et sauvages. Mais le chef Larkin voulait qu'il soit arrêté ce soir, pas dans dix ans. Pas après dix autres petites filles...

Et c'était pour cela qu'il ne voulait pas diffuser le portrait-robot de l'Egorgeur à la presse. On allait avoir besoin de surprise et de secret pour tendre un piège à l'assassin.

— Merci, petit, merci, messieurs, dit-il avant de gratifier l'agent Prima de son bon sourire de curé de campagne. Vous avez fait là du bon travail. Je vous en félicite.

D'un geste qui surprit tout le monde, le jeune Joey Harpe tira de sa poche un carnet et un crayon et demanda leur autographe à Coke Roosevelt et à Biggie Lewis.

VII

Le chaton, en ronronnant, avançait lentement sur la couverture marron du lit de Gus Soltik, en s'arrêtant de temps en temps pour regarder avec prudence son nouvel environnement. Près de l'oreiller sale et froissé, il trouva de quoi manger, une miette de beignet avec du sucre dessus. Il la flaira et, pendant qu'il léchait le sucre, Gus Soltik arriva avec une soucoupe de lait entre ses grandes mains. Il referma la porte à clef et déposa la soucoupe par terre.

La pièce sans air était chaude et avait une odeur animale. Gus Soltik ôta sa casquette jaune et son pull-over marron et la lumière de l'ampoule nue pendue au plafond teinta de jaune ses larges épaules boutonneuses. Il ramassa le petit chat, qui était doux et tiède et le serra lentement, accroissant la pression jusqu'à ce que le chaton miaule plaintivement.

— Pas mal, dit Gus en parlant lentement et tout bas, puis il posa le petit chat devant la soucoupe de lait.

Le chaton faisait apparaître des mots à l'esprit de Gus Soltik. « Cages » et « Lanny ». Le chat le faisait penser aux animaux, aux « cages ». Ils rugissaient et ils effrayaient les gens mais Gus savait, confusément, qu'ils étaient impuissants. Ils étaient comme lui. Il pouvait effrayer mais il était impuissant. Ça créait dans sa tête un enfer de douleur et de confusion quand il voyait les commis faire sonner le tiroir-caisse, additionner les chiffres, changer de l'argent en papier contre du bel argent dur et brillant. Il portait des caisses que personne d'autre ne pouvait soulever, mais on devait lui indiquer exactement où les poser. Il ne le savait jamais.

« Lanny. » Et la nourriture. Lanny avait essayé de lui expliquer les animaux de l'horloge qui jouaient des instruments de musique. Il ne comprenait pas la musique et s'en méfiait. Mais Lanny parlait calmement. Lanny travaillait dans le grand bâtiment près du zoo et du bassin. Gus aimait bien Lanny et une fois il avait apporté du magasin un grand sac de restes. Des légumes verts, des oranges et des pommes de terre qu'on déposait dans la ruelle à la fermeture du magasin. Cette nourriture était pour les « cages ». Gus Soltik voulait faire quelque chose pour elles parce que Lanny était gentil avec lui. Mais Lanny avait expliqué, lentement et calmement, que seules certaines personnes avaient le droit de nourrir les « cages ». Gus n'avait rien éprouvé de la rage impuissante qui l'embrasait quand ce genre de chose arrivait. Quand il ne comprenait pas, Lanny parlait lentement, en souriant, et c'était différent... Et une fois, c'était leur secret, Lanny lui avait montré comment mettre en marche et conduire le camion.

Du revers de la main, Gus Soltik frotta la marque laissée sur son front bas par le bord de sa casquette de cuir jaune. Il parla encore au chaton, en répétant « Pas mal » et sourit d'un air surpris et ravi quand la petite bête commença à laper le lait avec son bout de langue rose. C'était une jolie « cage », pensait Gus, noire avec une tache blanche entre les yeux.

— Pas mal, dit-il encore.

Gus Soltik avait une voix flûtée, aiguë ; ce cou énorme aux muscles massifs laissait échapper des sons bizarres, mais sa voix n'était très aiguë que lorsqu'il était surexcité et il l'était en ce moment au point que ses mains tremblaient et que la sueur perlait à grosses gouttes sur son front.

Il était temps. Il pensa à une jupe verte et à des jambes blanches et un masque de luxure se plaqua sur sa figure, voila ses yeux comme un nuage de pluie, fonça le rouge de ses joues.

Se déplaçant à une allure inhabituelle pour un homme de sa taille, il alla ouvrir son placard où un vieux sac de compagnie aérienne était accroché à côté de la robe de sa mère.

Il l'ouvrit et le posa sur son lit, en remarquant au passage que le petit chat continuait de boire le lait. Il avait trouvé ce sac un soir, dans une poubelle de Park Avenue. Les flancs étaient éraillés, le plastique raide était déchiré par endroits, mais la fermeture éclair et les poignées étaient encore bien solides.

Gus regarda lentement autour de lui pour être absolument certain de se rappeler toutes ses cachettes. Certaines choses étaient là, dans une commode, il le savait. Il y avait autre chose dans le carton à chaussures sous la table, devant la fenêtre cachée par un vieux store vert délavé.

Soudain, il éprouva un début de panique, comme si un linge humide était frotté par une main puissante sur son esprit, effaçant complètement le souvenir de son nom de famille.

— Gus... Gus..., dit-il tout haut d'une voix craintive.

Et en plus de ce trou horrible, l'affreuse perte de son identité, il s'aperçut avec détresse que son esprit était vide ; il entendait un rugissement dans ses oreilles parce qu'il constatait qu'il avait non seulement oublié son nom mais les cachettes des deux choses les plus importantes...

Il ne pouvait pas courir en bas à la boîte aux lettres pour chercher son nom. Il lui faudrait remettre son chandail et sa casquette. Mrs. Schultz l'appellerait et voudrait savoir pourquoi, mais s'il restait là, tremblant comme un animal pris dans un cercle de feu, son désespoir deviendrait si insoutenable qu'il serait forcé de se taper la tête contre le mur jusqu'à ce qu'il perde connaissance.

Brusquement, il fut pris d'une soif terrible. Il courut à la salle de bains et ouvrit la porte de la petite armoire à glace. Alors qu'il prenait le verre à dents en plastique, son regard tomba sur un objet en partie caché par deux boîtes à biscuits vides. En voyant briller des cercles d'acier, il faillit pleurer de soulagement.

Et au même instant, il fut capable de prononcer son nom clairement, avec assurance :

— Gus Soltik.

Sa soif l'avait quitté. Sans aucune hésitation, il prit la paire de menottes derrière les boîtes et retourna dans sa chambre pour les placer dans le vieux sac de compagnie aérienne. Il avait acheté les menottes dans un magasin de nouveautés de la 142ᵉ Rue ; elles étaient vendues au rayon des jouets mais pouvaient très bien servir pour retenir de minces poignets d'enfant.

Avec beaucoup de précautions, maintenant, résolu à ne commettre aucune erreur, il ouvrit un tiroir de la commode avec des gestes presque rituels, et prit les trois articles cachés sous ses chemises : un rouleau de fine corde de nylon, un autre de sparadrap et un briquet à pipe qui faisait jaillir une flamme de près de dix centimètres de long. Après avoir soigneusement placé tout ça dans le sac, il ôta le couvercle du carton à chaussures et fouilla dans une masse de bouts de journaux déchirés ; sa main se referma sur le manche d'un lourd couteau de chasse. Il le dégagea de son fourreau et vérifia le fil de la lame sur son pouce. Au moment où il remettait le contenu dans son fourreau et le jetait dans le sac, on frappa à sa porte et Mrs. Schultz l'appela.

— Descends à la cuisine, Gus.

Incapable de se souvenir s'il avait fermé sa porte à clef, Gus, aiguillonné par la terreur, ramassa le chaton et le fourra dans le sac.

— J'ai du café et des beignets, dit Mrs. Schultz. A la confiture.

Gus rangea le sac dans son placard et referma la porte puis, tremblant de panique, il ramassa la soucoupe et courut à la salle de bains où il jeta le reste du lait dans le lavabo et rinça rapidement la soucoupe sous le robinet.

Dans le couloir du vieil immeuble, qui gémissait continuellement sous le poids des ans, Mrs. Schultz attendait devant la porte de Gus, sa figure généralement paisible crispée par l'anxiété.

C'était une forte femme âgée aux cheveux gris, qu'elle retenait sur sa nuque par un élastique. Une paire de lunettes cerclées de fer était posée en équilibre sur son nez bulbeux mais n'améliorait guère la vue de ses yeux chassieux. Elle ne s'en souciait pas ; elle n'avait plus l'occasion de beaucoup lire, ces temps-ci, et les lunettes suffisaient bien pour travailler dans la cour ou regarder la télévision et elle aimait bien leur aspect, bien brillant quand il y avait du soleil. Elle essaya d'ouvrir la porte, la trouva fermée à clef et son inquiétude s'accrut.

— Qu'est-ce que tu fais, Gus ?

— M'habille.

Mrs. Schultz remarqua qu'il avait la voix aiguë et stridente, ce qui était mauvais signe. Cela signifiait qu'il était nerveux. Le mieux, c'était de le laisser tranquille, de ne pas faire attention... C'était ce que la mère de Gus lui avait dit, et qui connaissait meux un garçon que sa propre mère ?

— C'est prêt quand tu veux, dit-elle et elle redescendit dans sa cuisine du rez-de-chaussée.

Elle s'assit et attendit le bruit des pas lourds de Gus dans l'escalier. La pièce était chaude et les pensées violettes sur le rebord de la fenêtre donnant sur la cour dégageaient un léger parfum humide.

Mrs. Schultz plaignait Gus ce soir, parce qu'elle savait qu'il passait par une de ses phases troublées, mais ce n'était pas nouveau pour elle car elle avait consacré presque tous les soixante-treize ans de sa vie à plaindre les autres.

Ses parents l'avaient amenée d'Allemagne à New York quand elle était encore enfant, douze ans avant la Première Guerre mondiale et, depuis ce temps, elle avait toujours vécu à New York de taudis en ghettos. Jamais elle ne s'était plainte, parce que ses parents lui avaient dit qu'elle devait être reconnaissante de vivre dans un pays libre.

La vocation de Mrs. Schultz était d'aider les autres. Elle apportait de la soupe aux malades, elle faisait la collecte de vêtements usagés pour les enfants pauvres. Elle essayait de consoler les femmes d'Irlandais en délire qui buvaient du samedi soir jusqu'au lundi matin et déchiraient parfois leur salaire comme s'ils le prenaient en haine. Les femmes des Irlandais, les plus jeunes en tout cas, étaient toujours les plus jolies du quartier avec leurs cheveux noirs ou roux, leur teint clair et leurs grands yeux effrayés. Elle apportait des tisanes et des petits gâteaux au citron aux tristes accouchées juives et elle harcelait le sergent Duffy pour qu'il relâche les ivrognes à temps pour qu'ils aillent à leur travail.

Gus Soltik n'avait pas de père connu. Sa mère avait loué une chambre chez Mrs. Schultz il y avait près de vingt ans, quand Gus était un grand garçon maladroit de dix ans. Ils avaient vécu dans deux pièces contiguës au premier étage, sans causer le moindre ennui sauf quand Gus était d'une de ses humeurs bizarres, et qu'il risquait de frapper à l'improviste le premier venu qui déclenchait son imprévisible colère.

Cet arrangement avait pris fin par une nuit de brume, il y avait bientôt cinq ans, quand Mrs. Soltik avait été renversée et tuée par une voiture au carrefour de la Huitième Avenue et de la 54ᵉ Rue. La conductrice, Marla Collins, une secrétaire de dix-neuf ans, avait été interrogée et relâchée par la police. Mrs. Soltik, qui s'adonnait à la boisson et avait un langage peu châtié, avait surgi en titubant d'entre deux camions en stationnement, juste sous les roues de la voiture de Marla Collins qui n'avait absolument pas pu l'éviter.

Après l'accident, Gus Soltik était resté caché une semaine dans le sous-sol du vieil immeuble. Il n'était pas allé à l'église ni au cimetière. Il n'était pas furieux ; c'était venu plus tard. Il avait peur. Peur que quelqu'un vienne et l'emmène, maintenant qu'il était seul.

Mrs. Schultz parvint à le faire remonter, en l'attirant avec un plateau de gâteau de riz et de lait chaud à la cannelle. Elle avait des fleurs pour lui. Il ne connaissait pas leur nom mais elles avaient la couleur de cette saison, des jaunes et des rouges comme les feuilles des arbres. Elles avaient été envoyées à l'église par Marla Collins, accompagnées d'une simple carte blanche portant son nom et son adresse et quelques mots que Mrs. Schultz lut à Gus : « Mon chagrin et mes prières sont avec vous aujourd'hui. »

Plus tard, Gus plaça les fleurs et la petite carte sur l'étagère du placard, au-dessus de la robe noire de sa mère.

La peur d'être emmené mit longtemps à le quitter. Et alors l'insupportable colère commença à grandir. Il prit la carte à côté des fleurs séchées et regarda les chiffres. Il reconnut un 6 et un 9 et comprit que c'était la 69ᵉ Rue.

Gus Soltik trouva l'endroit où elle habitait, un appartement en sous-sol qu'elle partageait avec deux autres jeunes filles. Il y allait le soir et observait les lumières du logement. Mais un soir il trouva les fenêtres obscures, les stores baissés. Il escalada un mur derrière l'immeuble et força une porte. L'appartement était vide. Il n'y avait pas de meubles. Elle était partie. Il ne sut jamais où. Il la chercha dans les rues, le long des trottoirs, mais il ne la revit jamais et à mesure que le temps fraîchissait et que le premier anniversaire de la mort de sa mère approchait, Gus Soltik commença à chercher quelqu'un d'autre.

Pendant ces cinq années depuis l'accident, Gus vécut seul avec Mrs. Schultz. Mrs. Soltik, avant sa mort, avait dit à sa logeuse que puisque Gus n'était pas bien dans la tête, il ne pouvait pas « aller » avec les filles. Sa haute taille et sa corpulence, son teint brouillé leur faisaient peur et leur peur éveillait en lui une terrible frustration. Il avait fait mal à une fille, un jour sur un terrain de jeux d'école, en lui tordant si fort le bras qu'il lui avait démis l'épaule.

Pour tenter d'éviter ce genre d'ennui, Mrs. Soltik avait mis son fils en garde contre les filles. Elle lui avait répété — de sa voix éraillée et menaçante — qu'elles avaient dans leur sac des rasoirs et des flacons d'acide et que si jamais il essayait de les embêter, ou même de s'approcher d'elles, elles le tailladeraient à coups de rasoir et lui jetteraient l'acide brûlant dans les yeux. Alors la police l'accuserait, l'arrêterait et lui ferait mal.

Mrs. Schultz faisait ce qu'elle pouvait pour lui. Elle aurait aimé qu'il aille à l'église avec elle, mais ne pouvait que s'assurer qu'il avait des vêtements propres, assez à manger, surtout les douceurs qu'il aimait, les gâteaux et les biscuits. Mais elle n'arrivait pas à lui faire prendre des bains.

Elle entendit son pas lourd dans l'escalier et se leva pour lui servir du café.

Dans l'étroit couloir devant la cuisine, Gus déposa son sac rebondi derrière un vieux portemanteau, entra dans la pièce odorante et s'assit à table en face de la vieille femme.

Il portait sa casquette de cuir jaune, son pantalon d'ouvrier, ses bottes de caoutchouc et l'épais chandail marron.

— C'était joli, dit Mrs. Schultz. Tout cet encens, les cierges et les chants. Et trois prêtres.

Cela effraya Gus d'y penser. Sa mère et les feux.

— Tu sors ? demanda-t-elle.

Gus regarda fixement sa tasse de café fumante.

— Marcher.

Mrs. Schultz savait qu'il était dangereux de lui poser des questions quand il avait une de ses « humeurs », parce que cela risquait de provoquer une explosion ; mais elle s'inquiétait pour lui et sentait confusément qu'elle devrait savoir où il serait ce soir. Alors elle se hasarda à poser une dernière question.

— Tu vas voir Lanny ?

Il secoua la tête et quand il la releva elle vit une lueur de colère dans ses yeux.

— Marcher, répéta-t-il mais en élevant la voix et ses grosses mains se cramponnaient au rebord de la table, si fortement que ses doigts blanchissaient.

Laisse-le tranquille, laisse-le, se dit-elle. C'était le mieux. Alors la vieille femme marmonna qu'elle devait sortir la poubelle et sortit rapidement de la cuisine en traînant ses pantoufles éculées.

Il n'y avait pas de mots — pas de mots dans le vocabulaire limité de Gus — pour décrire l'immense vide blanc dans sa tête et les formes terrifiantes qui envahissaient les recoins de son esprit en provoquant des désirs et des pulsions insoutenables. Il pensa à de minces bras blancs, à des jambes blanches et au tissu vert d'un uniforme scolaire. « Cordeverte. » Avec ces images brûlantes tourbillonnant dans sa tête, il se leva si brusquement qu'il renversa sa chaise, mais il ne s'en rendit pas compte, il n'avait conscience que d'un besoin sauvage, impératif.

Reprenant le sac derrière le portemanteau, Gus Soltik sortit du vieil immeuble grinçant et dévala les marches de pierre du petit perron.

L'après-midi du 15 octobre tirait à sa fin et les derniers rayons du soleil tombaient comme une bénédiction dorée sur la saleté et les détritus qui jonchaient les caniveaux et les rues à l'abandon de ce quartier misérable.

VIII

Manolo Ramos, dans une suite du Plaza, était couché dans l'étreinte chaude et passionnée d'un fleuriste de Detroit. L'homme, dont les trois fils étaient à l'université de Pennsylvanie, chuchota à l'oreille du garçon :

— Tu veux faire ça pour moi ?

Manolo haussa ses sourcils délicats et ses traits ravissants prirent une expression de surprise et d'admiration.

— T'es un peu dingue, tu sais ça ? dit-il d'une voix douce.

— Tu veux bien ?

Manolo regarda sa montre en or et secoua lentement la tête.

— Ça fait déjà trop longtemps, papa.

— Je te paierai en plus, insista l'homme qui commençait à haleter comme un nageur à bout de forces. Je te donnerai le double. Je t'en prie, fais-le. S'il te plaît.

Ça ferait plaisir à Samantha, pensa Manolo avec mauvaise humeur. Des heures supplémentaires pour la grande salope noire, gagnées avec mon cul !

Entre la veille au soir et aujourd'hui, il s'était fait près de trois cents dollars. Presque la moitié. Mais peut-être lui ferait-elle une fleur ; hier, elle avait eu l'air assez cinglée pour vouloir se faire sauter.

Tandis que les mains et les lèvres expertes de Manolo catapultaient le fleuriste vers un pinacle d'extase frénétique, il se demandait s'il y aurait quelque chose à tirer de Samantha, s'il y arriverait avec elle, à la régulière. Peut-être, pensa-t-il en se rappelant avec un mélange de remords et d'excitation comment elle l'avait branché sans effort, la veille...

— Ah, Dieu ! cria l'homme d'une voix frémissante.

Mais s'il ne réussissait pas un grand coup payant, se dit Manolo, il faudrait qu'il retourne au parc cette nuit. Peut-être même au Ramble, où il pourrait avoir la chance de tomber sur un revendeur de coke. Certains étaient assez riches et en voulaient assez pour faire ça toute la nuit. Et, comme ça, il réglerait ses comptes avec la grande Sam dès demain.

— Nous voilà partis ! glapit l'homme à l'oreille de Manolo.

Vas-y donc, groc porc cinglé, se dit le jeune homme et il regarda d'un œil critique le dessus de sa main gauche, le bout rosé des doigts luisant vaguement à la lumière de la lampe de chevet.

Dans le même hôtel, à peu près à la même heure mais à un étage plus élevé et plus prestigieux, un jeune garçon d'étage nommé Lee Chang poussa la table roulante d'un dîner vers l'appartement occupé par Rudi Zahn et Crescent Holloway.

On avait raconté à Chang les détails enivrants de leur arrivée, la veille. Les garçons, les chasseurs, les employés de la réception, tout le monde s'était régalé, comme une bande de voyeurs affamés de scandale, des manières démocratiques de Crescent et de son élégance, un tailleur-pantalon crème garni de vison miel, de ses cheveux aux mèches claires, de ses grands yeux lavande, de ses hanches, de ses cuisses, de ses seins. Et tout le monde avait parlé de ses bagages, seize valises d'Hermès assorties, de sa femme de chambre et de son coiffeur personnels, de son joyeux agent et amant Rudi Zahn, de ce que le fleuriste avait fait monter et de ce qu'ils avaient commandé dans la nuit, huîtres, caviar et trois bouteilles de Bâtard-Montrachet frappé.

Chang espérait apercevoir Crescent Holloway mais ce fut Rudi Zahn qui lui ouvrit la porte et le fit entrer.

De hautes fenêtres étroites donnaient sur l'immense paysage spectaculaire de Central Park. Le salon était encombré de fleurs, de bagages, de corbeilles de fruits ornées de rubans dans des nuages de cellophane, les enveloppes des donateurs jetées de côté sans être ouvertes.

Chang remarqua avec déception que la porte à double battant de la chambre était fermée.

Rudi Zahn signa l'addition du dîner — côtes d'agneau, asperges et Mouton-Rothschild 59 — et quelques secondes plus tard, Chang se retrouva seul dans le long couloir avec ses espoirs et ses rêves écroulés.

Rudi Zahn avait bu la veille avec modération et il était en pleine forme, physiquement et mentalement. Crescent, au contraire, avait fini deux des bouteilles de Montrachet et Rudi prévoyait des ennuis, surtout si elle jetait un coup d'œil à un des scénarios qu'il avait laissés exprès sur sa table de chevet.

(Nate Sokol s'était occupé de la conférence de presse du matin. Les extraits de films, le buffet, le champagne et le whisky avaient remplacé Crescent Holloway qui, avait expliqué Sokol, souffrait d'un début de grippe.)

Rudi s'était réveillé à trois heures de l'après-midi et après une demi-heure de gymnastique, il avait pris sa douche, s'était rasé et habillé d'un costume de flanelle grise avec gilet à petits carreaux qui, pensait-il, complétait bien le chic anglais de ses souliers de daim marron. Rudi avait commandé ce repas léger, non parce que Crescent avait déjà faim mais parce qu'elle pourrait, en grignotant, savourer le vin sans remords de conscience.

D'ailleurs, sa conscience gagnait rarement. Elle mangeait et buvait comme une enfant obstinée et indisciplinée : hot-dogs et Coca-Cola pour le petit déjeuner, grands sacs d'amandes grillées, sandwiches au pâté de foie arrosés de scotch comme casse-croûte d'après-dîner. Son sac à main était toujours bourré de bonbons et sa loge mobile (un vrai petit bungalow) regorgeait de charcuteries diverses. Pourtant elle gardait une peau satinée sans taches, un corps svelte et ferme et ses yeux lavande brillaient de santé et de sérénité, comme ceux d'un Persan bien nourri.

Il ouvrit les deux battants de la porte et poussa la table roulante dans la chambre.

— Bonjour, bonjour, dit-il à Crescent qui était assise dans leur immense lit rond et regardait avec un dégoût intense le scénario qu'elle avait entre les mains.

— Où est-ce que tu as trouvé cette merde ? demanda-t-elle.

— Quelle merde ?

— Ce scénario de merde. Qui a écrit ces ordures à la con ?

— Il y a une chose que tu ne dois pas oublier, au sujet de chacun de ces scénarios, ma jolie, répliqua Rudi en lui versant un verre de vin.

— Merci. Quoi ?

— Chacun de ces scénarios est accompagné d'une offre ferme et chaque offre dépasse tout ce que nous avons obtenu jusqu'à présent.

— Mais pourquoi faut-il que ce soit toujours si merdeux ? Franchement, Rudi... Il y a une séquence dans ce navet, comment ça s'appelle déjà ?

Elle referma le scénario pour regarder le titre sur la couverture et tira la langue.

— *Roberts Robots*, non je te jure ! Alors y a cette séquence où je suis attaquée par des vibromasseurs. Prends garde, tu sais que j'adore ça ! Je ne m'en lasserai pas.

— Ecoute, mon trésor. Nous ne te vendons pas comme Bergman ou Katie Hepburn. Tu es la partie de jambes en l'air de tout le monde, la petite fille qui frissonne et glousse quand elle est embrassée, qui peut ouvrir la bouche en un cercle parfait et donner des idées cochonnes à tous les gars.

— Mais toi, tu n'as pas à jouer dans ces saloperies, Rudi.

Il lui donna encore un verre de vin. Elle l'avala en deux gorgées et, plus maussade que furieuse, elle grommela :

— Tu te rends compte de l'effet que ça fait, quand tous les machinos et les grouillots sont gênés pour toi ? De quoi as-tu si peur, Rudi ?

— J'ai peur de ne pas conclure ces trois affaires, prétendit Rudi, surpris par la question.

— Mais je n'ai plus d'amis ! gémit-elle en soupirant comme une enfant blessée. J'ai trente-trois ans et il faut que je me conduise comme si j'en avais vingt. J'en ai marre de m'entraîner à longueur d'année comme un foutu cheval de course. Je veux manger et boire ce que je veux...

— Ma foi, si tu suis un régime en ce moment, je ne voudrais pas être là quand tu le laisseras tomber.

— Tu ne veux te mêler de rien ni de personne, c'est tout. Rien qu'encaisser le fric, pour que nous soyons en sécurité quand nous en serons où ? Dans une maison de repos ? J'ai hâte de voir ça, tiens. Nous deux la main dans la main, remontant l'allée vers le Vieux Manoir du Bassin où tout le personnel nous attend avec de grands sourires heureux.

Rudi sourit mais il ne voulait pas que Crescent commence à s'apitoyer sur son sort ; l'apitoiement était la petite sœur larmoyante de la vanité, il le savait bien, et Crescent était plus malléable dans ses moments d'auto satisfaction arrogante et d'exubérance sexuelle que lorsque son humeur plongeait dans les abîmes du dégoût de soi-même.

— Bois encore un peu, dit-il et quand elle hocha la tête il lui remplit son verre.

Mais Crescent n'était pas encore prête à être encouragée.

— Je ne vois même plus ma famille. Tu n'as pas de famille, alors tu ne peux pas comprendre, Rudi.

— Ma famille a disparu en cendres en Pologne, répliqua-t-il froidement.

— Ah merde, pardon, Rudi. C'était dégueulasse de te dire ça.

Il comprit qu'elle prenait encore le mauvais chemin, pitoyable et pleurnicharde. Pour la retenir, il lui dit :

— J'aimerais bien qu'à l'occasion, de temps en temps, tu réfléchisses, que tu *penses*, si tu sais ce que le mot signifie, avant de laisser aller ta grande gueule.

— Ben quoi, merde, j'ai demandé pardon !

Sur ce, son caractère explosif prit le dessus et elle rejeta en arrière ses longs cheveux blonds en le foudroyant de ce qu'elle se plaisait à appeler son regard de tigresse.

— Et d'abord, pour qui tu te prends, hein ?

— Très jolie manifestation. Très bon goût.

— Et ne m'emmerde pas avec tes conneries de gentleman bien élevé, glapit-elle provocante, brandissant sa sexualité comme une arme. Qu'est-ce que tu serais sans moi, hein ? Sans ta pute de marionnette ? Tu courrais le cachet dans les studios avec la sueur de la pétoche luisant sur ton crâne chauve et tu sauterais des secrétaires pour avoir dix minutes avec leur patron.

Rudi comprit qu'elle irait bien, maintenant. Quand il reviendrait, elle serait redevenue la Crescent normale et joyeuse. Pas de cafard, pas de dépression. Ils souperaient agréablement, là ou au 21, elle serait gaiement ivre à l'heure du coucher et reconnaissante s'il la prenait.

— Charmant, dit-il en s'inclinant légèrement. Tu es si délicieuse que je vais te laisser t'amuser sans te déranger. Je vais faire un tour.

— Oui, eh bien, emporte ces scénarios merdeux ! cria-t-elle et elle lui en lança deux à la tête.

L'un d'eux le frappa à l'épaule et tomba par terre. Il le ramassa, le posa sur un guéridon et retourna à grands pas dans le salon.

— Reviens, je t'en prie, Rudi. Je t'en prie !

Elle élevait la voix pour se faire entendre mais sa colère s'était dissipée et elle suppliait comme une enfant effrayée et sans défense.

Quand elle entendit la porte du salon s'ouvrir et se fermer avec un claquement sec, elle se jeta à plat ventre en travers du lit, la figure dans ses bras croisés. Elle savait que Rudi se servait d'elle, manipulait son humeur et ses réactions, jouait avec elle comme un foutu yoyo, mais il y avait peu d'amertume dans ses réflexions car elle connaissait les enfers personnels de Rudi.

Mais c'était dur. Dur d'avoir trente-trois ans, d'être excitante, et de devoir encore rivaliser pour l'amour de Rudi avec une petite fille de huit ans morte depuis près de trente ans, Ilana. Elle était gravée au fer rouge dans son âme. Il était enchaîné à son souvenir.

Elle se dit qu'elle devait poursuivre ses efforts, quand même, se faire belle et quand il reviendrait du parc, ils iraient dîner au 21.

Elle se releva toute souriante et se versa un verre de vin. Ils prendraient du champagne avec une giclée de vodka et peut-être quelques clams et une côte de bœuf.

Et ensuite ils reviendraient au lit et seraient si bons l'un pour l'autre...

Vers la 80° Rue Est, entre Park Avenue et Lexington, un marchand ambulant vendait des bretzels et des cornets de glace généreusement arrosés de sirops de fruits.

L' « horloge » dans la tête de Gus Soltik lui disait que c'était l'heure. Alors il acheta un des cornets de glace sucrée, tendit sa main et laissa le marchand choisir les pièces voulues dans sa paume calleuse.

Une voiture de police en patrouille passa lentement sur la chaussée, ralentie par la circulation de l'heure de pointe.

A côté du conducteur, il y avait un agent en tenue de plus de quarante ans, Joe Smegelski, un vétéran à la figure tannée et aux yeux bleus paisibles.

— Jésus, Marie, Joseph, murmura-t-il et il tapota sur le bras de son partenaire. Range-toi le long du trottoir, Abe, doucement et gentiment.

— Qu'est-ce qui se passe ?

— Fais ce que je te dis. Doucement et gentiment.

Smegelski ouvrit la boîte à gants et prit la photocopie du portrait-robot de l'Egorgeur.

— Ça pourrait être cet individu, là derrière au coin sud-ouest de Lexington et de la 83°. Regarde dans ton rétro.

Abe braqua vers le trottoir tout en levant les yeux vers son rétroviseur.

— Attrapons-le, dit Smegelski. Descends côté impair, je prends le pair. Ne le regarde pas. Fais comme si c'était la pause-café.

Les policiers descendirent de leur voiture et marchèrent sans se presser sur les trottoirs opposés, vers l'homme massif qui ressemblait au portrait-robot.

Mais à ce moment, l'instant d'extase sauvage étant si proche, l'instinct de Gus Soltik était aussi sensible et aiguisé que celui d'un chacal sur le territoire de ses ennemis.

Mêlés avec désinvolture au flot des piétons, les policiers convergeaient sur lui sans avoir l'air de rien et quand Gus Soltik les aperçut et sentit leur inattention voulue, des signaux d'alarme retentirent dans tout son système nerveux. C'était comme cette terrible nuit dans le sous-sol où le grand type et l'homme à la cicatrice avaient voulu lui faire du mal...

Gus tourna les talons et fonça dans Lexington Avenue ; dans sa panique, il entra en collision avec deux femmes qui faisaient du lèche-vitrines et les renversa sur le trottoir.

— Halte ! Police ! hurla Smegelski et, dégainant aussitôt, il se rua vers le carrefour, Abe sur ses talons.

Ils coururent le long du trottoir, à vingt ou vingt-cinq mètres derrière l'Egorgeur, incapables de tirer à cause de la foule.

Gus Soltik disparut dans une ruelle et lorsque les agents arrivèrent au coin de ce passage étroit, il était déjà à califourchon sur un mur de brique de trois mètres.

— Bouge pas ! lui cria Smegelski mais le colosse sauta de l'autre côté une fraction de seconde avant que les balles du Special police fassent sauter du mur des éclats de brique et des nuages de poussière rouge.

IX

Dans son QG du 19ᵉ commissariat, Gipsy Tonnelli donna rapidement des ordres à Sokolsky au standard :

— Envoyez un signal à la Quatrième Division et aux 20ᵉ, 23ᵉ et 25ᵉ commissariats.

Des unités du 19ᵉ étaient déjà dans la rue et les forces qu'il engageait actuellement bloqueraient la 83ᵉ et Lexington aux quatre points cardinaux. Tandis que les inspecteurs Clem Scott et Carmine Garbalotto attendaient des ordres (Augie Brohan et Jim Taylor étaient déjà partis), Tonnelli vérifia et revérifia mentalement le dispositif de ses unités. Ici au 19ᵉ, c'était le flanc sud, la Quatrième Division et le 20ᵉ tenaient le front ouest, le 23ᵉ et le 25ᵉ les limites nord et est.

— Carmine, Clem, prenez autant d'agents en tenue qu'il vous faut et commencez à réveiller les concierges. Alertez-les, dites-leur de vérifier les sous-sols de leur immeuble avec leur personnel de maintenance, pour chercher des traces d'effraction.

Les inspecteurs partis, Tonnelli arpenta la salle, en repassant dans la tête toutes les décisions qu'il avait prises, pour être sûr de n'avoir rien oublié. Mais il s'arrêta soudain, en apercevant sur le seuil un homme solidement charpenté aux cheveux blancs.

— Oui ? lui dit-il, intrigué par l'air tendu de ce visiteur.

— Je suis Babe Fritzel, répondit le vieux monsieur et Sokolsky leva les yeux au ciel d'un air résigné. Je suis déjà passé pour parler à votre standardiste. Il n'a pas eu l'air de comprendre que j'ai fait tout le chemin, de Teaneck, dans le New Jersey, pour venir vous donner un coup de main. J'ai été flic à Camden pendant vingt-huit ans. Vous ne vous souvenez peut-être pas, mais c'est moi qui ai fini par mettre la main au collet de Howard

Unruh, après qu'il eut tué treize personnes. Des tas d'enfants. Il a tué une dame dans une voiture qui attendait à un feu rouge. Il avait un stand de tir dans son sous-sol, avec des sacs de sable sur un mètre d'épaisseur devant un mur.

Tonnelli dévisagea l'intrus et secoua lentement la tête.

— Nous l'avons emmené à l'hôpital Cooper de Camden, reprit Fritzel sans paraître remarquer la réction négative du lieutenant. On l'a soigné pour une blessure superficielle par balle et puis nous l'avons emmené à l'hôpital psychiatrique de Trenton. J'ai encore un pistolet et un permis de port d'armes ainsi qu'un émetteur-récepteur. Et à mon avis...

Tonnelli l'interrompit, d'un geste tranchant, irrité, de la main droite.

— Qu'avez-vous là-bas à Teaneck, Mr. Fritzel ? Un élevage de poulets ? Une ferme ?

— Non, mais je m'occupe. La chasse à l'automne et les week-ends j'aide le barman à l'Elks Club.

Et, pensa Tonnelli, vous regrettez ces gyrophares rouges, l'odeur de poudre après une fusillade, le bon vieux temps.

— Ecoutez, vous étiez flic et certainement un excellent policier, dit-il. Alors vous savez ce que je vais vous dire. Souhaitez-nous bonne chance et rentrez chez vous.

— Je savais bien que vous diriez ça.

Fritzel jeta un regard nostalgique autour du bureau, suivit tristement des yeux une auxiliaire, Doris Polk, qui entrait précipitamment avec une note pour Sokolsky.

— Bonne chance, lieutenant, dit-il et, adressant un petit salut à la fois à Tonnelli, au bureau et à son propre passé, il tourna les talons et se dirigea lentement vers les ascenseurs.

Le sergent Rusty Boyle trouva à se garer devant l'immeuble de Joyce Colby, dans la 60ᵉ Rue Est entre Park et Madison Avenues.

Il coupa le contact mais resta au volant, en réfléchissant à ce qu'il avait décidé de faire. Il ne savait pas si c'était bien ou mal mais il y était résolu. Il passa la main en soupirant dans ses épais cheveux roux. Dans l'ensemble, le sergent Boyle était un homme peu compliqué, mais il y avait des moments où il ne comprenait pas un certain besoin qu'il avait d'offrir sa sympathie, sa compassion aux gens sans défense, aux perdants et aux paumés que son métier de flic lui faisait rencontrer dans la bousculade impitoyable des rues de New York.

Il décrocha le téléphone du tableau de bord et demanda au Central de le mettre en communication avec un numéro qu'il avait recherché plus tôt, au 13ᵉ commissariat.

Dans une certaine mesure, Tonnelli avait indiscutablement

maison. Ransom devait au moins être mis au courant de ses choix. Savoir s'il en profiterait, c'était une autre affaire. Mais quelqu'un devait lui dire... Non, ce serait trop fort. Quelqu'un devait simplement lui laisser entendre qu'il avait un autre moyen de partir, qu'il n'avait pas absolument besoin d'attendre que sa vie soit complètement rongée de l'intérieur.

La communication fut relayée. Il y eut trois sonneries puis il reconnut la voix de Ransom.

— Allô ?

— John Ransom ?

— Oui, c'est moi.

— John, c'est le sergent Boyle. Rusty Boyle. Vous vous souvenez, nous avons bavardé, hier.

— Oui, bien sûr !

La voix de Ransom devint soudain chaleureuse ; Rusty Boyle devina qu'il souriait.

— Eh bien, voilà pourquoi je vous téléphone. J'ai réfléchi. Il y a un truc que vous pourriez vérifier, vous pourriez vous renseigner. Je veux dire, ce qui vous frappe, c'est tout autant un accident que si c'était un camion. Vous pourriez peut-être en parler à votre médecin ?

— Je suis reconnaissant de votre intérêt mais je ne vois pas à quoi cela servirait.

— Peut-être pas. Ce n'était qu'une idée comme ça. Ça pourrait avoir un effet sur votre retraite...

— Si j'en avais une, sergent, dit Ransom avec un faible sourire.

Je t'en prie, mords à l'hameçon, pensait Boyle. Je t'en prie, ne fais pas de moi un foutu complice !

— Mais je ne peux pas vous dire à quel point ça m'aide, que vous me téléphoniez comme ça, sergent. Je n'en ai jamais parlé avec personne, à part les médecins. C'est ça le plus dur, dit Ransom avec beaucoup d'émotion. Traîner ça avec soi et ne pas pouvoir en parler.

Bon, se dit Boyle, tu en as déjà tant fait, autant y aller avec un gros marteau.

— Je pensais que le mot « accident » pourrait s'appliquer si vous aviez une clause de double indemnité dans votre police d'assurance...

Ransom garda le silence pendant une dizaine de secondes et puis Boyle entendit changer le rythme de sa respiration ; elle devint inégale, un peu haletante et, s'il ne se trompait pas, teintée d'appréhension. Enfin Ransom murmura :

— Je crois comprendre ce que vous voulez dire, sergent.

— J'ai pensé que vous pourriez toujours vous renseigner...

— J'en ai bien l'intention. Merci et... et Dieu vous bénisse, dit Ransom d'une voix presque brisée.

En entrant chez Joyce, Rusty Boyle se rappelait la première fois où il l'avait vue, il y avait cinq mois, quand elle était venue au commissariat pour signaler un cambriolage. Une bague d'une valeur sentimentale avait disparu mais pas grand-chose d'autre. Il avait rédigé un rapport et n'y avait plus pensé. Mais il ne pouvait oublier Joyce Colby. Elle était grande et mince, n'avait pas tout à fait trente ans, et son teint clair allait à merveille avec ses cheveux rouge flamboyant. Elle était franche et intelligente et Rusty Boyle l'aimait tant qu'elle lui faisait fondre le cœur d'un geste ou d'un rire.

Elle s'était mariée à dix-huit ans avec un ouvrier du bâtiment qui s'était tué en tombant du quarante-deuxième étage d'un immeuble en construction près de Times Square. Depuis, et à cause des dangers professionnels de Rusty, elle croyait que les hommes courageux étaient toujours menacés, en vertu de leur virilité et de leur bravoure, et elle considérait non seulement comme un devoir mais comme un privilège de récompenser de tels hommes par un dévouement intelligent et les délices sexuelles de son corps.

Quand il referma la porte, elle lui cria bonsoir de la cuisine.

Elle portait un jean de velours vert et un chemisier de soie blanche boutonné seulement à la taille ; quand il l'embrassa et la prit dans ses bras, le ravissant gonflement de ses seins le fit frémir d'excitation. Mais comme elle se détournait de lui, il remarqua une certaine résignation.

— Qu'est-ce qui ne va pas ?

Elle sourit et secoua lentement la tête.

Il prit une bouteille de scotch et deux verres, dans le bar à côté de l'évier, mais Joyce secoua encore la tête et lui posa une main sur le bras.

— Il y a des steaks, de la salade d'avocat et une bonne bouteille de vin frais, dit-elle. Mais plus tard.

— Ah, merde de merde de merde !

— Eh oui ! Tonnelli a téléphoné.

— Merde, répéta-t-il en courant déjà vers la porte.

X

Vers la fin de l'après-midi du 15 octobre, Barbara Boyd perdit courage ; elle demanda au chauffeur de taxi de la déposer à la 65ᵉ Rue, assez loin de son appartement, et après avoir donné un billet pour régler la course, elle descendit sans attendre la monnaie et entra rapidement dans le Grosvenor Hotel dont elle connaissait le petit piano-bar intime.

Elle se disait que Luther avait dû maintenant écouter au moins dix fois son enregistrement, en analysant et soupesant chaque mot, guettant une hésitation, un bégaiement, un rire nerveux ou des contradictions révélatrices dans ce qu'il devait considérer comme ses « preuves ».

Elle s'assit au bout du comptoir, ses longues jambes croisées, et tourna nerveusement entre ses doigts le pied de son verre à cocktail. Quand elle était à l'aise (ce qui n'était pas le cas en ce moment), ses mouvements avaient une grâce presque féline, on devinait comme un défi dans la franchise de son regard et l'expression de ses traits réguliers. Elle portait un tailleur de tweed vert bouteille avec un foulard bleu pâle au cou et, sans le tremblement de ses mains, un observateur un peu distrait l'aurait prise pour une artiste ou une styliste, ou encore une actrice buvant un verre en attendant l'heure de son rendez-vous avec quelque homme fortuné.

A cette heure, il n'y avait qu'une demi-douzaine de clients dans le bar et l'un d'eux, un homme corpulent au regard froid, la dévisageait franchement, sans dissimuler son intérêt pour ses longues jambes élégantes. Dans le fond de la salle, le pianiste jouait en sourdine un choix de vieilles chansons de Noel Coward.

« ... *I'll see you again...* »

Il chantait tout bas, d'une voix triste et douloureuse comme la musique.

Barbara songea à Londres, où elle avait fait la connaissance de Luther Boyd, où elle était tombée amoureuse de lui...

Le cocktail ne faisait rien pour apaiser son cœur meurtri. Kate était leur enfant mais Buddy avait toujours été son fils, à elle, même si Luther l'avait adopté et lui avait donné son nom. Mais était-ce une juste opinion, ou simplement l'œuvre de son imagination déprimée ?

Le psychiatre lui avait demandé si elle éprouvait du remords de ne pas avoir donné un fils à Luther Boyd. La question l'avait surprise et elle avait répondu franchement, sans réfléchir : « Non, au contraire, docteur. »

Pourquoi avait-elle dit cela ? C'était assez simple, on n'avait pas besoin de diplômes de Harvard ou de Vienne pour l'interpréter. Elle ne pouvait supporter la pensée de perdre encore un fils.

Elle commanda un second dry, sachant qu'elle avait besoin d'un soutien supplémentaire pour son entrevue avec Luther mais, en même temps, elle se reprochait sa faiblesse et éprouvait un réel dégoût pour la personne qu'elle devenait, une femme névrosée cherchant du courage dans l'alcool sous les regards insolents de cet homme corpulent à l'autre bout du bar qui, elle en était sûre, allait proposer de lui offrir son troisième cocktail...

XI

« Dieu créa l'homme et, ne le trouvant pas assez solitaire, il lui donna une compagne afin qu'il ressente plus vivement sa solitude. »

Luther Boyd referma avec irritation le livre qu'il lisait et le jeta sur la table près de son grand fauteuil de cuir.

« Ressentir plus vivement sa solitude... »

Une pensée démoralisante, affaiblissante... Il avait fait un effort sincère pour se plonger dans la poésie, le ballet, l'opéra, parce que c'était des formes d'art que Barbara aimait profondément. Mais jusqu'où un homme pouvait-il se forcer ? A quel moment son intérêt simulé, son étude patiente de domaines qui l'ennuyaient, se transformaient-ils en hypocrisie ?

Comme il essayait d'être honnête avec lui-même, il reconnut à contrecœur qu'il avait trouvé naguère stimulant d'examiner des partitions musicales comme si elles étaient des plans de campagne, de chercher les raisons futiles ou complexes derrière les intrigues des pièces, des romans ou des opéras.

Il se souvint d'un après-midi dans un hôtel de Londres (lequel, le Connaught ?), il se rappelait même la chaleur et la couleur du soleil sur les mains fines de Barbara et en pensant à elle telle qu'elle était ce jour-là, les yeux brillants d'un grave amusement en citant des vers de Dylan Thomas, Luther Boyd éprouva une douleur poignante au souvenir de toutes les promesses, de tous les plaisirs qu'il avait perdus en ces dernières brèves années.

Il se leva, arpenta la bibliothèque du luxueux appartement de Central Park et choisit un autre livre sur ses étagères, un manuel militaire détaillant la stratégie et la tactique du général Grant alors qu'il menait son armée du Tennessee contre les Forts Henry et Donelson dans sa marche victorieuse de Shiloh à Vicksburg.

C'était une leçon de guérilla, donnée par la confusion des commandants rebelles face à Grant, le triumvirat mal assorti des généraux Floyd, Pillow et Buckner. Ils avaient laissé passer ce soir-là une immense victoire ; un mauvais service de renseignements avait été en partie responsable mais, surtout, s'étant imaginé à tort que les forces de l'Union étaient encore en position, ils avaient fait sonner la retraite devant un ennemi qui s'était déjà replié du champ de bataille.

Ce qu'ils prenaient pour l'ennemi n'était que les feux mal éteints du camp de l'Union, ranimés par des rafales de vent qui faisaient croire à un encerclement hostile.

Boyd consulta sa montre quand il entendit, par-dessus la stéréo de Kate, le carillon de l'entrée. Barbara, pensa-t-il en se levant pour traverser le salon. L'injustice est relativement facile à suporter, avait-il lu un jour ; ce qui blesse, c'est la justice. Etait-ce pourquoi il se sentait si blessé et furieux ? Parce qu'il y avait de la justice dans l'attitude de Barbara ? Alors finissons-en, se dit-il. Comme disait Patton, un litre de sueur peut épargner un baril de sang... Ne pensez pas ; agissez.

— Je crois que nous avons perdu trop de temps et d'énergie en accusations, dit Luther Boyd à Barbara. Tu veux divorcer ?

Il lui tournait le dos et regardait par une fenêtre du salon, sans voir la lumière dorée des derniers rayons de soleil sur les cimes des grands ormes et des érables du parc.

Barbara était au bar et se servait à boire. Comme cette question la terrifiait, la secouait et ravivait sa solitude, elle se força à sourire en demandant sur un ton léger :

— Je te sers une goutte ?

— J'essaie d'être sérieux, Barbara.

— On n'essaie pas d'être sérieux, Luther. On *est* sérieux.

— Alors ? C'est oui ou c'est non ?

Elle eut peur, à la pensée de le quitter, mais elle était résolue à divorcer, simplement parce qu'elle ne pouvait pas supporter qu'il la quitte encore, encore et toujours...

Elle avait été seule lorsque Kate était née, seule quand le télégramme était arrivé, annonçant la mort de Buddy. Elle avait été seule pendant trop de nuits, alors que tout son corps aspirait à l'amour de Luther. Et elle avait été trop souvent seule avec lui alors qu'il était dans la même pièce qu'elle, perdu dans l'historique de campagnes et de guerres séculaires.

Il partirait toujours. Les drapeaux à l'horizon, le lointain tonnerre de l'artillerie, les décisions à prendre, les batailles étaient des aimants auxquels il ne pouvait résister.

Et elle ne voulait pas qu'il la quitte. Aucun mot, aucun cri, aucune supplication de sa part n'auraient jamais l'attrait magique des idées d'honneur et de devoir que chérissait Luther, pensait-elle amèrement. Le panache irrésistible des armées en marche...

Elle posa son verre sur le bar, traversa la pièce et s'arrêta derrière son mari.

— Luther, au risque de t'ennuyer à mourir, puis-je tenter encore une fois de t'expliquer pourquoi j'ai pris cette décision ?

Boyd se retourna et la regarda posément.

— Bien sûr, dit-il avec patience. C'est vraiment important pour moi, Barbara.

Pendant qu'elle essayait de mettre de l'ordre dans les pensées qui tournoyaient dans sa tête en tous sens comme des souris, des aboiements surexcités se firent entendre dans le couloir et Harry Lauder fit irruption en tirant sur la laisse que tenait Kate. La petite fille courut vers sa mère et se jeta dans ses bras pour l'embrasser tandis que le chien sautait et jappait avec enthousiasme autour d'elles.

Kate savait que ses parents traitaient leur problème d'une manière que l'on disait « civilisée » mais elle trouvait trop injuste de n'avoir pas le droit de leur en parler, de devoir être tout aussi « civilisée » qu'eux.

— Maman, je ne serai partie que dix minutes ou un quart d'heure. Tu veux bien m'attendre ?

— Naturellement, ma chérie.

— N'oublie pas le règlement, Kate !

Elle le répéta d'une voix chantante mais joyeuse :

— Reste de ce côté de la Cinquième Avenue, sur le même trottoir et sans traverser, que Mr. Brennan puisse te surveiller.

Dans le hall, Mr. Brennan enfila un lourd pardessus bleu aux épaulettes dorées et sortit avec Kate ; il resta debout sous la marquise, en regardant affectueusement la petite fille qui sautillait en s'éloignant sur le trottoir avec son chien.

Le vent froid la giflait et faisait voler derrière elle ses cheveux blonds, comme un fanion.

De l'autre côté de l'avenue, le même vent agitait les grands arbres de Central Park. Les feuilles emportées tourbillonnaient sur les courants ascendants avant de retomber gracieusement dans les épais fourrés bordant le trottoir. L'air sentait l'automne et les marrons chauds. Le vieux marchand ambulant avait installé sa petite voiture au coin de la rue, à une centaine de mètres de l'immeuble de Kate, et tapait des pieds dans le froid, son haleine blanchissant dans le crépuscule.

Kate, à l'autre bout du pâté de maisons, au nord, était chaudement protégée avec ses bottes fourrées, sa combinaison de ski bleue et un anorak matelassé rouge brodé de zigzags au col et sur les manches. Elle avait aussi un sac de daim vert en bandoulière, avec un dollar dedans pour acheter un sac de marrons chauds avant de remonter chez elle.

Sur la chaussée, la circulation était fluide. Harry Lauder se mit à aboyer à quelque chose ou quelqu'un, dans les buissons de Central Park, de l'autre côté.

— Non, non, non, dit Kate en le ramenant sur le trottoir.

Elle retourna vers son immeuble, et sourit au passage à Mr. Brennan.

Elle salua gaiement le marchand de marrons, qui lui rendit son sourire en hochant la tête. Il était muet mais avait bonne oreille et semblait savourer l'animation de la rue, le bruit de la circulation, ses conversations limitées avec la petite fille blonde et son terrier.

Rudi Zahn était un homme précis et ordonné qui prenait son exercice au sérieux. Il ne se promenait pas distraitement dans Central Park en examinant les oiseaux, les arbres et les fleurs, mais arpentait les allées à longues foulées décisives, presque comme s'il marchait au rythme d'une lointaine musique militaire. Ce jour-là il avait plu dans l'après-midi une petite bourrasque d'automne qui avait rincé le ciel et laissé l'air aussi clair, frais et vivifiant qu'une brise à la surface d'un grand lac.

Rudi pensait à Crescent Holloway et cela lui rappela la figure pâle et ravagée d'Ilana, l'un des quatre survivants de la dizaine de familles du village bavarois de Rudi, qu'on avait déportées dans des camps de concentration de Pologne. A cinq ans, Rudi avait adoré Ilana qui en avait huit, qui débordait d'énergie et de vitalité. Vrai garçon manqué, joyeuse, paraissant indestructible à tous ceux qui la connaissaient et l'aimaient, elle était le chouchou de tout le monde. Quand les soldats vinrent, ce fut pour tous une injustice particulièrement atroce qu'Ilana fût emmenée avec les soixante-quatorze autres juifs du village.

Les parents, le frère aîné et la sœur de Rudi faisaient partie de ce groupe. Mais cela lui avait paru moins incroyable et horrifiant que cette violation d'Ilana.

Rudi avait été épargné, grâce à l'intervention du curé de la paroisse, vieil ami et adversaire aux échecs du rabbin, qui avait caché le petit garçon dans la cave de son église jusqu'à ce que les camions soient partis avec leur cargaison hurlante.

Les années effrayantes et grises avaient passé comme des ombres menaçantes, lentement, avant que les Américains arrivent et, après eux, les survivants, Ilana et trois autres enfants, les seuls rescapés des douze familles qui, cinq ans plus tôt, avaient animé les rues et les boutiques du village par leur exubérante énergie.

Un jour un capitaine américain, cousin d'une des familles exterminées, arriva en jeep en compagnie d'un chauffeur et d'un immense sergent qui portait trois rangées de décorations sur son blouson « Ike » et un 45 automatique au ceinturon.

Les quatre survivants et Rudi rejoignirent le capitaine et le sergent dans une pièce froide, pour boire du café américain et manger du chocolat américain pendant qu'Ilana racontait au capitaine, un petit homme aux lunettes à double foyer qui s'appelait Adler, ce qui était arrivé aux gens du village ainsi qu'à la famille de ce capitaine.

Elle avait maintenant treize ans, elle était amaigrie et ravagée, mais encore belle pour Rudi, avec de grands yeux désespérés qui étaient pour lui le plus affreux symbole de ce qui avait été infligé aux autres et à elle.

Ilana parlait allemand, avec quelques mots de yiddish de temps en temps et le capitaine Adler traduisait en anglais pour le sergent, d'une voix brisée d'émotion et parfois entrecoupée de sanglots étouffés.

— Il y avait deux rangées, dit-elle. Une des personnes bien portantes qui pouvaient travailler, l'autre de vieux, de malades et d'infirmes, quel que soit leur âge. Cette rangée-là allait à la chambre à gaz. Les deux lignes étaient à moins de deux mètres d'écart, séparées par des soldats. Ma mère marchait vers la chambre à gaz. J'étais dans l'autre rangée. Pendant que les soldats ne regardaient pas, je me suis faufilée dans la rangée avec ma mère. Je voulais mourir avec elle. Je le lui ai dit et elle a dit qu'elle m'aiderait. Elle a mis son manteau autour de moi pour que les soldats ne voient rien. Elle pleurait, je sentais son cœur battre très vite. Mais avant que nous arrivions à la porte de la chambre à gaz, ma mère m'a arraché son manteau et m'a jetée dans les bras d'un soldat. Elle a hurlé que je devais essayer de vivre. Je me suis débattue contre le soldat, j'ai essayé de retourner avec ma mère ; mais elle était déjà partie et la porte était refermée. Je ne la voyais plus. Ils m'ont poussée dans l'autre ligne et ensuite j'ai fait ce que ma mère m'avait demandé, j'ai essayé de vivre.

Mais cette lutte injuste et démoralisante avait été une vaine victoire. Ilana était morte dix mois après sa libération du camp, son esprit indomptable trahi par ses poumons.

Telle était l'abominable terreur qui avait été gravée dans l'esprit de Rudi Zahn et c'était ce que Crescent Holloway ne pourrait jamais comprendre ; jamais elle n'avait été vulnérable et sans défense et elle était incapable de concevoir comment un tel malheur pouvait mutiler l'âme et l'assurance d'un homme...

L'argent et ses corollaires, les privilèges et la puissance étaient le seul remède contre ces terreurs...

Dans le hall de l'immeuble de Kate, la porte de l'ascenseur s'ouvrit et Mrs. Root Cadwalader sortit de la cabine avec un bagage encombrant. Elle le posa par terre et fit signe à Mr. Brennan, qui était dehors sous la marquise.

Mr. Brennan jeta un coup d'œil par la porte tournante et vit Mrs. Cadwalader qui l'appelait, à l'instant même où Kate remarquait ce qui avait attiré l'attention de Harry Lauder, de l'autre côté de la Cinquième Avenue.

C'était un chaton, qui marchait en hésitant sur le trottoir, une tache blanche brillant sur son front noir.

Mr. Brennan se hâta dans le hall pour prendre la lourde valise de Mrs. Root Cadwalader.

— Vous voulez un taxi, madame ?

— Oui, s'il vous plaît, John. J'ai un vol pour Chicago à 19 h 30.

— Vous allez donc voir votre petit-fils. Quel âge a-t-il maintenant ?

— Seize ans.

— Dieu du ciel, comme le temps passe ! Je le vois encore faire du patin à roulettes là sur le trottoir, tout gamin.

— Eh bien, il a seize ans et un permis de conduire qui le prouve. Il vient m'attendre à O'Hare, à Chicago.

Pendant cette brève conversation, Kate s'était arrêtée pour regarder avec regret le petit chat, certaine qu'il devait avoir faim et peur du bruit des voitures et des avertisseurs.

Son père lui avait interdit de traverser la Cinquième Avenue, mais elle réfléchit et estima qu'il ne pourrait pas lui reprocher d'aller au secours d'un petit animal perdu. Son père l'avait toujours habituée à prendre soin des chiens et des chevaux, à s'assurer qu'ils étaient bien nourris, au sec et au chaud, que leurs stalles et leurs parcours étaient propres, avant de rentrer prendre son bain et dîner. Ce n'était pas des travaux que l'on pouvait laisser à des garçons d'écurie, parce qu'un cheval ou un chien obéissait et se fiait à la personne qui prenait soin de lui. Ce n'était pas une responsabilité dont on se déchargeait sur d'autres, répétait son père à Kate. Prends l'habitude de faire ces corvées toi-même. Et ces pensées furent suivies d'une autre, inspirée par un poème qu'on lisait chez Miss Prewitt : « Au fond de la géhenne et là-haut sur le trône, qui voyage seul va le plus vite. »

Les mots exaltèrent la petite fille et elle se sentit forte et invulnérable.

Resserrant la main sur la laisse de Harry Lauder, elle attendit un arrêt de la circulation et courut sur la chaussée vers le trottoir bordant Central Park.

Harry Lauder aboyait si bruyamment au chaton miauleur, que Kate lui donna un petit coup sec sur le museau. Et puis le terrier se mit à aboyer à quelque chose ou quelqu'un dans les épais buissons derrière le mur d'un mètre cinquante longeant le parc. Pendant que Kate se baissait pour ramasser le petit chat, son chien bondit si brusquement que la laisse échappa à sa main gantée. En un éclair, il sauta d'abord sur un banc puis sur le dessus du mur et disparut dans les fourrés de sumacs et de vernis du Japon.

Kate l'appela, d'une voix aiguë et autoritaire, mais le bruit de sa course sous les buissons l'avertit qu'il s'enfonçait déjà dans le parc.

Quel pétrin ! pensa-t-elle. Si Harry Lauder se perdait, elle serait grondée. Et elle l'aurait mérité. Mais si elle prenait le temps de monter chercher son père, on risquait de ne jamais le retrouver.

Elle savait qu'il y avait une entrée du parc, tout près. Elle n'hésita qu'un instant, puis elle posa le chaton sur le banc et courut aussi vite qu'elle le put vers le carrefour suivant.

En criant le nom de son chien d'une voix anxieuse, Kate revint en courant, dans le parc, vers l'entroit où il avait sauté, dans l'ombre des immenses chênes anglais.

Elle s'arrêta, approximativement là où Harry Lauder avait disparu, et tendit l'oreille, tenta de l'entendre malgré le bruit de la circulation.

Enfin elle perçut ses aboiements, mais ils paraissaient très éloignés, ils venaient d'un bosquet obscur près de l'Allée Est.

Sans cesser d'appeler, elle courut dans la direction des aboiements, son corps svelte se fondant dans l'ombre jusqu'à ce que l'on ne puisse plus voir que ses longs cheveux blonds reflétant les derniers rayons de soleil.

Observant ce panache blond, guettant Kate de l'épaisseur du bosquet, Gus Soltik maintenait entre ses fortes mains le petit chien rageur.

Mais un élément supplémentaire s'était insinué dans son complexe émotionnel de désirs, de pulsions et de colères. C'était la peur. Dans son esprit embrumé, il savait que quelqu'un l'avait dénoncé... Des hommes qui voulaient lui faire mal l'avaient poursuivi, lui avaient crié après, des hommes avec des pistolets... Il leur avait échappé dans une ruelle. Mais ils le cherchaient. Qui leur avait dit ?

Mais tout allait bien maintenant. « Cordeverte » suivrait les aboiements du chien, et il l'attirerait de plus en plus profondément dans le parc, dans un endroit qu'il connaissait, obscur et silencieux, où personne ne l'entendrait jamais.

XII

Central Park est le plus beau et le plus glorieux fleuron naturel de la ville de New York.

Le long rectangle vert, de quatre cent vingt hectares et quelques, est bordé sur trois côtés par l'immobilier le plus prestigieux et le plus cher du monde. On pourrait ergoter, dire que la rue du Faubourg-Saint-Honoré de Paris est plus élégante et gracieuse, ou que l'immense esplanade des Nash et Royal Crescents de Bath, en Angleterre, a une architecture plus impressionnante et plus distinguée, mais les rues et les avenues entourant Central Park sur trois côtés sont uniques dans le monde de la mode et de l'art commercial, dans les domaines de la recherche médicale et du droit, de la finance, du spectacle et de l'édition. En plus de l'immense masse de leurs gratte-ciel, leurs magasins et restaurants sont depuis longtemps des aimants légendaires pour l'élite américaine et étrangère qui a les moyens de les fréquenter.

L'extrémité nord de Central Park, à la 110ᵉ Rue, pénètre sur un large front de huit cents mètres dans le quartier de Manhattan appelé Harlem, un gigantesque ghetto où vivent plus d'un million de Noirs.

Central Park est riche de nombreuses essences, des aulnes américains, des ginkgos et des cèdres de l'Atlas, des caroubiers, des frênes immenses et des tulipiers odorants.

Presque en toutes saisons, le parc est un havre pour les rouges-gorges et les merles, les grèbes, les hérons verts, les chardonnerets, les bouvreuils, les cols-verts, les pluviers, les faucons, les canepetières mouchetées, sans parler bien entendu des oiseaux de la ville, moineaux, hiboux et pigeons.

A l'origine, le terrain confié aux créateurs de Central Park, au milieu du XIXe siècle, était une zone décourageante, parsemée de masures, de cabanes, d'ordures, de porcheries, de fabriques d'engrais. Dans ce marécage malodorant il y avait aussi des égouts et des puisards recouverts de broussailles aussi impénétrables que les barbelés rouillés qui les entouraient.

L'ossature granitique de la ville elle-même émergeait de ce chaos en de beaux rochers aux formes grotesques. Ces constructions naturelles formaient des grottes, des escarpements, des vallées et des ravins étouffés par la végétation, un labyrinthe si complexe que des visites guidées en groupes furent indispensables, pendant des dizaines d'années, avant que l'ordre soit imposé à ce paysage tourmenté et inhospitalier.

Le Ramble, couvrant vingt hectares entre la 75e et la 77e Rues, juste au nord du lac et du hangar à bateaux, est une réserve pour les oiseaux et les animaux, un bois sauvage et ombreux avec des rochers noirs escarpés, des sentiers sinueux en terrasses qui créent un effet de dédale mais finissent par guider le promeneur vers des ponts et des routes d'accès, par un parcours détourné, vers Central Park Ouest.

Mais ce parc, malgré sa beauté, malgré la diversité de ses attractions naturelles, est généralement déserté la nuit. De temps en temps, des couples se hasardent sur les petits chemins près de l'extrémité sud, où il y a les fiacres, le scintillement rassurant et la foule de la 59e Rue, l'immense masse élégante du Plaza Hotel.

Mais les gens prudents n'oseraient jamais s'aventurer plus au nord, au-delà de la 60e Rue, parce qu'à la nuit les lieux sont infestés de prédateurs humains prêts à sauter sur toute personne assez folle ou téméraire pour envahir leur territoire.

Les touristes ignorants ou imprudents, les ivrognes vagabonds, les homosexuels en quête d'aventures, les revendeurs de drogue, les voyeurs, les masochistes de toute espèce, les névrosés solitaires qui existent dans toutes les vastes métropoles sont les victimes en puissance des violeurs et des agresseurs tapis dans les fourrés obscurs de ce gigantesque jardin.

La nuit, Central Park est fort probablement un des endroits les plus dangereux du monde, à l'exception des champs de bataille de nations en guerre.

XIII

Luther Boyd consulta sa montre. Il était près de six heures et demie.

Barbara allait et venait nerveusement, les mains serrées autour de ses coudes dans un geste curieusement défensif et vulnérable.

Ils ne cessaient de tourner autour de leurs problèmes avec des mots, depuis que Kate était partie avec Harry Lauder, et n'en avaient pas encore touché le fond. Ce n'était certainement pas entièrement de la faute de Luther, pensa-t-elle, parce qu'il avait été dressé à traiter les gens comme des statistiques.

Elle se demanda si elle figurait dans ses fiches mentales ordonnées comme un mince objet qui satisfaisait ses goûts de cuisine et de boisson et — astérisque et note en bas de page — comme un objet programmé aussi pour l'activité sexuelle.

— Kate n'a pas dit qu'elle serait de retour dans un quart d'heure ? demanda-t-elle.

— Si.

Boyd s'inquiétait depuis une dizaine de minutes de l'absence de sa fille, au point qu'il avait à peine écouté la liste des désillusions de Barbara. Mais il comprenait maintenant qu'elle y pensait aussi. Il la connaissait bien et soupçonnait que sa manière de tourner en rond masquait une anxiété qu'elle avait peut-être peur de formuler.

Ce fut alors que le téléphone sonna. Luther Boyd décrocha.

— Oui ?

— C'est John Brennan, Mr. Boyd. Est-ce que Kate est là-haut avec vous ?

— Non.

— J'ai dû porter des bagages pour Mrs. Cadwalader et lui appeler un taxi, dit le vieux portier d'une voix soucieuse. Mais je n'ai quitté Kate des yeux qu'une minute ou deux, à peine.

— Elle n'est pas dehors sur le trottoir ?

— Non. Je pensais qu'elle était montée pendant que je sifflais un taxi.

— Et Harry Lauder ?

— Je ne le vois pas non plus, Mr. Boyd.

Barbara s'approcha et interrogea son mari du regard.

— Qu'est-ce qui se passe ? demanda-t-elle. C'est Kate ?

— Merci, John.

— Je n'y comprends rien, Mr. Boyd. Mais je m'en veux à mort.

— Vous avez des responsabilités envers tous les locataires, pas seulement la famille Boyd.

Luther raccrocha sur les excuses réitérées de John Brennan et se tourna vers Barbara.

— Kate est allée se promener.

— Mais où ?

Il se frotta la joue et ce geste alarma Barbara car elle savait que c'était une de ses rares réactions physiques à l'inquiétude.

— Va savoir, marmonna-t-il.

— Elle est peut-être montée chez Tish Tennyson ?

— Tu as son numéro ?

— Oui, je vais te le donner.

Barbara courut à la chambre de Kate, trouva le carnet d'adresses de la petite fille et revint au salon en le feuilletant.

— Tiens, voilà, dit-elle à son mari.

Luther Boyd forma le numéro. Il parla à Mrs. Tennyson et à Tish mais Kate n'était pas montée chez elles.

Boyd raccrocha et, en remarquant son expression figée, la froideur de son regard, Barbara éprouva un regain de peur.

— Ça ne ressemble pas à Kate, Luther. Tu le sais.

— Reste ici, au cas où on téléphonerait.

Ce n'était pas une prière ni une proposition invitant à la discussion ; c'était un colonel s'adressant à ses soldats et Barbara acquiesça tout de suite.

Dans le hall, Boyd coupa court aux lamentations de Mr. Brennan.

— N'y pensez plus, John. Ça n'a plus d'importance. Ce qui en a, c'est l'endroit où était Kate la dernière fois que vous l'avez vue et l'heure qu'il était à ce moment.

— Elle était à cinquante mètres, vers le nord et sur ce trottoir, répondit le vieux portier, puis il réfléchit un instant. Il devait être une minute ou deux avant six heures parce que Mrs. Cadwalader m'a dit qu'elle se donnait une heure et demie pour aller prendre son vol de sept heures trente à Kennedy.

Boyd jeta un coup d'œil à sa montre et constata qu'il était un peu plus de six heures trente-cinq. Cela signifiait que Kate était partie toute seule depuis trente-sept à trente-huit minutes.

Il poussa la porte tambour du plat de la main ; elle pivotait encore rapidement quand il s'avança sur le trottoir et regarda à droite et à gauche. La circulation était normale, il y avait quelques piétons sur les trottoirs, un homme en uniforme retirant une corbeille de fleurs de l'arrière d'une camionnette de fleuriste. Boyd avisa le marchand de marrons au coin de la rue. Il s'approcha de lui.

— Avez-vous vu une petite fille, grande comme ça, dit-il en montrant de la main la taille de Kate, en anorak rouge qui promenait un terrier noir ?

Dès le début de la phrase, le vieil homme avait secoué la tête et montré sa bouche.

— Vous ne pouvez pas parler ? demanda Boyd.

Le marchand secoua rapidement la tête. Il répéta le geste de Boyd indiquant la taille de Kate et montra Central Park, de l'autre côté de l'avenue.

— Elle est allée dans le parc ?

Au lieu de répondre d'un signe de tête, le vieux s'accroupit et fit rapidement courir ses doigts sur le trottoir.

— Le chien ?

Cette fois il hocha la tête.

— Le chien est allé dans le parc ?

Le marchand de marrons plaça son index droit au creux de sa main gauche et la referma en serrant, puis il arracha brusquement le doigt.

— Le chien a arraché la laisse de la main de la petite fille ?

Le vieil homme fit un signe affirmatif.

— Le chien lui a échappé, s'est sauvé dans le parc ?

Encore un acquiescement rapide.

— Et elle l'a suivi ?

L'expression du vieux exprima une angoisse impuissante. Il montra de l'autre côté de l'avenue l'endroit approximatif où Harry Lauder avait escaladé le mur et sauté dans les fourrés de sumacs. Comme Boyd l'interrogeait du regard, il secoua vivement la tête et montra du doigt une entrée du parc, à une centaine de mètres.

Luther Boyd voyait exactement ce qui s'était passé, comme si la séquence se déroulait sur un écran.

Il remercia le vieux et contempla l'étendue du parc, tout en évaluant les trois premiers scénarios qui lui étaient venus à l'esprit. Le premier, Kate était dans le parc à la recherche de son chien. Le deuxième, elle était perdue et cherchait comment revenir vers la Cinquième Avenue. Le troisième, il lui était arrivé quelque chose, elle était blessée ou retenue, physiquement incapable de sortir du parc.

Il tria rapidement ses options : partir sur-le-champ à sa recherche ou perdre quelques précieux instants à se préparer à faire face à tout.

Luther Boyd avait été entraîné à affronter la réalité et, à cause de cette expérience, il avait déjà accepté le troisième scénario comme l'explication la plus logique à l'absence de Kate.

Barbara se tourna nerveusement vers son mari quand il remonta à l'appartement.

— Où est-elle ?

— Quelque part dans le parc.

— Ah, mon Dieu ! Mais pourquoi a-t-elle fait ça ?

Boyd suivit le couloir jusqu'à sa chambre et ôta ses mocassins de deux coups de pied. Barbara le suivit précipitamment, ses talons rythmant sa panique en claquant sur le parquet.

— Luther, que se passe-t-il ?

Il s'assit sur le bord du lit pour enfiler une paire de chaussures de tennis.

— Pour je ne sais quelle raison, elle a traversé. Harry Lauder lui a échappé et s'est sauvé dans le parc.

Luther Boyd ôta rapidement sa veste et mit un blouson noir.

— Le mur était trop haut pour que Kate l'escalade, alors elle est remontée jusqu'à une entrée.

— Mais *quand* ? Depuis combien de temps est-elle là dans le parc ?

Boyd ouvrit le tiroir du haut d'un chiffonnier et y prit un automatique browning 9 mm ; après avoir vérifié le chargeur à treize coups et le cran de sûreté, il glissa l'arme dans la ceinture de son pantalon. Du même tiroir, il retira une torche électrique qu'il fourra dans sa poche arrière.

Les yeux de Barbara étaient immenses et ressortaient dans la pâleur de son visage.

— Enfin, nom de Dieu, est-ce que tu cherches à me torturer ? Depuis combien de temps est-elle dans le parc ?

— Quarante minutes, répliqua Boyd en passant dans la salle de bains pour prendre une trousse de premier secours, petite mais très complète.

— Tu as prévenu la police ? demanda Barbara d'une voix tremblante, les larmes aux yeux.

— Non.

— Mon Dieu, mais pourquoi ?

— Les crises de nerfs ne vont pas secourir Kate, déclara Boyd en prenant sa femme par les épaules et il la secoua jusqu'à ce que le voile de terreur disparaisse de ses yeux. Maintenant écoute et comprends-moi. Nous n'appelons pas la police. Si Kate est en difficulté, plus vite je la trouverai, plus elle aura de chances de s'en tirer. Nous ne voulons pas de tout un détachement qui se bouscule et tâtonne dans tous les coins. C'est un travail d'homme seul. Et qui exige de la rapidité. Quoi qu'il lui soit arrivé, je retrouverai Kate, je le promets. Je m'y connais en corvées de merde de ce genre.

Et il partit.

En moins de trois minutes, Luther Boyd releva la trace de Kate dans Central Park.

Il connaissait admirablement le caractère et les habitudes de sa fille. Et ses facultés comme son instinct de pisteur avaient été affûtés à la perfection par des dizaines d'années de pratique et d'expérience.

Il savait que Kate se dirigerait vers le sud en ligne droite, vers l'endroit où son chien avait sauté le mur.

Tout en courant silencieusement et sans effort dans l'ombre des chênes anglais immenses, il alluma sa torche et finit par aviser l'empreinte de la petite botte de Kate à côté d'une fontaine d'eau potable où la terre était particulièrement humide. En arrivant à l'endroit où Harry Lauder était entré dans le parc, il n'entendit rien que le vent dans les branches d'un groupe de gommiers et le grondement étouffé de la circulation dans l'avenue. Connaissant l'obstination et le courage de Kate, Boyd comprit qu'elle n'avait pas renoncé ; elle était dangereusement persuadée que le monde était plein de gens charmants et assez téméraire pour continuer de chercher Harry Lauder dans cette sombre et redoutable jungle.

Luther Boyd, les yeux à terre, courut lentement, en cercles de plus en plus grands, jusqu'à ce qu'il découvre une autre empreinte de botte, tournée à angle droit de sa course précédente. Kate se dirigeait maintenant vers l'ouest, et elle courait à en juger par la longueur de ses foulées.

Il remercia la providence de l'averse de l'après-midi qui avait vidé le parc de ses promeneurs. Normalement, par beau temps, il y aurait eu une multitude de traces dans cette partie agréable et sûre du parc. Mais beaucoup de ces marques avaient été effacées par la pluie et la terre était si spongieuse qu'il n'avait aucun mal à suivre les empreintes de sa fille.

Juste devant Boyd, à une centaine de mètres, il y avait un bouquet de grands arbres. C'était de ce côté que se hâtait Kate, suivant de toute évidence la piste bruyante de Harry Lauder. Cependant, quand il pénétra dans le petit bois il trouva des traces de Kate mais aucune du terrier et il s'étonna. Si le chien était venu sous ces arbres, il aurait laissé une marque de son passage, des feuilles dispersées, des empreintes de pattes dans la terre. Mais s'il voyait celles des petites bottes il ne trouvait rien qui indiquât pourquoi elle s'était précipitée avec tant d'assurance vers cet endroit particulier.

Il réfléchit. Deux choses l'auraient attirée là : la vue de Harry Lauder ou ses aboiements. Comme elle n'avait pu le voir à cette distance dans la nuit tombante, elle avait dû l'entendre. De cela, on pouvait déduire que le chien avait bien été là. Alors pourquoi n'y avait-il aucune trace de lui ?

Soudain, Luther Boyd fut effrayé par la certitude de ce qui avait pu se passer. Il chercha alors autre chose qu'il trouva au fond du bosquet : les empreintes d'une énorme paire de bottes. Il s'accroupit et les examina de près à la lumière de sa torche. Des bottes à talons. Et l'on distinguait nettement dans la boue des marques inégales aux talons, des triangles découpés dans le caoutchouc au moyen d'un instrument tranchant.

Boyd comprit tout. Quelqu'un s'était caché là pour attendre Kate, la guetter tandis qu'elle courait vers les arbres. Un homme grand, un homme lourd à en juger par la taille des bottes et leurs traces profondes ; il avait dû tenir le terrier entre ses mains, et se servir du petit chien aboyeur pour attirer Kate vers lui.

Rapidement, il regarda de tous côtés, en reniflant le vent froid comme un animal. Il y avait de la circulation dans la grande Allée Est et probablement des couples de promeneurs, dans cette partie du parc relativement tranquille.

Il était donc logique de supposer que l'homme ne se serait livré à rien dans cet endroit-là. En se servant du chien comme appât, il avait sûrement tenté d'attirer Kate plus profondément dans le parc, de l'autre côté de l'Allée Est, sans doute au nord vers les endroits isolés et silencieux.

Boyd se releva et repartit sur la piste de ces bottes aux talons particuliers ; presque immédiatement, ses déductions furent confirmées car ces énormes empreintes de pas le conduisirent vers l'Allée Est. Quand il releva celles des bottes de Kate sur la même ligne, il fut certain qu'elle s'était jetée tête baissée dans le piège tendu pour elle.

Et comme Luther Boyd avait été élevé par des parents dévots, des versets de saint Matthieu lui revinrent en mémoire : « Il aurait mieux valu pour cet homme qu'il ne fût jamais né. »

Mais comme il avait passé la majorité de sa vie dans des casernes et sur des champs de bataille, la pureté sans remords de cette menace s'accompagna d'une pensée personnelle, sombre et farouche : « Je te trouverai, salaud, et alors tu regretteras d'avoir préféré ma fille à une maquerelle pour prendre ton pied. »

Barbara Boyd arpentait le salon de l'appartement, les nerfs douloureusement tendus, attirée malgré elle vers les fenêtres pour contempler l'obscurité impénétrable et maintenant terrifiante de Central Park.

Une nouvelle pensée troublante s'insinuait dans sa peur et son angoisse. Qu'avait-il dit ? Qu'il s'y connaissait, à ce genre de choses... Elle ne l'avait encore jamais considéré ainsi, comme un homme si fort et compétent que d'autres faisaient appel à lui quand il y avait une tâche ou une mission dangereuse à accomplir. Elle se demanda si elle ne l'avait pas mal jugé. Quelle était sa raison de le quitter ? Qu'il l'avait toujours quittée ? Mais peut-être pas toujours pour l'attrait et l'excitation du danger, pour les drapeaux claquant au vent. Peut-être l'avait-il laissée dans le passé comme ce soir, pour faire quelque chose que d'autres hommes lui commandaient, une chose essentielle et périlleuse. Maintenant, dans ce moment de terreur, elle lui était désespérément reconnaissante de l'avoir laissée. Elle éprouvait un peu de soulagement et d'espoir parce que c'était son mari, Luther Boyd, qui cherchait Kate. Et avec cette pensée vint l'idée coupable que des centaines, peut-être des milliers de soldats, avaient retrouvé comme elle l'espoir, parce qu'il y avait un colonel Luther Boyd pour les conduire au combat.

Mais c'était trop exiger d'un seul homme. Ou d'une femme, pensa-t-elle avec détresse.

Mettre en doute le jugement de son mari et son évaluation de la situation risquait d'être fatal. Pourtant, après un dur moment d'indécision, elle décrocha le téléphone et, d'une main tremblante, forma le numéro de la police.

Son appel au Central fut transmis à un standard et, en quelques secondes, elle répondit à des questions posées par la voix impersonnelle mais rassurante d'un certain lieutenant Vincent Tonnelli.

Après avoir noté l'heure de l'appel de Mrs Luther Boyd (18 h 58), Gipsy Tonnelli engagea dans l'action cinquante pour cent du matériel et du personnel affecté à son équipe spéciale et avertit les commandants des secteurs Nord et Sud de Manhattan, les chefs Slocum et Larkin, qu'il plaçait le reste de ses hommes en état d'urgence.

On pouvait trouver que c'était une réaction exagérée à un rapport de disparition d'enfant, mais les deux chefs approuvèrent la décision de Gipsy. Parce que cette histoire avait quelque chose de curieusement inquiétant... L'enfant était entrée dans le parc vers dix-huit heures. Les parents avaient appris sa disparition vers dix-huit heures trente mais avaient attendu encore une demi-heure avant d'avertir la police. Ce qui signifiait que la petite fille était dans le parc depuis près d'une heure quand Mrs Boyd avait téléphoné. De plus, la police avait reçu un rapport de localisation visuelle probable de l'Egorgeur au coin de la 83ᵉ Rue et de Lexington à dix-huit heures quarante-huit, à pas plus de six à huit minutes à pied de l'endroit où Kate Boyd était entrée dans le parc.

C'était le jour J, l'heure H et ils avaient la certitude que l'Egorgeur se trouvait fatalement autour de Central Park et de Kate Boyd.

Au cours de la conférence téléphonée avec les chefs, Chip Larkin conclut calmement :

— Dites un Avé et allez-y à fond, lieutenant.

Et Slocum ajouta :

— Collez un sacré nœud coulant autour du parc, Gipsy, et nous le resserrerons bien fort.

Au Q.G. de Tonnelli, Sokolsky envoya des patrouilles, de leurs postes d'attente aux périmètres Est et Ouest de Central Park, pour le boucler au nord, de la 78ᵉ Rue aux limites de Harlem. Les voitures devaient stationner à cent mètres de distance, leurs gyrophares allumés, et les hommes maintiendraient la surveillance sur les trottoirs à cinquante mètres d'intervalle jusqu'à nouvel ordre.

Le dispatcher Ed Maurer, au standard du Q.G. du sergent Boyle, envoya des unités semblables pour établir un cordon au sud, de la 77ᵉ Rue à la 59ᵉ et, transversalement, de la 59ᵉ à la Cinquième Avenue et à Central Park Ouest.

Ainsi, dans le quart d'heure suivant le coup de téléphone de Mrs. Boyd à Tonnelli, ces unités furent déployées et, vu du ciel, Central Park apparaissait comme un immense rectangle noir aux quatre côtés définis par des kilomètres de lumières rouges pivotantes.

— Envoyez le signalement de l'enfant aux stations de radio locales, dit Tonnelli à Sokolsky. Sexe féminin, blanche, blonde, onze ans, vêtue d'un anorak rouge.

Ces détails lui avaient été donnés par la mère.

— Et la télé ? demanda Sokolsky.

— Ils capteront ça d'eux-mêmes.

— Alors pourquoi le donner à la radio ?

— C'est une chance sur mille mais je la saisis. Un type traversant le parc en voiture pourrait apercevoir la petite. J'aime mieux rester dans la discrétion, mais nous devons donner à cette gosse toutes les chances possibles.

Tonnelli ordonna ensuite au standardiste d'avertir le commissaire Walter Greene qu'il quittait son Q.G. et serait dans quelques minutes chez les Boyd.

C'était une femme élégante qui avait de la classe. Mince, grande, des cheveux auburn, éducation universitaire et, naturellement, de la fortune. Telle fut la première impression qu'eut Gipsy Tonnelli de Barbara Boyd qui l'attendait avec Mr. Brennan devant l'entrée de l'immeuble.

Après s'être présenté, Tonnelli examina l'alignement de voitures de police bordant le côté Est du parc le long de la Cinquième Avenue.

— Votre fille est entrée dans le parc vers six heures ? C'est bien ça ?

— Elle a pu tomber et se fouler une cheville, dit Barbara. Ou elle a tourné en rond, elle s'est perdue.

— Oui, bien sûr. C'est probablement ce qui s'est passé. Mais pour l'heure, vous dites que lorsque vous avez appris qu'elle était entrée dans le parc, il était six heures et demie.

— Plutôt trente-cinq.

— Merci, dit Gipsy Tonnelli et il regarda Mrs. Boyd dans les yeux. Mais vous n'avez averti la police qu'à six heures cinquante-huit. Ce qui veut dire que nous démarrons avec vingt-trois minutes de retard. Pouvez-vous me dire pourquoi ?

Après une brève hésitation, Barbara s'humecta les lèvres et avoua :

— Parce que mon mari m'a priée de ne pas prévenir la police.

— Pourquoi, s'il vous plaît ?

— Il pensait simplement que cela valait mieux.

— Et il est parti chercher votre fille ?

Quand Barbara acquiesça, Tonnelli réprima un mouvement d'exaspération et de colère. Les civils, pensa-t-il. Les foutus civils. La dernière chose qu'il lui fallait en ce moment, c'était bien un père affolé courant en tous sens dans le parc en gueulant le nom de la gosse.

Barbara interpréta correctement son expression et demanda :

— Vous allez envoyer vos hommes après lui, n'est-ce pas ?

Foulé une cheville... Perdu son chemin... Naturellement, ces parents n'avaient aucun moyen de savoir que l'Egorgeur pouvait avoir ses mains sur leur fille, mais il ne pouvait se défendre d'une colère illogique devant tant de naïveté.

— Oui, nous emmènerons votre mari, Mrs. Boyd. Pour sa sécurité et celle de votre fille. S'il se trouve en travers de notre chemin, il risque d'être blessé.

Tonnelli salua Mrs. Boyd et tourna les talons pour remonter dans sa voiture mais elle le retint par la manche de son pardessus et le fit pivoter avec une force surprenante.

— Alors emmenez-moi. Je vous en prie !

— Je ne peux pas faire ça, madame. Nous avons fermé et cerné le parc. Maintenant nous allons le fouiller, arbre par arbre, buisson par buisson, jusqu'à ce que nous trouvions...

Elle l'interrompit en secouant violemment la tête.

— Ecoutez-moi ! C'est notre enfant, là-bas ! Et il y a autre chose que vous devez savoir. Mon mari est armé. Je pourrais le persuader de collaborer avec vous mais je doute que vous y arriviez, vous.

Doux Jésus, pensa Tonnelli avec lassitude. Tous ses démons siciliens lui disaient qu'ils avaient enfin l'Egorgeur dans un piège, mais leurs chances de le refermer sur lui seraient réduites à néant par cet excité armé qui serait capable de tirer sur des ombres, pourrait blesser ou tuer des policiers et dont les actions avertiraient certainement l'Egorgeur que la police le cernait. Songeant à cela, le lieutenant prit à contrecœur une décision rapide :

— C'est bon, montez dans la voiture, dit-il à Barbara.

XIV

Kate Boyd s'arrêta au milieu d'une clairière silencieuse, luisant doucement au clair de lune, et tenta de réfléchir, de trouver une solution à son problème. Depuis plusieurs minutes, elle n'entendait plus aboyer son chien et elle priait avec ferveur qu'il soit fatigué de son escapade et, en ce moment même, en train de retourner en trottinant vers la Cinquième Avenue, où Mr. Brennan le trouverait et l'emmènerait à l'appartement.

Mais Kate, en courant après les aboiements et les jappements de Harry Lauder, avait fini par se perdre complètement ; elle avait l'impression inquiétante que depuis cinq minutes elle tournait en rond. Si elle marchait vers l'est, ce chemin la ramènerait vers la Cinquième Avenue. Si elle allait au sud, elle déboucherait à la 59ᵉ Rue et de là elle saurait rentrer chez elle. Mais la difficulté, c'était de savoir où, au juste, étaient l'est et le sud. Une fois, en camping, son père lui avait appris à trouver l'étoile Polaire. Une extrémité de la Grande Ourse l'indiquait, mais elle ne se rappelait plus laquelle. D'ailleurs, ça ne servirait à rien parce que dans le grand ciel pâle plein d'étoiles elle ne trouvait même pas la Grande Ourse.

Il y avait aussi quelque chose avec Orion. Son épée... est-ce qu'elle pointait vers le sud ? Ou sa ceinture ?

Au loin, mais très loin, elle entrevoyait de temps en temps des lueurs de phares, des voitures suivant les grandes allées sinueuses du parc. Elle pivota lentement, dans l'espoir d'apercevoir un gratte-ciel se profilant sur le ciel, qu'elle saurait identifier. Mais elle était trop près des arbres pour avoir une vue d'ensemble et les quelques flèches et lumières qu'elle voyait ne représentaient rien de précis dans l'obscurité.

Elle hésitait donc dans la clairière au clair de lune, en contemplant de nouveau le ciel mais sans trouver de secours parmi les étoiles...

Gus Soltik se tenait dans l'ombre d'un gros chêne et l'observait... Elle était perdue, il le savait. Cela lui donna une curieuse impression de supériorité, parce qu'il ne se perdait jamais. Il n'avait pas besoin de noms ou de numéros de rues. Il pouvait aller où il voulait, guidé par un instinct subtil, le long des ruelles ou des quais, parmi les immeubles de taudis, conscient de toutes les odeurs, de tous les mouvements à portée de ses sens aiguisés, avançant toujours d'un pas régulier avec une inconsciente précision.

Ses énormes mains se resserrèrent sur le sac de compagnie aérienne et il sentit une chaude bouffée de sang dans son corps. Maintenant, pensa-t-il.

Maintenant...

Kate entendit approcher les pas lourds. Elle se retourna et vit un homme très grand, en chandail marron à col roulé et casquette de cuir jaune qui se ruait vers elle ; quelque chose de familier dans son aspect la fit chercher si elle ne l'avait pas déjà vu ou rencontré.

— Excusez-moi, monsieur, dit-elle mais elle remarqua alors les lèvres molles, les yeux vitreux et comprit que cet homme était dangereux, terriblement dangereux.

Quand il tendit ses grandes mains pour la saisir, Kate se mit à hurler à pleins poumons.

Rudi Zahn entendit des cris. Il était à une cinquantaine de mètres, marchant à sa manière vigoureuse, quand le premier appel de Kate brisa le silence de la nuit.

Luther Boyd, à plusieurs centaines de mètres au sud-est de la clairière, ne perçut qu'un murmure de ce cri et se demanda si c'était celui d'un oiseau nocturne, ou un crissement de branches se frottant l'une contre l'autre dans le vent fraîchissant.

Mais il se pointa sur le son comme l'aiguille d'un radar, en s'orientant sur un massif de *Styrax japonica* à gauche de l'endroit d'où venait le bruit et sur un éperon rocheux en ligne droite. Et il se mit à courir.

La première réaction de Rudi Zahn fut une pénible indécision ; ses terreurs étaient si profondément enracinées qu'il lui était presque physiquement impossible de faire un pas vers un danger. Son instinct lui criait de prendre ses jambes à son cou dans la direction opposée, en se rassurant par un mensonge facile, en se disant que ce serait ce qu'il y avait de mieux, trouver un téléphone ou un policier dans les parages, un secours professionnel. Puis les cris se tuent brusquement, remplacés par un silence encore plus épouvantable.

Tremblant de peur il restait cloué au sol par une émotion confuse, le souvenir ravivé d'Ilana dont le visage blême étincelait dans son esprit comme une étoile. Il avait regardé d'une lucarne, dans la cave du presbytère, quand les soldats l'avaient traînée aux camions. Elle s'était débattue comme un chat sauvage, mais personne au village n'avait levé le petit doigt pour la sauver. Les autres étaient des victimes consentantes, allant à l'abattoir comme du bétail, mais Ilana avait combattu, ce qui n'avait pas irrité les soldats, naturellement ; ils savouraient la résistance, elle ajoutait du piment à leur routine de brutalité.

Contre sa volonté, contre tout ce qu'il essayait de sauvegarder pour lui-même et pour Crescent Holloway, Rudi Zahn courut dans la direction de ces cris devenus silencieux.

Il déboucha dans une clairière au clair de lune et vit un colosse en chandail marron qui courait vers l'ombre des arbres avec une petite fille dans les bras. Elle agitait frénétiquement ses jambes mais l'homme la serrait fortement au creux de son coude en lui collant les bras au corps et plaquait son autre main sur sa bouche.

— Arrêtez ! hurla Zahn et il se précipita vers l'homme et l'enfant.

Gus Soltik se retourna vivement, ses traits épais convulsés par la rage et la terreur.

— Non ! cria-t-il. Non !

Il avait la voix aiguë, stridente, presque étranglée sous la pression des muscles de son cou.

— Laissez-la tranquille ! lui glapit Zahn.

Gus Soltik jeta la petite fille par terre et se rua sur Rudi Zahn en grimaçant horriblement, le corps fiévreux, furieux de cette détestable intervention ; son excitation avait été tellement exacerbée par la résistance de la petite qu'il avait l'impression que son sang bouillait.

Zahn évita la première charge de Soltik en faisant un saut de côté et lui décocha un coup de pied dans les jambes, qui envoya le colosse rouler par terre.

— Cours ! cria-t-il à la petite fille, en pensant qu'il allait subir le passage à tabac qu'il avait toujours redouté mais que cela gagnerait peut-être assez de temps pour que l'enfant s'échappe. Cours ! répéta-t-il alors que Gus Soltik se relevait, le souffle court, les yeux dilatés de fureur.

Mais Kate Boyd ne s'enfuit pas ; elle tint bon. Elle ne savait pas trop pourquoi mais un vague instinct de conservation lui disait que c'était le plus sage. Elle se promettait de combattre sa peur et de rester là, parce qu'elle croyait savoir ce qui avait excité cet homme énorme ; c'était ses cris, sa lutte ; elle avait déjà senti ce que cela lui avait fait, physiquement.

Rudi Zahn balança un poing vers la figure de Gus Soltik et le coup porta mais ne fit pas plus d'effet que s'il avait cogné sur un rocher. Soltik poussa un rugissement et, d'un revers de main, il frappa Zahn à la tempe et le fit partir à la renverse, la tête explosant dans des éclairs de douleur aveuglante.

Gus Soltik lui rua dans les côtes avec ses lourdes bottes et Zahn gémit. Un nouveau coup de pied lui ouvrit la joue jusqu'à l'os et il perdit miséricordieusement connaissance.

Gus regarda Kate, perplexe et vaguement peureux. Pourquoi ne courait-elle pas ? On ne pouvait pas les poursuivre, si elles ne couraient pas. Soudain, son grand corps se crispa de nouveau, de peur et de colère. Quelqu'un d'autre le traquait... Silencieux, tellement silencieux que la petite n'avait pas entendu le murmure dans les fourrés, derrière les arbres noirs. Ramassant son sac, il empoigna le col de l'anorak de Kate, le tordant sauvagement, si fort qu'il étrangla le cri qu'elle avait dans la gorge. A longues enjambées, qui forcèrent Kate à courir en chancelant, Soltik disparut de la clairière et alla se perdre avec l'enfant dans l'ombre des grands arbres.

Quelques secondes plus tard à peine, Luther Boyd découvrit le cadavre du petit terrier de Kate, sa tête tordue d'un côté, son corps noir pitoyablement petit dans la mort, l'air abandonné, oublié par terre dans un enchevêtrement de lierre rampant. Mais la mort de Harry Lauder n'était pas vaine car elle donnait à Boyd une indication précise sur l'homme qui portait ces énormes bottes. Il n'avait plus eu besoin des aboiements du chien pour attirer Kate vers lui ; de ce point géographique exact, il la voyait donc parfaitement.

Sans reprendre totalement connaissance, Rudi Zahn s'agita vaguement, luttant contre la douleur de sa figure et de son estomac. Quand il tenta de se relever, en posant ses mains à plat sur le sol, ses côtes furent poignardées d'un élancement si vif qu'il laissa échapper un gémissement et retomba.

Boyd, avançant prudemment entre les arbres à une dizaine de

mètres, l'entendit et courut vers le son en arrachant vivement le browning de sa ceinture ; d'un mouvement réflexe, aussi sûr et rapide que le battement de son cœur, il fit sauter le cran de sûreté. Il déboucha brusquement au clair de lune et vit un homme aux cheveux clairsemés couché par terre, inerte. Un côté de sa figure était haché comme de la viande crue et l'os de la pommette luisait, pâle et propre dans la clarté.

Boyd observa la clairière d'un œil aigu. Au premier abord, il pensa à l'attaque d'un voyou. Comme il se dirigeait vers le blessé, en examinant toujours les caroubiers entourant la clairière, il remarqua quelque chose qui raviva sa colère ; mais c'était une colère tempérée d'espoir car en plusieurs endroits, près de l'homme inconscient, il y avait les empreintes de grandes bottes, dont les talons marquaient la terre molle de leur découpe triangulaire.

Boyd continua d'examiner le sol jusqu'à ce qu'il trouve les traces des petites bottes noires de Kate.

Revenant en courant vers le blessé, il le prit par les épaules et le retourna sur le dos, aussi doucement qu'il le put. Néanmoins, l'homme poussa un nouveau gémissement de douleur et Boyd vit alors la marque boueuse d'une botte sur le gilet à petits carreaux, sous la veste de flanelle grise. La chair déchirée qui pendait de la pommette devait être le résultat d'un autre coup de ces lourdes bottes. Boyd chercha le portefeuille de l'homme, son identité ; il s'appelait Rudi Zahn et avait une adresse à Beverly Hills, en Californie.

Luther Boyd avait passé sa vie d'adulte à pratiquer et à enseigner les arts martiaux et comme historien militaire il avait professionnellement examiné le terrain longtemps après que le bruit des canons se soit perdu dans le silence de l'Histoire.

Il examinait maintenant ce sol illuminé par la lune comme il l'aurait fait d'un champ de bataille.

Kate avait hurlé ; ce n'était pas un oiseau nocturne ni une branche d'arbre mais sa fille, Kate, qui criait. Cet homme, ce Rudi Zahn, l'avait entendue, s'était précipité vers elle et avait été sauvagement battu par l'homme aux bottes. La question à laquelle il ne pouvait répondre était la suivante : pourquoi Kate ne s'était-elle pas enfuie ? Peut-être pensait-elle qu'elle n'avait aucune chance de s'échapper ? Mais peut-être aussi, et cela donna quelque espoir au père, elle avait été assez rusée pour faire une chose tellement imprévisible que cela pourrait déséquilibrer un dément.

Ce fut alors que, grâce à sa vision périphérique exceptionnelle, il remarqua du mouvement sous les arbres. Lorsque l'agent Prima se précipita dans la clairière, le browning dans la main de Boyd était braqué carrément sur sa tête. Prima avait son Spécial police au poing mais pointé quinze degrés à côté et son instinct lui dit qu'il ne pourrait jamais rétablir la situation. Quelque chose dans l'allure de cet homme armé l'avertissait qu'il savait se servir d'un automatique.

— Rengainez votre arme, petit, dit paisiblement Boyd et il se retourna pour guetter des signes de réveil de Rudi Zahn.

— Debout ! ordonna Prima à l'homme accroupi.

— Je vous ai dit de ranger votre arme, répéta Boyd sans regarder l'agent. Je suis le colonel Boyd.

— Et moi je vous dis...

Prima s'interrompit brusquement, ravala avec difficulté et murmura :

— Dieu de Dieu, le père de la gosse !

Boyd se retourna vivement.

— Comment le savez-vous ?

— Eh bien, votre femme nous a appelés.

— L'idiote, gronda amèrement Boyd.

Et maintenant, pensait-il, le parc allait grouiller de flics, des bleus comme celui-là qui piétineraient tout, qui fonceraient sous bois pistolet au poing, et il devait rester là jusqu'à ce qu'il puisse poser à Zahn une question vitale. Non, se dit-il en consultant sa montre. Je ne vais gaspiller que trente secondes de plus.

— Monsieur, dit Prima, elle a bien fait. Le lieutenant Tonnelli a déjà bouclé le parc avec des voitures de police.

L'œil sur sa montre, Boyd ordonna :

— Alors dites à votre lieutenant de déployer une ligne est-ouest en tirailleurs, entre les 69e et 70e Rues, de la Cinquième Avenue à Central Park Ouest. Un maniaque — et ma fille — marchent vers le nord et ils ont traversé la 70e.

Rudi Zahn gémit et ouvrit les yeux.

— Ilana, dit-il. Il a emmené Ilana.

L'homme est en état de choc, se dit Boyd, et il regretta un peu d'avoir perdu un précieux moment.

— Pourquoi ma fille n'a-t-elle pas cherché à s'enfuir ? demanda-t-il d'une voix basse et pressante.

— Je ne pouvais pas l'aider... Il était trop fort, trop fou. Il l'a emmenée.

L'agent Prima retira de sa tunique le portrait-robot de l'Egorgeur, le déplia vivement et le tint devant Zahn.

— C'est le type qui a enlevé la petite ?

Zahn cligna des yeux et souffla :

— Chandail marron, fou...

— Est-ce que ma fille était ligotée ? demanda Boyd.

— Non... Je lui ai dit de courir. Je lui ai crié de courir. Mais elle n'a pas bougé.

— Faites-le soigner, dit Boyd à Prima et (pendant que l'agent débattait avec lui-même pour savoir combien d'ordres il devait accepter de ce civil) il se releva d'un bond et se perdit en quelques secondes sous les arbres, courant vers le nord sur les traces des énormes bottes.

L'agent Prima enclencha un bouton de son walkie-talkie et parla contre l'appareil.

— Agent Prima. Environ vingt mètres à l'est du Mall, entre les 69° et 70°. Nous avons de l'action ici. Lieutenant Tonnelli ?... Lieutenant Tonnelli ?

— Donnez-moi ce que vous avez, répondit Rusty Boyle. Il est en voiture. Je transmettrai par le Central...

Quelques minutes après avoir reçu une localisation positive de l'Egorgeur et la confirmation qu'il avait traversé la 70° Rue et se dirigeait vers le nord, le lieutenant Gipsy Tonnelli, dans sa voiture banalisée, quitta le Mall et accéléra à travers un bosquet d'érables rouges vers la clairière où Prima donnait des premiers soins rudimentaires à Rudi Zahn.

Un matériel supplémentaire avait déjà été appelé : des camions légers, une ambulance avec des médecins de police, des unités de communications et des caravanes de services d'urgence, avec des fusils de chasse et à lunette et deux équipes de tireurs d'élite. Le calibre du fusil des tireurs d'élite était incroyablement petit, deux tiers d'un 22, mais il avait une telle vélocité de canon que la force de frappe abattait une cible humaine où que la balle l'atteigne. Les lunettes étaient assez puissantes pour viser des cibles invisibles à l'œil nu.

Et dès le premier communiqué radio ordonné par le lieutenant Tonnelli, la presse écrite et électronique avait rassemblé des photographes, des reporters, des équipes de radio et de télévision, des unités télécommandées, qui étaient déjà en route pour couvrir une nouvelle escapade macabre de l'Egorgeur.

Pendant ce temps, des extrémités opposées de Manhattan, les commandants Slocum et Larkin, dans leurs limousines, étaient en chemin toutes sirènes hurlantes pour donner au public ce qu'il voulait et dont il semblait avoir besoin : le drame de la chasse à l'homme, le spectacle exaltant et télévisé de la police traquant un monstre, sous la direction et suivant le scénario de chefs de la police en uniforme, deux étoiles d'argent étincelant à leurs manches.

XV

Luther Boyd suivait la trace des lourdes bottes et de celles de
sa fille dans des bosquets de hêtres qui rendaient sa tâche labo-
rieuse et difficile à cause de l'abondance de feuilles mortes. Il
devait perpétuellement les écarter, les balayer pour retrouver sa
piste. Mais quand il arriva à l'immense coquille d'orchestre en
haut du Mall — il était maintenant au nord de la 70ᵉ Rue — il
trouva une étroite bande de terrain spongieux qui encerclait le
théâtre de verdure et ce fut là, en se dirigeant vers l'est, qu'il
releva de nouveau les empreintes des deux paires de bottes, grandes
et petites. En les suivant, il tourna vers le nord à l'extrémité est
du théâtre, dépassant le Mall et la coquille acoustique à travers
un bois de sycomores géants au tronc gris marbré et aux racines
noueuses. Il y avait là des tas de branches mortes et de feuilles
laissés par les équipes du service de nettoiement du parc.

Boyd balayait le terrain en zigzags de plus en plus larges,
mais les tas de bois abattu et les racines sinueuses sur le sol
ne laissaient voir aucune trace de bottes.

Son instinct lui soufflait que son gibier n'avait pas fait demi-
tour alors il continua dans la même direction jusqu'à ce qu'il
arrive au barrage de la 72ᵉ Rue, illuminée et bruyante de circulation. Il regarda du côté de la Cinquième Avenue et vit que le feu
venait de passer au rouge, arrêtant les voitures allant d'est en
ouest. Dans quelques secondes, il pourrait traverser et tenter de
reprendre la piste sur la terre qu'il apercevait en face.

Mais pendant qu'il attendait, les muscles bandés, prêt à courir, une conduite intérieure noire s'arrêta juste devant lui. Un
homme baraqué et à la joue balafrée en descendit et déclara :

— Colonel Boyd, je suis le lieutenant Tonnelli.

Au volant de la voiture, il y avait le jeune agent, Max Prima, que Boyd avait rencontré quelques minutes plus tôt dans la clairière et, à l'arrière, Barbara, les yeux pleins de larmes et la figure ravagée par la peur.

— J'ai fait ce que j'ai jugé le plus sage, Luther, dit-elle. Tu dois me croire.

Les récriminations n'auraient aucun objet à présent, se dit Boyd. Elle avait jeté les dés, et il devait l'accepter. Elle avait sapé sa simple stratégie et cela risquait de coûter la vie à leur fille. Comme la plupart des civils, Barbara était incapable de contrôler ses émotions, mais aucune de ces amères pensées ne se devinèrent à l'expression ou à l'attitude de Boyd.

— Je sais que tu as fait ce que tu croyais le plus sage, dit-il et, connaissant Barbara, il ajouta : je pense que tu as bien fait.

Il pouvait lui accorder ça. Peut-être pas lui donner Kate, mais au moins un mensonge rassurant.

Gipsy Tonnelli n'était pas renommé pour son tact ou sa patience mais quelque chose, chez Luther Boyd, le corps droit et fort, la froide intelligence des yeux et de l'expression, l'avertirent de procéder avec discrétion. Il avait besoin de la collaboration du colonel, c'est-à-dire qu'il le voulait hors du parc, rentré chez lui avec sa femme, où il ne gênerait pas la chasse à l'Egorgeur.

— Croyez-moi, colonel Boyd, la meilleure chance que vous ayez de retrouver votre fille, c'est de laisser la police s'en occuper. Nous avons le matériel, le personnel...

Boyd l'interrompit d'un geste négatif.

— Vous avez votre travail et j'attends que vous le fassiez. Mais moi aussi j'ai un boulot, qui est de sauver la vie de ma fille.

Tonnelli baissa les yeux sur le browning à la ceinture de Boyd puis il le regarda posément dans les yeux.

— Vous avez un permis pour ça ?

— Lieutenant, je ne suis pas buté, mais je ne peux pas perdre plus de temps. J'ai un permis pour cette arme-ci et pour toutes les armes fournies par l'armée des Etats-Unis, y compris les AR-21. Je vais parler vite...

— Votre femme m'a parlé de Fort Benning et des Rangers et...

— Faites-moi l'amabilité de m'écouter, lieutenant. J'ai suivi la piste de ma fille de l'endroit où elle a été enlevée par ce que je pense être un psychopathe...

— Vous pouvez en être sûr, c'en est un.

— Je les ai traqués, ma fille et lui, jusqu'ici, à la 72ª Rue. Il n'a que deux ou trois minutes d'avance sur moi, dit Boyd et il désigna le nord au-delà du flot de la circulation. Si vous voulez m'aider à l'arrêter, très bien. Dites non et je m'en vais.

Il y avait un nouvel élément dans le ton et la façon d'être de Boyd qui fit courir un petit frisson dans le dos de Tonnelli.

Luther Boyd avait eu l'âme et l'esprit trempés et durcis par l'habitude du commandement ; cela lui avait été inculqué par ses supérieurs et, surtout, par la nécessité de sauver des vies, y compris la sienne, au combat. C'était un trait essentiel de son caractère ; il savait qu'à la guerre toute décision est préférable à l'indécision et il le croyait si fortement que l'idée ne lui venait jamais, même un instant, qu'une personne sous son commandement puisse désobéir à ses ordres.

Sa personnalité autoritaire et ferme frappa Gipsy Tonnelli comme un coup de poing.

Il caressa du bout des doigts sa longue cicatrice et déclara :

— Alors allons-y !

Tirant de la poche de son pardessus un sifflet de police et une torche électrique rouge, il courut au milieu de la 72ᵉ Rue en évitant avec souplesse un break plein de Noirs qui laissa flotter dans l'air une bordée de jurons en même temps que les vapeurs de son pot d'échappement.

Tonnelli donna quelques coups de sifflet stridents et le faisceau rouge de sa torche traça des arcs étincelants dans l'obscurité.

— Police ! Halte ! Freinez ! Halte ! hurlait-il aux conducteurs.

Luther Boyd se pencha dans la voiture de Tonnelli et posa une main sur la joue de Barabara.

— Je la retrouverai. Je te le promets. Tiens bon.

Et puis il s'élança entre les voitures arrêtées pour rejoindre Tonnelli sur le terrain humide au nord de la 72ᵉ Rue.

En moins d'une minute, il releva de nouveau les empreintes des lourdes bottes et des petits pas de Kate.

— Avez-vous disposé une ligne en tirailleurs en travers du parc, entre les 69ᵉ et 70ᵉ ? demanda-t-il à Tonnelli.

— Oui, cinq minutes après le coup de fil de votre femme. Mais j'ai placé les hommes sur la Traverse Un, à la 66ᵉ Rue. C'est un mur de flics. J'ai pensé que l'Egorgeur devait être d'un côté ou de l'autre de la ligne, répondit le lieutenant, puis mettant en marche son émetteur-récepteur : ici Tonnelli. Je veux Rusty Boyle.

Au bout de quelques secondes, la voix métallique de Boyle se fit entendre à la radio.

— Cinq sur cinq, lieutenant.

— Rusty ? Je veux que vous déplaciez notre ligne de la 66ᵉ Rue à la 72ᵉ. Assurez-vous que les hommes sont en contact vocal les uns avec les autres. Assurez-vous bien que personne ne franchisse cette ligne sans être interpellé et interrogé.

— Compris, lieutenant.

— Et maintenant, allons-y, dit Luther Boyd.

Les yeux fixés sur le sol il partit à une allure qui força Tonnelli à courir pour le rattraper.

— Nous allons lui supprimer la moitié nord du parc, déclara Boyd.

— Vous savez comment vous y prendre ?

— Oui. Dites-moi, vous l'appelez l'Egorgeur. Pourquoi ?

— Il vaut mieux que vous ne le sachiez pas, mon colonel.

— Il ne s'agit pas de ce que je veux savoir, lieutenant, mais de ce que j'ai *besoin* de savoir...

Ils traversaient rapidement une grande prairie ombreuse où les premières traces de gelée blanche luisaient au clair de lune, une étendue bordée par le vert magnifique des sapins d'Autriche, et ce fut dans ce décor paisible de conte de fées que Gipsy Tonnelli raconta à Luther Boyd ce qu'il savait de cette créature que la police de New York appelait l'Egorgeur.

« Pour gagner des batailles, on n'a pas besoin d'armes, on bat l'âme de l'ennemi... »

Patton avait plus souvent raison que tort, pensait sincèrement Luther Boyd et d'après sa propre expérience, il savait que connaître l'ennemi, c'était la moitié de la victoire.

Il avait vu cet homme, cet Egorgeur, se rappelait-il, il l'avait vu debout, parfaitement immobile dans le flot des passants de la Cinquième Avenue, les yeux levés vers leur appartement. Ce simple fait ne lui servait à rien mais l'idée de savoir qui et ce qu'était l'Egorgeur lui donnait un peu d'espoir. Un psychopathe, rongé de complexes et de peurs. Ils pourraient s'en servir à leur avantage...

Le décontenancer sans l'effrayer, c'était essentiel, pour que sa panique soit teintée d'incertitude plutôt que de colère défensive. Le désorienter, mais sans le menacer. Lui faire croire qu'il avait perdu le nord ou s'était trompé de chemin ; ne jamais lui donner l'impression d'être acculé ou pris au piège.

Kate avait dû deviner ce qu'il était... A onze ans, elle était extrêmement perspicace et intelligente. Elle avait fort bien pu se rendre compte que si elle avait le courage de dissimuler sa peur et de rester calme, cela détournerait et déjouerait les monstrueux désirs de l'Egorgeur.

Les traces révélaient qu'elle marchait à côté de lui, ce qui ravivait l'espoir de Boyd. Puisqu'elle ne subissait encore aucune contrainte physique, on pouvait en déduire que l'Egorgeur avait une destination en tête et s'y rendait.

Mais laquelle ? Loin au nord, au-delà du Réservoir, au-delà des dernières 90° Rues, là où Central Park devenait une véritable jungle où, comme les lois principales, les lois humanitaires n'avaient même plus cours.

Luther Boyd s'arrêta et retint Tonnelli d'une main sur son bras.

— Un instant, murmura-t-il.

— Qu'est-ce que c'est ? chuchota Tonnelli.

Boyd regardait fixement devant lui, dans l'obscurité, en écoutant le bruit du vent dans les arbres géants.

— Une intuition. Il sait que nous le suivons.

— Qu'est-ce qui vous le fait penser ?

Boyd songea un instant aux salles de classe de Fort Benning où il aurait pu répondre plus en détail à la question de Tonnelli... Il aurait expliqué l'intangible, les conclusions à tirer des sons, des odeurs, des « sensations » d'un champ de bataille. Il aurait pu citer les célèbres Trois Règles et Huit Réflexions de Mao Zedong, un code de principes militaires et civils adopté par l'Armée rouge chinoise, dont l'application avait brisé la puissance combinée des forces impériales japonaises et des troupes du généralissime Tchang Kai-chek soutenues par les Etats-Unis. Levez-vous à l'est mais attaquez de l'ouest... détruisez la confiance sur le terrain... déroutez l'arrière de l'ennemi... par des ruses plongez les réserves dans le chaos.

Le colonel était incapable de préciser ce qui l'alertait en ce moment. C'était pur instinct et il ne pouvait l'expliquer au lieutenant, pas plus qu'il ne pouvait expliquer pourquoi les soldats étaient à l'aise dans le vacarme normal du combat alors qu'un facteur inattendu, comme les charges « banzaï » hurlantes ou la folle musique aiguë dont les Nord-Coréens avaient si bien su se servir, pouvait mettre en déroute des régiments chevronnés.

C'était difficile d'expliquer ce genre de choses à qui ne les avait pas vécues.

— Pour commencer, dit-il, ses pas se sont allongés.

Puis il remarqua quelque chose qui apporta un soutien à sa recherche anxieuse. Il s'approcha rapidement d'un *angelica* japonais très épineux et détacha d'une des longues épines un brin de laine marron. Le fragment était minuscule, gros comme une rognure d'ongle, et pourtant il dégageait une forte odeur animale.

— Chandail marron, dit Boyd.

— L'Egorgeur...

— Et autre chose. Il ne se serait pas heurté à cet arbre sans regarder par-dessus son épaule, inquiet de ce qui se passait derrière lui.

— Qu'est-ce qui a pu l'effrayer ?

— Les psychopathes ont souvent des compensations physiques.

— De meilleurs yeux, l'ouïe plus fine ?

— Oui. Jusqu'à présent, il n'a commis qu'une faute. Quand j'ai trouvé le chien de ma fille, j'ai eu la position exacte de l'homme. En entendant crier Kate, j'ai couru vers le bruit mais j'aurais pu les manquer de cent mètres ou plus si le cadavre du chien ne m'avait pas donné une indication.

— Dieu de Dieu, souffla Gipsy Tonnelli, vous restez, mon colonel, plus froid qu'un iceberg. Comment pouvez-vous attendre là sans bouger ?

— Parce que je le dois. Laissons-le se tranquilliser. Je veux ma fille vivante.

Boyd envisageait, parmi les possibilités, une application tactique de stratégie élémentaire. Ils se trouvaient actuellement sur le prolongement est-ouest de la 73ᵉ Rue. Au nord, la Traverse Trois suivait son cours sinueux de la Cinquième Avenue, à la hauteur de la 84ᵉ Rue, jusqu'à Central Park Ouest, 86ᵉ Rue.

— Lieutenant, avez-vous cinquante agents, dans vos réserves ?

— Nous en avons bougrement plus que ça et j'assume une sacrée responsabilité en ne les engageant pas.

— Alors engagez cinquante agents en tenue à la Traverse Trois, équipés de transistors. Placez-les à quinze mètres d'intervalle. Dites-leur de prendre position au nord de la Traverse, à couvert dans l'ombre des buissons, et de régler leurs transistors sur du rock, à plein volume.

— Et ça va arrêter l'Egorgeur ?

— Ecoutez, lieutenant, nous avons appris des Nord-Coréens une amère leçon sur les effets psychologiques du bruit dans le combat. Nous avons payé très cher de ne pas avoir effectué suffisamment de recherches sur la réaction des soldats à des impacts auditifs inattendus. Un soldat s'attend à des tirs d'artillerie, il s'y prépare. Mais si le silence est rompu par quelque chose de tout à fait insolite, des rires ou des chants, par exemple, ça peut faire faire halte à une colonne entière. Vous avez employé l'expression « un mur de flics ». Je propose un mur de musique. Ça ne l'arrêtera peut-être pas, mais ça le déroutera. Il s'attend à entendre des sirènes, des sifflets de police, à voir des gyrophares. Pas de la musique. C'est une petite chance de déjouer son jeu, de le priver de l'extrémité nord du parc. Ensuite, nous l'aurons dans une boîte. Et quand nous aurons le contact visuel, vous pourrez l'abattre d'une seule balle.

Tonnelli prit sa décision en un clin d'œil. Il porta le walkie-talkie à ses lèvres, pressa le bouton et demanda à voix basse le sergent Rusty Boyle.

XVI

Kate Boyd courait à demi pour suivre les longues enjambées de Gus Soltik. Il serrait dans son énorme main le col de son anorak et elle avait du mal à respirer. Elle savait que d'une torsion de son poignet épais il pourrait l'étrangler ou lui rompre le cou, mais l'instinct de conservation et son intuition atavique l'ancraient dans sa conviction que tout signe de panique et de terreur, toute tentative pour s'échapper créeraient dans le corps de cet homme une réaction terrible.

Elle se dit qu'ils ne devaient plus être loin de la 75ᵉ Rue. Elle essayait ainsi de se changer les idées, de trouver des antidotes à sa peur. Ils avaient déjà dépassé la fontaine de Bethesda, dans une des baies méridionales du lac. Bien souvent, elle avait couru sur les marches, vers l'eau, elle avait mangé des glaces au café de la fontaine toute proche, avec l'odeur fraîche du lac autour d'elle et le soleil brillant sur les statues de bronze.

Luther Boyd ne s'était pas trompé dans son estimation de la marche de l'Egorgeur et de son but ; l'homme suivait l'Allée Est, vers le réservoir, qui était encore à près de trois kilomètres au nord. Il avait l'intention de bifurquer à l'est pour éviter le commissariat de la Traverse Trois, de contourner le réservoir et de poursuivre son chemin vers la jungle sauvage et sans pistes au-delà de la 97ᵉ Rue.

Mais un mot se formait dans l'esprit de Gus Soltik, un mot exprimant quelque chose de dangereux, d'effrayant. Ce mot qui flamboyait en ce moment dans les ténèbres de sa pensée était « froid ». C'était le succédané d'une honte et d'un châtiment redouté, infligé par des gens en colère et bruyants. Il ne se rappelait plus qui étaient ces gens mais il sentait qu'ils le poursuivaient en ce moment.

Des sensations quasi télépathiques l'avertissaient que les hommes capables de lui faire du mal étaient à ses trousses, tout près. Sous les gémissements sporadiques du vent, il avait entendu quelqu'un crier aux voitures de la 72ᵉ Rue, et cette voix lui avait rappelé un homme puissant à la figure balafrée qui le haïssait et qui voulait le faire hurler de douleur et implorer miséricorde.

C'était la plus grande terreur de Gus Soltik. Il savait qu'il méritait qu'on lui fasse du mal. (Sa mère et Mrs. Schultz le lui avaient dit et elles ne lui auraient pas menti.) Mais les modalités de cette punition, faite de tortures infinies et impitoyables dont il ne pouvait deviner la nature, le réveillaient parfois d'un profond sommeil, trempé de sueur glacée, une plainte aux lèvres.

Il savait qu'il méritait d'être battu à perdre connaissance, ranimé et encore battu, mais la terreur la plus cruelle, c'était que cette torture ne finirait jamais, qu'en aucune façon il ne pouvait être pardonné et autorisé à mourir.

Il s'arrêta, resserrant sa poigne sur le col de l'anorak de la petite fille, et se retourna pour regarder dans l'obscurité vers la 72ᵉ Rue.

Des ombres bougeaient, le clair de lune dessinait des taches pâles sur le sol.

Gus entraîna Kate dans un bosquet, immédiatement à droite de leur route, jusqu'à ce qu'il trouve un sentier rocheux. Il fit une cinquantaine de mètres vers le nord, en traînant la petite, sans laisser la moindre trace sur la surface dure. Le bruit de leurs pas était couvert par la circulation de l'Allée Est, à vingt ou trente mètres sur leur droite, dont on apercevait la lueur des phares entre les arbres.

Il en était trop près pour se sentir à l'aise. Il se promettait, quand ils auraient cessé de le suivre, de revenir à travers bois vers le lac et de remonter vers le nord en passant près du hangar à bateaux jusqu'au grand réservoir.

Gus Soltik s'assit dans l'ombre d'un bosquet et fit asseoir la petite fille à côté de lui. Il posa son sac par terre et la regarda.

Kate avait fait de louables efforts pour se maîtriser mais cela l'avait épuisée. Elle avait l'estomac crispé et sa tension était telle qu'elle craignait de fondre en larmes d'un instant à l'autre et de se mettre à hurler. Mais elle savait que ce serait dangereux ;

elle savait l'effet que cela ferait à cet homme. C'était une des choses dont elle était certaine.

Elle ne savait pas exactement ce qu'il voulait lui faire mais la prescience de son jeune être l'avertissait que ce serait atrocement douloureux et obscène.

Elle ignorait tout de lui, de ses craintes, de ses tourments, de ses rages. Elle ne savait pas qu'il n'était jamais allé chez le dentiste, qu'aucun médecin ou psychiatre ne l'avait soigné à coups d'électrochocs ou de neuroleptiques. Elle ne savait pas qu'il avait démis l'épaule d'une petite fille parce qu'elle l'avait regardé en riant et qu'il avait été ensuite impitoyablement fouetté par le directeur de l'école pendant que deux « grands » lui tenaient les bras.

Le père de la petite fille était venu ce soir-là chez Mrs. Schultz et Gus, caché au sous-sol, avait entendu sa voix furieuse, criant qu'il le tuerait comme un chien enragé si jamais il se permettait de regarder sa fille.

Pour le punir, sa mère avait forcé Gus à rester toute la nuit dans la cour boueuse, vêtu seulement d'un jean et d'une chemise légère, par une température au-dessous de zéro. C'était pourquoi le froid était devenu pour lui synonyme de honte et de châtiment. Le froid, la honte, le père de cette petite fille et la punition, tout se confondait dans une même unité mnémonique.

A onze ans, Kate Boyd savait que le seul moyen qu'elle avait de se sauver, c'était d'analyser et de trouver une diversion à cet homme qui voulait lui faire du mal et la tuer.

Un peu par hasard, un peu par intuition féminine, Kate imagina une question qui sonda comme un bistouri le noyau de peur, dans la nature terriblement tourmentée de Gus Soltik. Elle parvint à lui sourire et à dire d'une voix toute naturelle :

— Si vous vouliez un rendez-vous avec moi, pourquoi est-ce que vous ne m'avez pas téléphoné tout simplement ?

Le concept de « rendez-vous » dérouta Gus. Il sentit de la chaleur à ses joues. La question le mettait mal à l'aise. Son esprit embrumé savait ce qu'était un rendez-vous. Il avait vu des garçons et des filles, des jeunes gens et des jeunes femmes marchant enlacés. Leurs sourires l'avaient décontenancé. Il les voyait entrer dans des cinémas en riant et en bavardant librement et il ne le comprenait pas. Les filles avaient des rasoirs et des flacons d'acide dans leur sac. Elles vous faisaient du mal si on les touchait. Il plaignait les garçons, les plus jeunes. Il aurait voulu être avec un garçon, il aimait les regarder et c'était une chose qu'il ne comprenait pas non plus ; mais il n'y avait que Lanny et c'était différent car il était vieux.

Soudain, il s'aperçut avec un frisson de peur que « jambes blanches » portait un sac de daim vert accroché à l'épaule. D'un mouvement vif, il le lui arracha et, avec un vertige de soulagement, il fut convaincu de s'être épargné douleur et humiliation.

Kate faillit alors craquer ; elle ravala le hurlement qui montait à sa gorge en sentant la monstrueuse force de la main qui venait de lui arracher le sac.

Gus Soltik l'ouvrit et examina anxieusement le contenu à la faible clarté de la lune. Il trouva un mouchoir propre bien plié, deux crayons et un petit livre avec des noms dedans, un portefeuille avec un seul dollar et la photo d'un petit chien noir. Il avait déjà vu le chien. Il avait fait quelque chose à ce chien, il s'en souvenait vaguement. C'était fini et maintenant personne ne s'en souciait. Il déchira en plusieurs morceaux la photo du petit chien noir et les jeta par terre. Mais elle était méchante de l'y faire penser. C'était fini et il pouvait l'oublier. Pourtant, elle avait la photo du chien. Ce n'était peut-être pas les rasoirs et l'acide ; elles avaient sans doute d'autres moyens de faire du mal. Mais il n'était pas fâché contre elle. Le mot « rendez-vous » avait fait naître un lent frémissement de curiosité dans les ténèbres de son esprit. Il voulait savoir ce qu'étaient les rendez-vous. Elle les connaissait. De se sentir impuissant le rendait maussade. Cette fois était différente des autres. Avant, il n'y avait que lui et les leçons. Et la colère.

Jusqu'alors son plaisir farouche, son soulagement débordant et impérieux était resté lié à la rage. Mais maintenant, c'était l'angoisse de ne savoir que dire. Comment demander.

— Rendez-vous, dit-il brusquement. Où ?

Kate essaya vaillamment de ne pas cligner des yeux, car cela ferait déborder les larmes. Elle ne pouvait que deviner un peu ce que signifiait la brusque colère de l'homme à la vue de la photo de Harry Lauder, en priant de se tromper. Elle tenta de faire le vide dans son esprit, de prendre un ton et une allure désinvoltes, impersonnels ; elle comprenait qu'elle marchait sur une dangereuse corde raide et que toute erreur de jugement risquait d'être fatale. Mais le plus difficile, c'était d'avoir la volonté de ne pas penser à Harry Lauder.

— Eh bien, ça dépend si on sort le soir ou dans la journée, dit-elle et elle s'arrêta brusquement.

Tout en cherchant les mots suivants, elle sentait dans son estomac une boule de peur glacée, douloureuse.

Kate Boyd savait qui elle était, elle aimait ce qu'elle était ; ainsi sa personnalité était aussi solide qu'on peut l'attendre d'une enfant jeune et saine, formée par des professeurs et des parents intelligents, entourée de camarades aux comportements émotionnels et affectifs équilibrés. On ne lui avait pas appris, pas plus qu'à ses amies, que leurs désirs étaient honteux ou mauvais.

Mais il y avait des domaines de la maturité sexuelle dont

Kate ne connaissait rien et c'était ce qui l'effrayait maintenant. Chez elles, avec leurs Coca et leurs jattes de popcorn, ses amies et elle parlaient et riaient de la prise de conscience de leur sexualité, faisaient des plaisanteries un peu osées et des jeux de mots coquins. Mais tout cela restait innocent et amusant, alors que ce qui se passait maintenant était macabre et terrifiant. Elle se sentait perdue, désespérée parce qu'elle savait qu'il n'y avait aucun moyen de parler de rendez-vous à cet homme. Elle ne pouvait savoir comment cette créature pervertie réagirait à ce qu'elle lui dirait. Parler de rendez-vous, c'était évoquer la sexualité et elle devinait que sa vie serait littéralement dans la balance, si elle disait quoi que ce soit pour l'exciter ou le mettre en colère.

— Nous pourrions simplement faire une promenade et aller boire un chocolat, dit-elle.

L'homme avait la figure maussade, renfrognée, ses yeux se voilaient tandis qu'il regardait bouger les lèvres de l'enfant, observait son expression animée. Il attendait qu'elle mente.

Elle respirait par la bouche. C'était une chose que son père lui avait apprise, un jour qu'ils marchaient sac au dos dans une forêt où un putois avait laissé ses relents. En respirant par la bouche, on évitait l'effroyable odeur.

— Ça vous plairait ? demanda-t-elle.

Il se détourna, confus et fâché, pas contre elle mais contre lui-même. Il devait répondre oui ou non. Mais on lui avait dit de ne pas leur parler. Et dans son esprit torturé, il n'y avait pas de mots du tout. Il regarda sans trop les voir les arbres noirs et les reflets du clair de lune sur le lac pendant qu'une partie de lui-même, purement animale, guettait les pas qu'il savait proches, derrière eux...

Kate se demandait pourquoi il s'était retourné. Qu'est-ce que ça voulait dire ?

— Il y a un endroit dans le parc qui s'appelle Chez Armand, hasarda-t-elle en examinant la figure camuse, les yeux sombres tournés vers le lac. Dans la vitrine, il y a des plateaux de gâteaux et de petits fours des figurines en pâte d'amandes.

Elle le sentait tendu, alors qu'il regardait entre les arbres. Il laissa tomber le sac de daim. Elle le ramassa lentement, avec précaution, et le raccrocha à son épaule.

— Ou bien nous pourrions canoter autour de l'île ? Prendre un bateau ?

Il vit le mot « lac » ; il comprit « bateau » mais il ne dit rien et ne la regarda pas. Comment savaient-elles ? Les bateaux et l'eau. Les endroits où acheter des gâteaux...

Car son ignorance des choses les plus banales était si vaste qu'il ne comprenait rien. Il ne savait pas pourquoi certaines personnes portaient des lunettes et d'autres non. Il n'avait jamais compris pourquoi, en hiver, des hommes se déguisent en costumes rouges avec une barbe blanche et se tiennent au coin des rues en agitant une cloche. Il ne savait pas où allaient les gens sur l'écran quand Mrs. Schultz éteignait la télévision. Bien souvent, il avait regardé derrière le poste mais n'y avait jamais trouvé personne. Il ne savait pas où était sa mère.

Le mot « froid » était revenu étinceler dans son esprit. Le vent fraîchissait, agitait les cimes des arbres, l'empêchait de bien entendre et cela le rendait tendu, il se sentait vulnérable. Malgré sa terreur, Kate éprouva un peu de compassion en voyant l'expression désolée et douloureuse de son ravisseur. En le voyant renifler l'air comme un animal effrayé, elle reprit soudain courage. Peut-être pourrait-elle le manipuler, maintenant. Peut-être même pourrait-elle le persuader de la ramener chez elle. Elle le convaincrait qu'il n'avait encore rien fait de mal, dans le fond. Il avait frappé l'homme qui s'était porté à son secours quand elle avait crié, mais c'était tout. Non, il avait fait autre chose, mais elle refusait d'y penser.

— J'ai une idée, dit-elle en souriant pour donner plus de poids à sa voix qu'elle espérait surprise et enthousiasmée. Nous pourrions aller chez moi et écouter des disques ! Je ferais des sandwiches et il y a du Coca. Et de la bière bien froide, aussi, ajouta-t-elle avec une assurance croissante.

Gus Soltik se tourna vers elle ; il y avait maintenant quelque chose de brouillé dans ses yeux. L'expression de son visage semblait se modifier sous l'effet d'une pression extérieure. Ses yeux renfoncés, qui donnaient l'impression de ne vouloir jamais regarder bien en face, étaient soudain sur le qui-vive.

— Mon père ne serait pas fâché, pas du tout. Et quand vous le connaîtrez, vous pourrez lui demander la permission de m'emmener pour un vrai rendez-vous...

Père, honte, châtiment. Le froid était un démon tortionnaire dans son cerveau.

— Mon père est...

La main de Gus Soltik jaillit vive comme l'éclair, les gros doigts serrèrent cruellement le col de l'anorak autour du cou de Kate, les mots s'étouffèrent dans sa gorge, laissant la phrase en suspens et l'écho de son sanglot étranglé fut rapidement emporté et dispersé par le vent...

XVII

Le PC de la police avait été installé en haut du Mall, sur l'esplanade en forme de croix bordant le théâtre de verdure, et il y régnait à présent un chaos bien en règle.

Plusieurs chaînes de télévision inondaient le secteur de leurs projecteurs. Les agents Sokolsky et Maurer avaient été affectés aux standards mobiles du PC. Des ambulances étaient prêtes avec leurs équipes médicales.

Les inspecteurs Corbell, Karp et Fee attendaient les ordres, tandis que le sergent Boyle et l'inspecteur Tebbet s'étaient portés au nord avec une cinquantaine d'agents en tenue et un plein camion de transistors.

Carmine Garbalotto et August Brohan, de l'unité du lieutenant Tonnelli, se tenaient eux aussi sur le pied de guerre ; les inspecteurs Scott et Taylor avaient rejoint le déploiement en tirailleurs des agents en tenue qui avançaient vers la 72ᵉ Rue à trois mètres d'intervalle, leurs puissantes torches sondant toutes les ombres, toutes les ravines et les poches d'obscurité. Une centaine d'autres agents étaient également présents sur les lieux. Les équipes de tireurs d'élite étaient dans des voitures dont le moteur tournait au ralenti.

Dans le coin nord-ouest de l'esplanade, il y avait un immense plan en relief de Central Park, si grand qu'il était posé sur des tréteaux disposés à deux mètres les uns des autres.

Le commissaire Walter Greene contemplait ce plan qui indiquait tous les accidents de terrain, les constructions et les grottes du parc. Il était flanqué des inspecteurs Scott et Taylor. Ils se méfiaient des ordres donnés par Tonnelli à Boyle. Mais le commandant de Manhattan-Sud Larkin avait passé outre aux objections ; il connaissait Luther Boyd, il l'avait entendu parler à un congrès de police l'année précédente à Cincinnati, et il comprenait que non seulement la tactique était bonne mais qu'elle émanait de Boyd plutôt que de Tonnelli.

Rudi Zahn était assis à l'arrière d'une voiture de police avec Barbara Boyd. On lui avait maintenu les côtes avec un bandage serré et appliqué un pansement sur la joue ; on lui avait également fait une piqûre calmante. Cet analgésique, s'ajoutant à son état d'agitation émotive, le plongeait dans de sombres fantasmes où il se voyait tomber en essayant de sauver Ilana.

— Vous avez été si courageux, lui avait dit Barbara au moins dix fois, mais il secouait la tête et répondait d'une voix découragée :

— Je ne l'ai pas aidée.

— Personne n'aurait pu faire plus !

Paul Wayne, du *Times*, avait reconnu Zahn et il était en route pour le Plaza afin d'essayer d'obtenir une interview de Crescent Holloway.

Pendant ce temps, les caméras de la télévision sondaient les expressions et les réactions des commandants de police Larkin et Slocum ; ce dernier était solide comme un chêne, le Noir détenant le plus haut rang dans la police de New York, diplômé de criminologie de l'université de Stanford. Les deux commandants étaient en uniforme, leurs deux étoiles scintillant sous les projecteurs et les réflecteurs. Des journalistes leur brandissaient des micros sous le nez et les bombardaient de questions rapides.

— Commandant Larkin, est-ce que la petite fille est encore en vie ? Pouvez-vous nous répondre par oui ou par non ?

— Nous pensons qu'elle l'est.

— Est-ce que c'est absolument affirmatif ?

— Impossible, voyons ! s'exclama le commandant Slocum. Nous avons des raisons de penser qu'elle est en vie mais nous ne faisons aucun commentaire sur ces raisons.

Pendant que l'interrogatoire se poursuivait, le commandant Larkin pensait à cette étendue du parc bordée par la 72e Rue, la Traverse Trois, la Cinquième Avenue et Central Park Ouest. C'était un corridor de la largeur de plusieurs pâtés de maisons et long de huit cents mètres, mais s'ils avaient encerclé l'Egorgeur dans ce périmètre, ils auraient une chance, malgré la grande surface.

— Commandant, si vous avez localisé ce psycho, pourquoi n'avez-vous pas recours aux hélicoptères ?

— Je ne ferai aucun commentaire pour le moment.

— Tous les ans, votre budget de police augmente. Est-ce que ce n'est pas le moment de faire travailler l'argent des contribuables ?

Le chef Slocum n'était pas diplomate.

— Nous dépenserons jusqu'au dernier centime de leur argent, mais ce n'est pas encore le moment.

— Vous devrez nous excuser, maintenant, messieurs, dit Chip Larkin en tournant le dos aux micros.

Il alla rejoindre Greene devant le plan en relief. Des marques à la craie avaient été tracées en travers, sur des lignes est-ouest, à la 72ᵉ Rue et à la Traverse Trois, qui serpentait de la 84ᵉ Rue au coin de la Cinquième Avenue à la 86ᵉ au coin de Central Park Ouest.

L'esprit du commandant Larkin était comme une grille, dont chaque carré avait ses propres voyants d'alarme clignotants. L'Egorgeur n'était pas le seul problème de cette nuit-là. Larkin attendait en ce moment des rapports sur les événements suivants : un crime à Greenwich Village, un cambriolage en cours dans une banque du quartier de la finance, dix-neuf otages retenus par un homme armé dans un supermarché ouvert la nuit, un délégué français aux Nations unies et sa femme, ligotés et bâillonnés dans leur suite du St. Regis, un quart de million de bijoux volés, une comtesse violée, et une collision entre cinq voitures dans le tunnel Lincoln qui avait fait six morts et provoqué un bouchon de dizaines de kilomètres sur l'autoroute du New Jersey.

Il y aurait — et c'était une certitude statistique — plus de cent hold-up et vols à main armée dans Manhattan, cette nuit. La police avait le profil des criminels : pauvres, chaussés de baskets, rapides à la course, noirs pour la plupart, utilisant des armes à feu bon marché surnommés Pétards du Samedi Soir, parce qu'elles explosaient souvent tuant l'agresseur et sa victime.

Le chef Greene se tourna vers Larkin et lui dit de sa voix basse et grondante :

— Le Gipsy vient d'appeler. Ils ont perdu la trace de l'Egorgeur.

— Alors envoyez une douzaine de voitures sur la Cinquième Avenue au nord de la 74ᵉ Rue et douze encore pour renforcer la ligne de la 70ᵉ à la 80ᵉ le long de Central Park Ouest. L'Egorgeur sait peut-être qu'il est dans la nasse...

Mrs. Schultz regardait à la télévision ce qui se passait au poste de commandement. Ils ne savaient pas qui était celui qu'ils traquaient, mais elle le savait, elle. Les objets avaient disparu de la chambre. Le couteau et la corde. Elle se demandait si elle ne l'avait pas toujours su, depuis cinq ans.

Elle était heureuse qu'ils ne sachent pas qui il était. Comme ça, ils ne viendraient pas lui poser de questions.

Il y avait soixante-deux ans que ses parents l'avaient amenée du Canada dans le Minnesota, sans papiers. Comment ils étaient arrivés d'Allemagne au Canada, elle ne l'avait jamais su. Mais c'était la terreur de leur vie. Pas de papiers. Ils redoutaient d'avoir à donner des signatures. Pour des cartes de rationnement pendant la guerre. Pour faire installer le gaz. Ils avaient toujours peur qu'on leur demande des papiers.

Mais ce n'était pas juste. Ils étaient si nombreux à le traquer, avec des voitures de police rapides, des hommes à des standards. Et la fille. Qui ne devait pas valoir bien cher, d'ailleurs. Pourquoi une fille irait-elle se promener dans le parc, la nuit ? Où était sa mère ?

Dans l'anglais hésitant que lui avaient appris les religieuses, Mrs. Schultz commença à réciter des Avé pour Gus.

Approximativement au même moment, John Ransom était assis, tassé sur lui-même, sur un banc d'une station de métro de Brooklyn. Il avait cru que ce serait si simple et réconfortant de fermer les yeux et de passer triomphalement dans le néant, sous les roues d'une rame entrant en gare.

Il avait tout préparé avec un grand luxe de précautions. Premièrement, pas de lettre. Il avait téléphoné à un ami de Brooklyn pour lui dire qu'il allait passer le voir, et assuré à sa femme qu'il serait rentré d'ici une heure environ. Il fallait faire croire à l'accident pour que tous les rêves de sa femme et de sa fille se réalisent, payés uniquement par une fraction de seconde de douleur et la fin de toute souffrance pour l'éternité. Mais cette pensée avait évoqué le spectre de son éducation catholique. Aucun suicidé n'était admis au sein de Dieu.

Dans son angoisse et sa terreur, Ransom avait abordé un Noir corpulent et lui avait confessé ses tourments. Le Noir avait été compatissant, il avait soupiré, prononcé des paroles de réconfort et de pitié, mais quand il avait compris ce que Ransom le suppliait de faire, c'est-à-dire de le pousser sous les roues d'une rame, le grand Noir avait d'abord paru stupéfait puis il s'était mis en colère :

— Vous croyez que rien que parce que je suis noir j'irais assassiner quelqu'un comme si c'était pas plus grave que de cracher sur le trottoir ? Vous vous figurez que je suis un con de nègre sans morale ni sentiment ? On l'empoigne par le bras et on lui dit de tuer ou d'agresser quelqu'un, ou de dévaster une boutique de marchand de vin et il le fera parce qu'il est rien qu'un animal ! Eh bien, si vous avez envie de mourir, allez sauter vous-même devant cette foutue rame, espèce de sale fumier de Blanc !

Et le Noir était reparti en marmonnant de colère et d'indignation tandis que Ransom se laissait tomber sur le banc, tête basse, les larmes aux yeux et sentant le goût amer de la bile montant de son estomac torturé et condamné.

Le monde était sans consistance, absurde. Il n'y avait que la chaleur et la compassion inattendue offertes par un parfait inconnu, un grand flic rouquin, le sergent Rusty Boyle.

XVIII

Joe Stegg travaillait seul dans le hangar à bateaux Loeb, à une centaine de mètres au nord de la 74e Rue. Pendant la journée, de neuf heures du matin au coucher du soleil, Joe Stegg et son personnel étaient souvent trop pris par la location des barques d'aluminium et de bois pour s'occuper des livres de comptes, heure par heure et c'était pourquoi Joe Stegg était encore au travail et totalisait les rentrées de la journée.

Dans l'ensemble, cependant, son travail ne lui déplaisait pas, même les heures supplémentaires, car il aimait instruire les jeunes qui venaient louer des bateaux. Des braves gosses, pour la plupart. Ils adoraient le parc, ils en prenaient soin et rares étaient les garçons ou filles qui jetaient dans le lac des papiers de bonbons, des épluchures d'oranges ou des boîtes de jus de fruits.

Stegg n'avait pas d'enfant et, à quarante-neuf ans, il avait fini par se faire à l'idée que sa femme Madge et lui finiraient leurs jours seuls quand viendrait le moment de la retraite.

Il pensait aux enfants en général à cause de cette petite fille disparue ce soir dans le parc. Quelqu'un l'avait enlevée et maintenant des flics grouillaient dans tous les coins.

C'était une chose qu'il ne pouvait comprendre, comment un individu pouvait prendre plaisir à faire du mal à un enfant. Mais de tels démons existaient, cela ne faisait pas de doute. Et les apparences ne voulaient rien dire. Ça pouvait être des hommes en costume de ville avec une serviette de cuir, des ouvriers du bâtiment coiffés d'un casque jaune, ou le zigoto à cheveux longs qui garait les voitures dans les garages souterrains de grands immeubles de bureaux. N'importe qui pouvait être habité par un diable invisible.

Parfois, quand il lisait dans les journaux des histoires de meurtres et de viols, il était presque heureux de ne pas avoir de gosses. Comment supporterait-il que sa fille soit enlevée ? Ou que son fils rentre chez lui en passant devant ces bars pleins de pédés ou de brutes en cuir et se laisse entraîner dans cette vie de drogue et de perversion ? Il était sûr que Madge deviendrait complètement folle si jamais quelqu'un essayait de s'en prendre à un de ses enfants. Quand leur nièce venait de Scranton en visite, Madge ne la quittait pas des yeux, sauf quand elle était dans la salle de bains.

Joe Stegg posa son crayon et ferma son registre, en se retournant, les sourcils froncés, vers la porte verrouillée de son bureau.

Il éteignit la radio et, quand le dernier accord de rock se tut, il entendit de nouveau, dans le silence soudain, le son qui lui avait fait dresser l'oreille, un faible cri de protestation ou de colère émanant d'une gorge d'enfant.

Stegg se leva vivement, prit un colt 38 dans un tiroir, éteignit le plafonnier et courut dans l'obscurité vers la porte du hangar à bateaux. Il l'entrouvrit mais ne vit rien que des arbres noirs balayés par des phares de voitures. Puis il entendit encore crier la petite fille et, en ouvrant la porte en grand, il les vit, à vingt mètres de lui sur le sentier, un homme immense en chandail marron et une enfant qu'il traînait par le col de son blouson rouge.

— Arrête, bon Dieu ! cria Jo Stegg en s'élançant dehors, revolver au poing. Lâche-la, je te dis, ou je te colle un trou dans la tête.

Gus Soltik poussa un glapissement de colère et de dépit, un rugissement aigu de bête terrifiée. Il jeta Kate Boyd de côté, comme si elle était une poupée de chiffon, et se rua sur Stegg. Il reçut une balle dans le gras du bras gauche mais cela ne le ralentit pas. Avant que Stegg puisse tirer une seconde fois, Gus Soltik lui expédia son poing en pleine figure, écrasant son nez et ses pommettes et le rejetant avec une force inouïe contre la paroi de bois du hangar.

Gus arracha le revolver de la main inerte de Stegg et lui assena des coups de crosse sur la tête jusqu'à ce que des éclats d'os percent le cerveau, mettant définitivement fin aux pensées vagabondes de retraite paisible et des meilleurs moyens d'enseigner aux jeunes les courants, les vents et le gros temps...

Soltik souleva au-dessus de sa tête le corps sans vie et le jeta de toutes ses forces par-dessus un grillage dans les eaux peu profondes, à côté de la jetée flanquant le hangar. Puis, tremblant de peur, il se précipita vers Kate qui restait par terre, assommée, la ramassa, la prit dans ses bras et courut vers le nord, vers son sanctuaire, la jungle au-delà de l'immense réservoir.

Les échos du coup de feu de Joe Stegg se répercutèrent vers le sud où Luther Boyd décrivait des cercles de plus en plus larges pour relever des traces de bottes. Boyd estima que le bruit venait du nord et au bout d'une minute de course à perdre haleine, Tonnelli et lui arrivèrent au hangar à bateaux où la torche du lieutenant ne tarda pas à découvrir le cadavre de Joe Stegg que le lent courant repoussait contre les piles de la jetée.

Pendant que Boyd examinait le terrain devant le hangar, Tonnelli parla rapidement dans sa radio.

— Tonnelli, Sokolsky. Je veux parler à Garbalotto.

Quelques secondes plus tard, la voix déformée de l'inspecteur se fit entendre.

— Cinq sur cinq, lieutenant.

— Garb, nous avons un cadavre, sexe masculin, race blanche, au hangar Loeb. C'est là que je suis. Voilà ce que je veux, et vite. Alertez nos hélicos de Brooklyn par brouilleur, dites-leur d'effectuer un quadrillage aérien nord-sud à hauteur des arbres, avec des projecteurs au sol à pleine puissance, en partant de la 73ᵉ Rue et en couvrant tout le parc jusqu'à Harlem. Je veux que l'agent Branch et son équipe amènent leurs chiens au hangar à bateaux. Et que ça saute, Garb. Nous le coinçons, maintenant.

Luther Boyd pivota vivement et regarda Tonnelli avec une froide colère.

— Vous êtes fou, lieutenant ? Annulez ces ordres, et faites-le immédiatement !

Tonnelli secoua résolument la tête.

— Désormais, c'est une affaire de police, Mr. Boyd.

— Vous allez donner le contrordre, lieutenant, insista calmement Boyd et, en même temps, le browning sauta dans sa main d'un mouvement fluide et discipliné.

Tonnelli regarda l'automatique puis il dévisagea Boyd.

— C'est vraiment stupide, Mr. Boyd.

— Ma fille et ce fou sont certainement à moins de cent mètres d'ici. Si vous faites retentir l'air d'hélicoptères, si vous envoyez des meutes de chiens hurler dans ces bois, il sera pris de panique. Il brisera le cou de ma fille comme une branche de céleri et il prendra ses jambes à son cou.

— Je vous répète, cria Tonnelli, que c'est désormais une affaire de police et que je la dirige !

— Alors vous deviendrez un chiffre parmi les statistiques, lieutenant. Une pétarade de plus dans Central Park.

— Vous me tueriez ? s'indigna Tonnelli, tremblant de fureur. Parce que je fais mon boulot ?

— Annulez ces ordres, lieutenant.

Le cœur de Tonnelli battait à grands coups de marteau contre ses côtes mais une certaine confusion s'insinuait dans son esprit et tempérait sa rage, parce que son instinct de Sicilien l'avertissait qu'il y avait de la logique dans le raisonnement de Boyd. Et il se rendait compte aussi que sa vie, en ce moment, ne tenait qu'à un fil. Ce ne fut pas seulement le pistolet qui le persuada mais quelque chose dans les yeux de Boyd, dans sa manière de manier cette arme.

L'automatique semblait être une extension de la nature de Luther Boyd et Tonnelli savait que cette identification d'un homme avec son arme, cette projection de l'autorité fonctionnelle, ne venait pas en tirant sur les cibles d'un polygone de tir. Elle s'acquérait en dégainant des pistolets et en les braquant sur des gens, en les tuant, pas seulement une fois mais si souvent que cela devenait un réflexe, comme la respiration.

— Vous savez que j'ai raison, lieutenant, dit Boyd. Je veux bien me contenter d'une demi-heure. A moi. Et je veux votre parole. Mais pas sous la menace du pistolet.

A la grande surprise de Tonnelli, Boyd replaça le browning dans la ceinture de son pantalon et leva les deux mains d'un geste suppliant.

Gipsy Tonnelli passa lentement un ongle sur la cicatrice qui barrait sa joue.

— Dieu de Dieu, vous êtes vraiment quelqu'un.

— Rappelez-vous simplement qu'elle est notre seule enfant. Ai-je votre parole ?

— D'accord, répondit Tonnelli et il reprit sa radio. Garbalotto ?

— Présent, lieutenant.

— Annulez ces derniers ordres. Retenez les hélicos et les chiens.

— Il y a une raison ? Au cas où les chefs le demanderaient ?

— Oui. La sécurité de la petite, répliqua Tonnelli et il coupa la communication.

— Merci, murmura Boyd.

— J'espère que vous êtes aussi bon que vous le pensez. Nous venons de refuser une tonne d'aide professionnelle.

— Venez par ici...

Boyd partit sur le sentier, vers le nord. Quand il s'arrêta et montra le sol, Tonnelli vit dans la terre humide les empreintes des lourdes bottes de l'Egorgeur et, à côté comme des rubis au clair de lune, des gouttes de sang brillant sur la gelée blanche. Boyd s'accroupit et ramassa une petite touffe de laine marron, assombrie par du sang.

— Une seule balle a été tirée. Il est blessé, ce qui peut le ralentir. Et comme je n'ai pas trouvé l'arme, nous devons supposer qu'il est armé.

— Deux choses, dit Tonnelli en parlant rapidement parce qu'il savait que Boyd se préparait à s'élancer. Vous disposez d'une demi-heure, sur ma parole. Mais nous avons deux chefs de police, deux flics deux étoiles au poste de commandement. Ils sont responsables. Ils peuvent outrepasser mes ordres d'un instant à l'autre. C'est une occasion de montrer aux contribuables à quoi sert leur argent. Des hélicoptères, des dobermans, des voitures de patrouille fonçant avec le gyrophare allumé. Alors vous risquez de ne pas avoir la demi-heure entière, colonel. Et un dernier mot. Ce soir, nous ne faisons pas de prisonniers. C'est mon côté du marché. Quiconque trouve ce salaud l'abattra. Si je n'ai pas votre parole là-dessus, vous n'avez pas la mienne !

Boyd se rappela amèrement Isaïe : « Nous avons conclu une alliance avec la mort... »

— Vous avez ma parole, dit-il.

— Alors allons-y.

Boyd partit immédiatement, à longues foulées souples ; il disparut dans l'ombre des grands arbres mais avant que le lieutenant ait couvert dix mètres, la voix grondante du chef des inspecteurs Walter Greene retentit à la radio, l'arrêtant net comme un chien sur une laisse courte.

— Tonnelli ?

— Cinq sur cinq, chef.

— Pourquoi avez-vous annulé ces ordres à Garbalotto ?

Tonnelli ravala la brusque sécheresse de sa gorge.

— Le colonel Luther Boyd, le père de la petite, croit que l'Egorgeur n'a que deux minutes d'avance sur nous.

— Et depuis quand ce nom de Dieu de colonel Boyd dirige les forces de police de New York ? tonna le chef exaspéré. Nous avons une ligne en tirailleurs qui avance au nord au-delà de la 72ᵉ Rue. Nous avons des gars en bleu alignés en travers de la Traverse Trois. Je vous ai déjà dit que je n'aime pas que mes lieutenants jouent aux foutus héros de cinéma. Nous avons une nuit difficile, Gipsy. Alors ramenez votre cul au PC. Je veux que vous me débarrassiez des commandants et que vous dirigiez ce cirque où vous vous êtes engagé. C'est un ordre. Compris ?

Tonnelli eut l'impression que son cœur allait éclater de frustration.

— Oui, chef, dit-il amèrement. Dites à Garb de m'envoyer une voiture au coin de la 72ᵉ, à la fontaine de Bethesda.

— Et amenez avec vous ce foutu Luther Boyd. Je veux qu'il quitte le parc, définitivement.

— Trop tard, chef. Il est parti.

L'inspecteur en retraite Samuel « Babe » Fritzel se tenait dans l'ombre, sur un sentier serpentant à travers la vingtaine d'hectares de la réserve d'animaux et d'oiseaux de Central Park. Babe Fritzel était entré dans le parc à Central Park Ouest, entre les 71e et 72e Rues. Après avoir engagé nonchalamment la conversation avec un vieil agent nommé John Moody, Fritzel lui avait montré son insigne doré et mentionné, en passant, que le lieutenant Tonnelli lui avait demandé de le rejoindre au PC de la police.

Cela avait été tout simple. Moody ne savait rien de Howard Unruh et Babe s'était fait un plaisir de le mettre au courant. (« Probable que vous n'avez jamais rien vu de pareil. Un type déambulant dans une rue avec un fusil, en tirant sur tout le monde. Treize morts en tout. Aussi calme que dans un stand de tir. Il a même eu une vieille dame arrêtée à un feu rouge. C'était un honneur, je vous jure, comme une médaille, d'être le flic qui a collé les menottes à Unruh ce jour-là. »)

Et maintenant Babe Fritzel était là, une main sur la crosse de son pistolet, l'œil aigu fouillant les ombres à la recherche de tout ce qui bougeait. Il allait leur montrer un truc ou deux. Ces jeunes flics qui croyaient qu'un type de soixante-quatorze ans devrait être au cimetière ou exhibé comme un phénomène de foire. Il n'abattrait peut-être pas son homme ce soir, mais il n'en serait pas loin. Et ce serait comme une autre médaille, pensait Fritzel, ça redonnerait du lustre aux nouvelles histoires qu'il raconterait en servant les clients, au bar de l'Elks Club.

Au croisement de la Huitième Avenue et de la 49e Rue, Tonnelli dit à Prima de se garer le long du trottoir ; il venait d'apercevoir Coke Roosevelt au coin de la rue, dans un groupe de jeunes costauds noirs.

Tonnelli descendit de voiture et s'approcha. Coke fit en portant deux doigts au large bord de son chapeau de brousse un petit salut moqueur. Dans la voiture, Prima dégaina son pistolet et le tint juste au dessous de la vitre de droite.

Le sourire de Tonnelli était aussi froid et faux que celui de Coke.

— T'as quelque chose pour nous, nez d'or ?

La douce lueur des lumières fluorescentes jaunes et vertes donnait une allure de jungle à ces pistes de Manhattan envahies de voitures. Du rock « soul » tonitruait de tous les magasins de musique, rageur et hostile comme des tam-tams. Tonnelli examina Coke et les sombres figures impassibles des jeunes gens qui l'entouraient, une dent d'or brillant parfois entre des lèvres rouges, contrastant avec la peau noire. La ville devenait un cauchemar dont on ne pouvait se réveiller, pensait-il sans rancœur mais avec regret tout de même. C'était sa ville, sa forteresse, et il l'adorait. Mais l'impitoyable lutte pour l'espace vital, l'air et le calme transformaient sa population en une race affamée de simples nécessités matérielles.

— Nous avons un nom, annonça Coke. Gus Soltik.

— Et une adresse qui va avec ?

— Non, et nous n'avons pas non plus son numéro de sécurité sociale ni ses empreintes, répliqua insolemment le Noir.

Tonnelli regarda à droite et à gauche.

— N'en rajoute pas, nez d'or. Où vous avez eu le nom ?

— Sam a étalé deux sacs dans la rue. Un type a collé un nom au signalement. Il l'a vu une fois dans le Bronx. S'est rappelé le nom.

— Note que je m'en fous mais je suis curieux. Où est-ce qu'il a eu le signalement ? Il n'était pas à la radio et il n'est pas dans les journaux.

— Peut-être un de vos gars en bleu cause en dormant.

— Un des Noirs en bleu ?

— C'est vous qui dites ça, lieutenant, rétorqua Coke en riant aux jeunes Noirs qui observaient son numéro avec de grands sourires. Hé, les mecs, vous m'avez entendu dire ça, à moi ?

Ils secouèrent la tête et l'un d'eux dit d'une voix douce, traînante :

— Nan, pas question.

— Je te l'ai dit, ça n'a pas d'importance. Tu diras merci à Samantha, dit Tonnelli.

— Vous n'avez qu'à le lui dire vous-même, lieutenant.

Alors que la voiture de patrouille roulait vers le sud, Tonnelli regarda l'heure et demanda Garbalotto à la radio. Quand il l'eut en ligne il lui annonça :

— Garb, j'ai un nom pour vous. Gus Soltik. Pourrait être l'Egorgeur. Commencez par vérifier aux Véhicules, dans les annuaires, au FBI, à la sécurité sociale, au sommier, tout ce que nous avons.

— D'accord, lieutenant, dit Garbalotto et il baissa la voix. Faut que je vous dise, Gipsy. Vos derniers ordres que vous avez annulés. Ils ont été repris par les chefs. Ils ont alerté les hélicos et envoyé des équipes de chiens là-haut à la 75ᵉ Rue.

— Bon, marmonna Tonnelli et, avec un soupir, il coupa la communication.

En jetant un coup d'œil à sa montre, il vit que Luther Boyd n'avait pas eu sa demi-heure. A peine dix-sept minutes, pour être précis, et si Boyd ne se trompait pas, la petite fille n'avait plus la moindre chance.

XIX

Il marchait lentement et prudemment à travers un bois d'arbres blancs, sa grosse main serrée sur le col de l'anorak, quand il entendit soudain la musique bizarre à l'horizon. Les sons le troublèrent et lui firent mal parce que le rythme s'accordait avec la douleur palpitante dans son bras gauche. Cette musique lui faisait peur, aussi, parce qu'alors qu'il s'attendait à un silence réconfortant, il y avait cette implacable barrière bruyante.

Il s'arrêta et écouta, ses sens en éveil. Kate se tordit le cou pour le regarder, essayer d'apprendre par son expression quelque chose de sa peur et de sa confusion.

Gus Soltik, sans la lâcher, se remit en marche vers l'ouest en essayant de contourner le son. Puis il revint sur ses pas, traînant Kate derrière lui. Mais il n'y avait aucune brèche dans le mur. Le rythme était impitoyable, bloquait son chemin, augmentait le martèlement de sa blessure. Les sons le faisaient réfléchir, ou essayer de réfléchir ce qui était pire. La sécurité derrière le réservoir, les sentiers obscurs, les arbres silencieux, tout cela lui était interdit maintenant, lui était volé par la musique.

La musique effrayait et énervait Gus Soltik parce qu'il ne la comprenait pas. Même à l'horloge Delacorte avec Lanny, il était intrigué et parfois furieux contre les gens qui souriaient et claquaient des doigts à la musique des petits animaux dansants. Il n'avait jamais connu l'exaltation d'une fanfare militaire. Il n'avait jamais chanté avec une fille. Jamais on n'avait chanté pour l'endormir. Ainsi, les sons qui faisaient sourire les autres étaient pour lui des assauts effrayants contre ses sens. Au travail, en balayant des tas de feuilles de choux jaunies, de fruits tachés et pourris, il entendait le bruit de la radio et parfois un commis hochait la tête à un autre et disait : « *Compadre*, tu te souviens où on est allé après cette soirée chez Joselita ? » et la réponse était tout aussi inintelligible pour Gus, par exemple : « Ah, elle était *bonita*, veinard de *pavo*. » La musique évoquait pour Gus Soltik un monde interdit.

Il était comme un animal pris au piège. Il y avait quelque chose derrière lui, le « froid » et le bruit affolant tout autour de lui. S'il pouvait faire cesser tout ça. Mais ça n'empêcherait pas qu'on lui fasse du mal. Et il n'aurait même pas le secours de la mort. Sa mère le lui avait dit.

— Ecoutez-moi, dit Kate Boyd et ses mots furent un souffle dans le vent.

Elle ne criait pas. Il ne sentait aucune peur dans son petit corps.

— Vous êtes blessé, reprit-elle. Le sang traverse la manche de votre chandail. Nous devrions aller dans un hôpital.

Kate savait qu'il y avait une sorte de piège devant eux. La musique tonitruante sur toute la largeur du parc n'était pas une coïncidence. Sans s'en rendre compte, elle devenait la complice de son ravisseur. La tendresse qu'elle éprouvait pour les chiots et les petits chats lui faisait plaindre ce pauvre être taciturne, blessé, lui faisait espérer qu'il pourrait s'échapper. Mais cet espoir n'était pas seulement un instinct maternel naissant. Il était fondé sur du bon sens, la certitude que s'ils ne s'échappaient pas tous les deux, ils mourraient tous deux.

— Je connais quelqu'un qui pourrait vous aider.

Il la regarda, en clignant des yeux dans l'obscurité. Elle savait que le mot « chien » avait déclenché chez lui de la morosité et que le mot « père » avait provoqué une rage dangereuse. Elle avait la gorge sèche de terreur, en cherchant un moyen de le manipuler sans risque.

— Il est bon et fort. Et il serait gentil avec vous.

Gus Soltik se gratta la nuque, sous les épais cheveux blonds. Comment savait-elle ?

— Lanny ? demanda-t-il, le nom arraché au prix d'un effort aux muscles durs de son cou.

Maintenant elle ne pouvait que deviner.

— Eh bien, il est comme Lanny.

Mais Gus Soltik ne l'écoutait plus. Un autre son l'avait distrait. Il leva les yeux et vit trois hélicoptères volant vers eux, dans un grondement de moteurs, et des faisceaux de lumière géants balayant le sol, étincelant entre les arbres comme des lances.

Le cœur battant de terreur et de colère, il plaqua une main sur la bouche de Kate et ce fut alors qu'il sentit sa peur, sa panique. Tandis qu'elle se débattait, il fut secoué par une joie sauvage. Mais il devait se cacher, maintenant, et il savait où. Il se mit à courir, soulevant Kate de son bras valide, et se dirigea vers le Ramble, au milieu du parc.

Gus Soltik, avec son instinct d'animal, avait admirablement choisi son terrain. Dans cette étendue de ravines, de rochers et de grottes, dissimulés par des arbres énormes et étouffés sous le feuillage, jamais on les trouverait, jamais on n'entendrait la fille...

Le sergent Boyle se tenait dans l'ombre d'un bouquet d'arbres, à une dizaine de mètres au sud de la Traverse Trois. Il représentait la pointe de la ligne d'agents en tenue déployés en tirailleurs de la Cinquième Avenue à Central Park Ouest.

De la musique rock faisait frémir la nuit à gauche et à droite, mais ses yeux étaient fixés sur quelque chose, à plusieurs centaines de mètres. Dans une vaste prairie miroitante sous la lune, le couvert le plus évident était un groupe d'immenses tilleuls argentés, spectraux et blancs dans la nuit. Rusty Boyle avait cru déceler du mouvement sous ces arbres. Mais ça pouvait être l'ombre des branches agitées par le vent. Ou, aussi bien, son imagination, ses nerfs. L'attente était dure. C'était plus facile d'agir, quand l'adrénaline donnait de la force et de la rapidité aux muscles et aux réflexes. L'attente l'épuisait. Et le coup de téléphone de John Ransom, relayé par Sokolsky, n'avait rien arrangé... Pouvait pas se tuer... mais il était reconnaissant de l'intérêt de Boyle.. devait le remercier... devait le revoir...

Quelque chose bougea derrière le sergent.

Il se retourna d'un bloc en tombant sur un genou tandis qu'avec la rapidité de l'éclair sa main se posait sur la crosse de son pistolet ; mais il se figea quand il vit que l'homme qui lui faisait face tendait ses deux mains vides.

Boyle eut une impression de force, de puissance nerveuse, de cheveux foncés et des traits froids, ciselés qui lui rappelèrent des portraits d'éclaireurs indiens qu'il avait vus quand il était petit.

— Luther Boyd, dit l'homme.

— Boyd ? Le père de la petite ?

Boyd regardait amèrement le ballet des hélicoptères quadrillant l'extrémité nord du parc.

— Sergent Rusty Boyle, monsieur.

— Je l'ai perdu quand vos gens ont envoyé ces foutus pétards, gronda Boyd car, s'il n'y avait pas de place pour la colère dans sa stratégie il ne pouvait la maîtriser complètement. Dix minutes de plus et j'aurais eu le salaud. Il m'a échappé quelque part dans ces tilleuls.

— Un instant ! s'écria Boyle soudain surexcité. J'ai cru voir bouger quelque chose à l'ouest de là, il y a à peine une minute.

— Indiquez-moi la direction ! Avec votre bras.

Boyle se retourna et allongea le bras vers les arbres, puis il le déplaça sur la droite d'une vingtaine de centimètres.

— A peu près là, monsieur.

Boyd passa derrière lui et s'orienta sur le bras rigide. Il effectua le relevé de son chemin en prenant comme repère le plus haut des tilleuls argentés, un arbre géant à plusieurs degrés à gauche de la ligne que Boyle indiquait.

Puis il s'accroupit et, du plat de la main, il dégagea un carré de terre des feuilles et des brindilles. Tirant de sa poche un trousseau, il se servit de la pointe d'une clef pour tracer un sillon de cinquante centimètres de long sur la ligne est-ouest de la Traverse Trois.

Intrigué, Rusty Boyle s'accroupit à côté de lui ; ses yeux allèrent du profil aigu du colonel à la marque dessinée sur le sol. Le sergent Boyle croyait en cet homme ; il y avait chez lui une solidité de rocher, une autorité sur laquelle on pouvait s'appuyer. Il avait été impressionné par l'idée du mur de musique, non seulement parce que le chef Larkin l'avait approuvée mais parce qu'elle séduisait un côté mystique de son esprit celte.

Boyd, d'autre part, aimait ce qu'il avait vu de ce sergent, un homme grand et résolu aux yeux vifs et intelligents.

— Sergent, où est la ligne sud des agents, en ce moment ?

— Ils doivent être près de la 76ᵉ Rue, monsieur.

— Alors voilà ce que nous allons faire, déclara Boyd en montrant le sillon qu'il avait tracé. Disposez vos hommes sur cette ligne le long de la traverse. Considérez-les comme trois unités mobiles, un centre et deux flancs. Ordonnez au centre de marcher droit vers le sud, tandis que vos flancs est et ouest avanceront à un angle de cinquante-cinq degrés vers le centre. C'est une simple opération d'encerclement. Vos ailes est et ouest rejoindront éventuellement la ligne marchant au nord de la 76ᵉ Rue. C'est le moyen le plus rapide et le plus simple d'ôter le terrain à ce malade.

Il ne parle jamais de sa fille, seulement de l'Egorgeur, pensa Boyle. Mais il se dit que ce n'était pas par manque d'émotion ; c'était probablement le seul moyen d'opérer et de garder sa raison, en pensant à un exercice de tactique et non à une petite fille hurlant de douleur...

— Quand je ferai avancer mes hommes, je suivrai votre ligne, monsieur.

— Bien, dit Boyd. Mais gardons-nous des surprises par ici. Si je vous entends, vous ou n'importe quel autre, je dirai un mot, « balle ». Votre contre-code est « détente ».

— Je fais pareil ? Je dis « balle » et vous me renvoyez « détente » ?

Boyd hocha la tête et partit vers les tilleuls à longues foulées rapides, mais silencieux comme un fauve traquant une proie sur le sol moussu de la jungle.

Les trois hélicoptères Bell se livraient à un quadrillage au centre et au nord de Central Park. Le vent de leurs énormes hélices fouettait les cimes comme des ouragans miniatures ; leurs puissants projecteurs se braquaient sur les sentiers, les bouquets d'arbres, brillants comme des colonnes de feu, et le tonnerre de leurs moteurs faisait vibrer le sol du parc entier en envoyant des ondes de choc allant en diminuant sur la largeur et la longueur du parc.

Leurs équipages examinaient la terre fuyant au-dessous d'eux au moyen de jumelles ultra-puissantes. Malgré les zigzags de leur vol, ils voyaient nettement la ligne de policiers avec leurs torches remonter lentement vers le nord. Ils voyaient aussi les flancs est et ouest des hommes du sergent Boyle se refermer comme de grandes ailes sur le centre de leur propre ligne, réduisant lentement mais inexorablement la distance entre les formations qui arrivaient des directions opposées.

Les officiers de police de Central Park avaient déjà intercepté et interrogé des dizaines d'hommes et de femmes. Des prostitués des deux sexes, des ivrognes, des couples faisant l'amour dans l'ombre, et une demi-douzaine d'individus qui avaient réussi à se glisser entre les cordons de police pour assister à ce remue-ménage excitant dans le parc.

La police de New York avait un autre problème sur les bras, cette nuit-là, un problème contingent mais bien réel et odieux. Ce problème prenait racine dans le besoin humain d'être témoin d'un drame, d'examiner, si possible, la figure ravagée de la mère, de s'interroger avec les autres voyeurs sur les tortures bizarres qui avaient pu être déjà infligées à l'enfant disparue. Au lieu de suivre les événements à la radio ou à la télévision, des New-Yorkais des cinq circonscriptions convergeaient sur Central Park, à l'écœurement et à la colère des agents chargés de la circulation. Leur travail était effroyablement compliqué par de pleines voitures de gens congestionnés et bruyants, excités par l'alléchante perspective d'une tragédie se déroulant sous leurs yeux.

Certaines questions lancées aux agents les exaspéraient et les dégoûtaient.

— Dites, elle est morte, déjà ?

— Le dingue, monsieur l'agent, c'est un nègre, hein ?

— C'est vrai qu'il a déjà coupé un morceau de la petite ?

— Ça ne serait pas arrivé si c'était une gosse qui respectait Dieu. Mais il y avait des moments de raison.

— Je suis médecin, monsieur l'agent. Puis-je faire quelque chose ?

— Ecoutez, vieux, je rentre chez moi. Je ne suis pas là en badaud. Mais si vous voulez, je mets mon camion en panne ici et je bloque tous ces cinglés qui me suivent ?

— Merci, mon vieux, mais circulez.

Le vieux John Brennan, les bras croisés, regardait avec une tristesse mêlée de colère le flot des voitures encombrant la Cinquième Avenue, faisant le tour du parc comme de sales vautours, pensait-il, aggravant les problèmes des flics, rien que pour la joie de voir une victime abattue ou une petite fille (il se signa à cette idée) gisant morte et ensanglantée quelque part sous les arbres.

Pendant une des rares accalmies de la circulation, John Brennan aperçut un chaton, sur le trottoir d'en face. En traversant rapidement la chaussée, il se demanda si c'était ce qui avait attiré Kate vers le parc.

Le petit chat s'aplatit peureusement sur le sol quand Brennan tendit les mains mais ne tenta pas de s'enfuir ; il put le ramasser et le serrer chaudement contre le lainage rugueux de son uniforme de portier.

Alors qu'il allait retraverser, une voiture s'arrêta devant lui. Le conducteur était un jeune homme rougeaud aux petits yeux vifs. Il portait un foulard noué serré autour du cou, ce qui donnait à sa tête étroite l'air d'une tortue.

— Hé, pépé, vous êtes portier. Vous pouvez me faire monter sur le toit de votre immeuble, pour mieux voir ? J'ai des jumelles. Je ne demande pas une fleur... y aura dix dollars pour vous.

Les lointains souvenirs d'applaudissements au stade St. Nick pour un poids-moyen nommé Kid Irish revinrent à sa mémoire : le poing gauche de John Brennan jaillit avec une rapidité et une précision professionnelles, changeant le nez du jeune homme en deux grands jets de sang.

— Voilà vos dix dollars, dit John Brennan et il regagna son poste, sous la marquise de son immeuble.

XX

Manolo traversa l'Allée Est et marcha sous de grands arbres noirs, jusqu'à ce qu'il arrive à la limite est du Ramble, où il s'arrêta au bord d'une clairière, scintillante de gel au clair de lune.

C'était joli et il sourit. La gelée blanche lui rappelait les biscuits que sa mère lui faisait, le goût piquant du citron, le poudroiement de sucre glace.

Manolo avait encore besoin de deux cent quatre-vingt-dix dollars pour Samantha. La présence d'un si grand nombre de flics dans le parc l'effrayait mais il connaissait les lieux comme le creux de ses jolies mains roses et n'avait eu aucun mal, jusque-là, à se glisser entre leurs rangs et à éviter leurs torches. Ce qui l'inquiétait, c'était qu'ils allaient faire fuir la clientèle. Et il avait encore plus peur de ce que Samantha lui ferait s'il n'avait pas toute la somme. Elle ne ferait rien elle-même, non ; elle le remettrait aux mains de Coke et de Biggie. Mais elle avait été gentille avec lui la veille, elle l'avait excité si facilement qu'il avait les joues brûlantes en y repensant. *Malo*, se dit-il, comment pourrait-il tapiner s'il se mettait à se taper des filles ?

Il avait les nerfs à vif, il était déchiré entre la peur, le dépit et la rage. Il avait fait une passe, il y avait une quarantaine de minutes, sur un banc de parc, comme une vulgaire tapette. Mais il avait désespérément besoin de l'argent que l'homme offrait, quarante-cinq dollars. Seulement après, quand il eut fini et se fut rincé la bouche à la fontaine, il s'aperçut que les quarante-cinq dollars avaient disparu de sa poche. Le fumier l'avait volé et Manolo n'y avait rien gagné qu'un mauvais goût dans la bouche. Il se vantait d'être un finaud et enrageait de s'être laissé avoir comme ça. Heureusement, il n'avait pas perdu la somme de quatre cents dollars environ collés au scotch sur son bras, sous la manche de sa veste de fourrure blanche.

Il éprouva un peu de satisfaction à la pensée qu'il était encore excitant et désirable, avec ses boucles noires artistement coiffées et ce pantalon de daim bleu nuit qui moulait si exactement ses fesses rondes et ses cuisses fuselées.

Il avait souvent eu de la chance, dans le Ramble. Une fois, il s'était fait près de quatre cents dollars avec trois grands Texans. Le Ramble était un endroit dingue, dangereux. Il y avait quelque chose d'excitant dans cette atmosphère menaçante qui titillait les travelots et les « cuirs ».

Mais qu'est-ce qu'ils cherchaient, tous ces flics et ces hélicoptères bruyants ? Manolo se dit qu'il s'accorderait encore un quart d'heure, pas plus, et puis il filerait tenter de nouveau sa chance dans le hall du St. Régis et du Plaza.

Gus Soltik avait entendu Manolo arriver dans le bois. Alarmé, il se détourna de « jambes blanches » et descendit silencieusement au flanc d'un talus. Attiré par des pulsions et des sensations qui lui échappaient, il avança dans la clairière et regarda le mince jeune homme.

Manolo se tourna vers lui, un sourire professionnel taquin aux lèvres, mais son cœur battit de panique parce qu'il flairait un sadique. L'homme était immense, vêtu d'un chandail marron sale, coiffé d'une petite casquette de cuir avec un front proéminent sur deux petits yeux perplexes couleur de boue.

Peut-être pas, pensa Manolo en passant le bout de sa langue rose sur ses lèvres. Les cinglés qui voulaient vous tordre les bras ou vous brûler le ventre avec des cigarettes arrivaient en général très vite et avec violence. Mais ce grand type, malgré sa laideur, n'avait pas l'air d'un de ceux-là. Pourtant, son odeur forte dégoûtait Manolo et il en revint à sa première impression : dingue sadique.

Ils se dévisageaient, dans la petite clairière brillante de gelée au clair de lune, dans le vent léger mais froid qui gémissait sous les grands chênes.

Le mot qui se formait dans l'esprit de Gus Soltik aussi nettement que s'il y était gravé en gros caractères était « noir-doux ». Dans son vocabulaire singulier, le mot signifiait « sûr ». Dans l'obscurité, il ne pouvait être vu donc il se sentait en sécurité. Et les douceurs de toute espèce, gâteaux, sucre, lui apportaient une sensation de chaleur et de sécurité aussi. Ça, qui le regardait avec des yeux rehaussés de longs cils noirs retroussés, était « sûr ». Gus Soltik ressentait une bizarre excitation. Il était dérouté mais cette sensation physique qu'il n'avait jamais connue, ou du moins jamais aussi vivement ne le rendait pas furieux. C'était le mélange du silence, du clair de lune, le doux renflement de l'organe sexuel qu'il voyait moulé par un pantalon bleu serré, un parfum comme celui des cerises quand elles s'ouvraient entre ses mains au magasin, et il savait que cette odeur propre et douce venait des cheveux noirs bouclés du garçon.

Dans le bois humide et silencieux, à cinquante mètres de la clairière, Kate Boyd était couchée sur la mousse, les poignets et les chevilles ligotés par une mince corde de nylon qui pénétrait dans les chairs. Une large bande de sparadrap était collée sur sa bouche. Elle pleurait, maintenant, en essayant désespérément mais en vain de se libérer des cordes cruellement serrées. A trente centimètres de ses yeux, le sac de compagnie aérienne était posé sur le côté, ouvert, et elle y voyait le grand couteau de chasse, à côté d'un briquet et d'un pistolet.

Au même moment, deux adolescents noirs, Billy Smith et Hugo Thomas, marchaient sans se presser vers Kate Boyd.

Ils étaient de bonne humeur, le cœur léger, ils se promenaient dans le Ramble en tirant sur des joints, en riant parfois de rien. Ils ne cherchaient rien de spécial, bien qu'ils eussent été capables de voler un ivrogne s'ils en avaient trouvé un. Ils ne revendaient rien ; ils ne cherchaient à faire de mal à personne, ils étaient simplement jeunes et branchés, et curieux de savoir ce que tous ces flics faisaient ce soir-là dans Central Park.

— Si vous plaît, dit Gus Soltik.

Il était en pleine confusion mais excité ; il avait l'impression que son corps rayonnait d'agréable chaleur, et c'était une bonne sensation, « noir-doux », car il comprenait qu'il n'était pas nécessaire de donner une leçon à celui-là pour obtenir cette terrible exaltation. Et il comprenait aussi, mais très vaguement, que personne ne lui ferait de mal ou ne le battrait à cause de la ruée d'émotion courant actuellement dans ses veines.

— Si vous plaît, répéta-t-il.

Manolo savait que ce colosse pouvait lui briser la colonne vertébrale avec ces énormes mains. Mais il n'avait pas survécu pendant cinq ans dans les rues et les ruelles de New York sans apprendre à se défendre.

— T'as de l'argent ? demanda-t-il avec un petit sourire aguichant. Gus Soltik secoua lentement la tête.

— Tu peux en trouver ?

Des fois, ça marchait, Manolo le savait ; un dingue s'en allait chercher du fric, assez con pour s'imaginer qu'on allait l'attendre.

Gus pensait à de l'argent. Il savait que les pièces dans les talons de ses bottes ne... et alors il pensa à Lanny. Il espéra que Lanny l'aiderait. Lui donnerait de l'argent. Lanny lui parlait lentement et doucement. Et c'était pourquoi il comprenait toujours ce que Lanny voulait dire.

Billy Smith et Hugo Thomas étaient cloués sur place, la fumée de leurs joints montant en volutes autour de leurs grands yeux effarés, saisis de peur et de stupeur à la vue de la petite fille blanche bâillonnée et ligotée par terre.

— Nom de Dieu, bredouilla Hugo d'une voix angoissée.

— Si on se fait prendre ici, c'est pour notre cul, dit Billy Smith. Les flics nous taperont dessus jusqu'à plus soif. Tirons-nous, Hugo.

— Non, attends...

Hugo se rapprocha de Kate, regarda au fond de ses yeux affolés et pleins de larmes.

— C'est la petite blanchette, à propos de quoi Sam a passé la consigne.

— Tu veux être un héros ?

— Ma foi, je m'en vais pas laisser une petite gosse comme ça. Regarde, elle crève de peur.

Gus savait comment demander, à force de l'entendre au magasin. Fou d'excitation maintenant, il dit à Manolo :

— Combien ?

C'était le plus dur, le plus dangereux. Citer un chiffre trop élevé, c'était risquer que le dingue vous jette par terre et vous viole, déchire probablement tous vos beaux habits et tout ça pour peau de balle. Manolo s'écarta lentement de Gus Soltik, sans cesser de sourire par-dessus son épaule, en cherchant à accroître la distance sans éveiller les soupçons du grand type.

— Dix dollars, dit-il.

Lanny lui donnerait dix dollars, pensa Gus. Oui, dix dollars.

— Oui, dit-il. Oui.

Manolo sourit.

— Va les chercher, mon gros loulou.

— Attendre ?

146

— Bien sûr, voyons. Tu crois que je vais laisser passer ce joli coup ? Tu verras.

La langue rose de Manolo passait et repassait sur ses lèvres humides.

Quelque part, au fond des bois, retentit le son hideux de hurlements d'enfant.

Gus Soltik pivota à une rapidité ahurissante pour sa grande carcasse et courut à travers la clairière mais, soudain, il s'arrêta comme s'il s'était heurté à un obstacle. Il se retourna anxieusement vers la mince silhouette de Manolo. Gus Soltik était comme un géant devenu le jouet de forces contraires, d'une égale et formidable puissance ; une moitié de lui-même était inexorablement attirée par les cris de Kate, tandis que l'autre avait désespérément envie d'être avec ce garçon souriant.

— Revenir ? cria-t-il à Manolo.

— Bien sûr ! lui lança Manolo et il courut avec soulagement dans l'ombre des arbres.

Hugo et Billy avaient arraché le sparadrap de la bouche de Kate. C'était alors qu'elle avait crié. Mais elle ne criait plus car ils travaillaient fébrilement et rapidement à dénouer les cordes brûlant ses poignets et ses chevilles.

— Dépêchez-vous, murmura-t-elle. Prenez le couteau.

Ils entendirent Gus, à ce moment, fonçant dans les fourrés comme une bête sauvage et avant qu'ils finissent de détacher les liens, il surgit entre les arbres et se rua sur les deux petits Noirs terrifiés.

Gus Soltik frappa Hugo à la tempe et l'envoya tomber à la renverse, mais Billy passa prestement derrière le colosse et le frappa derrière les genoux avec une branche morte ramassée au passage. Le coup fit tomber Gus à genoux. Pour amortir sa chute, il se reçut sur les deux mains et la douleur fulgurante dans son bras le fit hurler. Avant qu'il ait le temps de se relever, les deux jeunes Noirs filaient déjà sous les arbres, aussi irréels que des ombres.

Gus Soltik recolla le sparadrap sur la bouche de Kate, ramassa son sac et s'immobilisa, guettant dans la nuit et le vent un mouvement, un son, sachant maintenant qu'il était environné de danger, que les cris de la petite avaient dû être un aimant pour tous ces hommes qui le traquaient pour lui faire du mal.

Mais un recoin de son esprit tourmenté se concentrait sur le mince « noir-doux » qu'il avait rencontré. Gus Soltik se débattait pour comprendre un concept pour lequel il n'avait absolument aucun mot, aucune métaphore lui permettant de le définir ou de l'analyser. Pour la première fois de sa vie, il avait éprouvé une excitation sexuelle qui était pour lui véritablement normale et innocente. Ses désirs n'avaient pas été stimulés par la pensée de faire mal au garçon ou de regarder son sang couler, d'écouter ses cris.

Des larmes lui brûlèrent les yeux et, quand il battit des paupières, elles coulèrent sur ses joues mal rasées. « Cordeverte », pensa-t-il. S'il la laissait partir, ils ne lui feraient pas de mal. Pas de leçon pour « jambes blanches ». Mais elle parlerait tout comme celui qui l'avait dénoncé ce soir. Mais non, s'ils ne la trouvaient pas. Sous terre, sous des pierres. Puis il secoua la tête. Pas elle.

Elle observait ses larmes, ses propres yeux débordant de pleurs.

Peut-être sa mère lui avait menti, pensait Gus. Elle n'avait pas de lames de rasoir dans son sac et elle savait qu'il était blessé. Elle avait parlé d'hôpital. Elle savait qu'il pouvait avoir mal. Les autres ne le savaient pas.

Comme Gus Soltik n'avait aucun moyen de contrôler les pensées qui jaillissaient de son esprit, comme des étincelles électriques, il gémit tout haut sous la torture du dépit, du dégoût de soi, et puis, sans projet ni dessein bien net, il souleva la petite fille et courut avec elle sous les arbres.

Le PC de la police trépidait, à présent, mais l'accélération des énergies était maintenue en harmonie disciplinée par les commandants Larkin et Slocum. La « couverture » par la presse écrite et la télévision s'était intensifiée et les caméras se braquaient maintenant sur les standards de Sokolsky et de Maurer où un demi-cercle de hauts gradés de la police, parmi lesquels les deux commandants, le chef Greene et le lieutenant Tonnelli, écoutaient la voix amplifiée du sergent Rusty Boyle tombant des haut-parleurs.

— ... et je suggère que nous avancions cette ligne jusqu'à l'orée sud du Ramble. Je déplace mes hommes pour l'entourer. J'entre par l'ouest dans l'axe de la 77e Rue.

— Vous avez une localisation, Rusty ? demanda Tonnelli.

La transmission fut alors coupée, avec un déclic sec indiquant à Tonnelli que Boyle croyait être près de l'Egorgeur.

Le problème, tel que le voyaient les chefs et le lieutenant, c'était que la localisation de l'Egorgeur dans la vingtaine d'hectares du Ramble aggravait le danger qui menaçait Kate Boyd, si elle était encore en vie. Ils ne pouvaient pas inonder le secteur de policiers. Il y avait littéralement des milliers de cachettes, dans les grottes et les ravins rocheux du bois. On ne pouvait pas l'attaquer comme une forteresse. S'ils l'envahissaient (Tonnelli était maintenant d'accord avec Luther Boyd), l'Egorgeur tordrait le cou à la petite ou l'enterrerait sous un tas de pierres.

Le chef Larkin, comme s'il lisait la pensée de Gipsy, ordonna :

— Lieutenant, envoyez un petit détachement à la ligne du sergent Boyle. Cinq de vos meilleurs hommes, Gipsy.

Tonnelli choisit dans sa propre unité les inspecteurs Scott, Brohan et Garbalotto et, dans celle de Boyle, les inspecteurs Miles Tebbet et Ray Karp.

Dans des voitures banalisées au gyrophare éteint, ce groupe fut dépêché vers le Ramble à une allure rapide.

Dans l'obscurité, en marge des échanges d'ordres tendus, d'arrivées et de départ de voitures de patrouille, des éclairs des flashes, de la lumière crue des projecteurs de la télévision, souffrant plus que jamais du cancer qui devait bientôt le dévorer, John Ransom attendait. Il s'était introduit dans le parc en disant à un jeune agent zélé posté à la 59e Rue que le sergent Boyle lui avait donné un message verbal pour le standardiste Sokolsky.

Dans la vie, la générosité est non seulement possible mais gratifiante à cause des bienfaits du lendemain, mais dans l'attente d'une mort inévitable, le corollaire de la vie, il n'y a que de l'égoïsme. Et maintenant John Ransom était égoïstement résolu à trouver et à parler encore une fois à l'homme qui lui avait non seulement manifesté de la bonté et de la compassion dans son épreuve mais lui avait donné le courage de la supporter.

Quelques minutes après avoir entendu les cris de sa fille, Luther Boyd avait trouvé l'endroit moussu où elle avait été ligotée et bâillonnée par terre. Il remarqua plusieurs empreintes, probablement de chaussures de tennis, et aussi celles des lourdes bottes redoutablement familières.

En suivant la trace des talons, depuis le bocage moussu, il ne vit pas celle des petites bottes de Kate. Mais les empreintes des grands pieds étaient plus profondes et il en déduisit que l'homme la portait, l'avait peut-être jetée sur son épaule ce qui pouvait signifier qu'elle était ligotée et bâillonnée, ou inconsciente, ou morte.

Le sergent Boyle, cependant, était plus près que Boyd de l'Egorgeur. Il avançait dans l'ombre de grands saules bordant sur trois côtés une clairière fermée par une falaise rocheuse dont la surface fissurée se couvrait de broussailles et de buissons poussant dans les crevasses.

Cinq minutes plus tôt environ, Rusty Boyle avait vu deux gouttes de sang brillant et humide sur une feuille tombée d'un bouleau. Ce n'était pas concluant en soi mais il savait que l'homme qu'ils traquaient était blessé. Ce détail, ainsi que son nom, Gus Soltik, crépitait sur toutes les radios du parc depuis au moins une heure. C'était la présence de ce sang qui avait provoqué son appel au PC, ainsi que les cris qu'il avait entendus.

A partir de là, il s'était dirigé vers l'ouest et maintenant il se trouvait dans l'ombre des saules, examinant le massif escarpement dressé au bord de la clairière. Un blessé pourrait-il grimper par là ? Seul, peut-être, mais pas avec la petite. Donc, si l'Egorgeur était monté là-haut, il devait y avoir un chemin plus facile. Les côtés ou l'autre versant du rocher étaient peut-être en pente douce, permettant l'ascension sans effort.

Boyle envisagea les possibilités d'escalade. Il pourrait s'accrocher aux racines des gros buissons. Mais pour cela, il aurait besoin de ses deux mains et si l'Egorgeur l'entendait venir, il serait incapable de dégainer. Mais, s'il réussissait il aurait le fantastique avantage de la surprise et de la rapidité.

A l'instant où il se décidait à risquer le coup, un petit homme mince entra dans la clairière et lui dit :

— Sergent Boyle, il a fallu que je vienne... Je devais vous remercier.

Boyle pivota, le pistolet au poing. En reconnaissant John Ransom il sursauta et murmura d'une voix basse et pressante :

— Bon Dieu, mettez-vous à couvert...

Déjà Ransom avait perdu le contact avec le monde rationnel. Il ne savait pas qu'il faisait courir un danger au grand rouquin qui était devenu son ami. Il ne savait pas qu'il gênait imprudemment une opération de police où la vie d'une enfant était en jeu. Il savait seulement qu'il avait un besoin égoïste d'exprimer sa gratitude.

— Vous ne saurez jamais ce que votre aide a été pour moi, insista-t-il avec simplicité, dans le silence de la clairière.

Dieu de Dieu, pensa Boyle, il faut que je fasse sortir d'ici ce pauvre bougre malade !

— Sergent, je vais écrire ce que vous avez fait pour moi. Pour que ma femme et ma fille sachent...

Boyle bondit de l'ombre comme un sprinter à la ligne de départ, plongeant vers Ransom dans l'intention de le traîner sous le couvert des arbres. Mais au même instant Ransom distingua, derrière Boyle, la silhouette d'un homme immense armé d'un pistolet, debout au-dessus d'eux sur la paroi rocheuse, un spectre terrifiant tout noir dans le clair de lune.

150

Ransom cria un avertissement à Boyle et son cri fit changer de cible à Gus Soltik. Au lieu d'abattre l'homme aux cheveux roux qui avait voulu lui faire du mal dans la cave obscure, Soltik déplaça son arme sur la gauche et tira deux fois ; les balles frappèrent Ransom en pleine tête et le tuèrent sur le coup.

Instinctivement, Boyle s'était jeté à terre à la première détonation, avait roulé deux fois sur lui-même et avait rapidement braqué son pistolet sur la silhouette au-dessus de lui, en tenant la crosse à deux mains. Mais avant qu'il ait le temps de tirer, Soltik fit encore feu, deux fois. Une des balles traversa la cuisse gauche du sergent et l'autre creusa un sillon de douleur fulgurante à sa poitrine, brisa sa radio et alla finalement s'écraser dans la terre déjà imprégnée de sang.

Gus Soltik pressa encore une fois la détente mais le chien retomba sur une chambre vide. Avec un sanglot de panique, il jeta le pistolet et s'élança vers la petite grotte où il avait laissé Kate Boyd ligotée et bâillonnée, mais à présent miséricordieusement inconsciente des souffrances et des terreurs.

... même pas un coup de feu, pensait amèrement Rusty Boyle en luttant contre la nausée et le vertige. Pas même un seul. Péniblement, il tourna la tête et regarda le cadavre de John Ransom. Pauvre bougre, se dit-il. Non, c'était ce qu'il avait voulu. Pour lui, tout était bien réglé. L'université, sa femme, un certain honneur. Mais bon Dieu, je parie qu'il n'aurait pas voulu que ce soit à mes dépens. Il n'aurait pas voulu m'entraîner avec lui.

Réprimant des gémissements, Boyle réussit à se redresser, à s'asseoir adossé à un arbre. Le sang jaillissait de sa cuisse à jets réguliers. Il avait la tête légère, ses idées se brouillaient déjà. Même s'il pouvait se servir de sa radio cassée, ça ne lui servirait sans doute à rien. Il perdait trop de sang. Ils n'avaient pas partagé ce soir le steak et le vin, ils n'avaient pas fait l'amour. Et ils ne le feraient plus jamais.

Alors qu'il pensait à Joyce, résigné à ne jamais revoir sa grâce et sa beauté, il entendit un simple mot, un chuchotement pressant dans le silence. Un mot.

— Balle !

Un instant, Rusty Boyle ne put y croire. Puis, la voix frémissante de soulagement, il donna à Luther Boyd la réponse. Un seul mot aussi.

— Détente !

Le triage est une opération de classement des denrées alimentaires. Le mot est également utilisé sur le champ de bataille pour définir une procédure semblable, à la différence qu'il s'agit du classement des blessures infligées à des êtres humains au lieu de produits destinés au marché. Ainsi les morts sont laissés de côté, parce qu'inutilisables, les blessés graves ne sont pas prioritaires, les agonisants encore moins. Ceux dont les blessures sont superficielles sont soignés les premiers parce qu'ils peuvent être rapidement renvoyés à leurs unités ou au front.

Ainsi, quand Luther Boyd se précipita entre les arbres vers le sergent Boyle, il remarqua le cadavre de John Ransom mais ne lui accorda qu'un regard indifférent. L'homme était mort et Boyle était vivant. Boyle avait donc droit à la priorité numéro un.

— Où êtes-vous touché ? demanda-t-il en se penchant sur le grand sergent.

— Cuisse gauche, en haut.

Boyd souleva le sergent dans ses bras et l'étendit avec précautions sur le sol. Puis il décrocha de sa ceinture sa petite trousse médicale, y prit une fine paire de ciseaux et découpa le tissu trempé de sang du pantalon pour le détacher de la plaie béante. Il déchira l'enveloppe stérile d'un paquet de compresses, en plaça un gros tampon sur la blessure et l'y maintint avec du sparadrap. Puis il ôta sa propre ceinture et la boucla autour de la cuisse du sergent, au-dessus de la blessure. Ensuite, il chercha une branche morte, en cassa un morceau d'une trentaine de centimètres et s'en servit comme d'un levier pour le garrot.

— Tenez bon, dit-il en glissant l'épais morceau de bois sous la ceinture encerclant la cuisse.

Boyd tordit le bois, en rond, jusqu'à ce que Boyle marmonne :

— Ça va aller comme ça, Mr. Boyd.

Le colonel prit les mains du sergent et les plaça sur le bois qui avait resserré fortement la ceinture.

— Vous pouvez le garder serré ? Maintenir la pression ?

— Bien sûr. Merci.

Boyd fouilla avec précaution les poches du blessé et trouva l'émetteur-récepteur brisé. Il n'avait donc aucun moyen de signaler au PC l'état et la position du sergent.

— Je vais essayer d'aller vous chercher des secours, dit-il.

— Ecoutez. Je viens de le voir, mais pas votre fille. Et à moins qu'il ait une autre arme, il n'a plus de munitions. Ne vous en faites pas pour moi. Allez aux trousses de ce salaud.

Luther Boyd donna une petite tape sur l'épaule du sergent et se releva d'un bond pour courir dans l'ombre des arbres au pied de la paroi rocheuse.

XXI

Mrs. Schultz se tenait derrière les cordons de police, tellement emmitouflée de chandails sous son épais manteau de lainage qu'elle paraissait aussi large que haute. Mrs. Schultz avait demandé à l'agent si elle pouvait entrer dans le parc. Vieille et inquiète, elle pensait qu'elle pourrait trouver Gus et le raisonner avant qu'il fasse du mal à la petite fille. Mais quand l'agent lui avait demandé pourquoi, elle n'avait pas répondu, parce que cela aurait provoqué d'autres questions. Sur Gus et d'autres nuits. Et pourquoi sa famille n'avait pas de papiers, en venant du Canada aux Etats-Unis.

Alors elle lui dit qu'elle voulait aller aux toilettes et il lui expliqua qu'il y en avait dans le hall du Plaza. Elle marmonna et disparut dans la foule. Elle, au Plaza, avec ses vieux bas de coton et son manteau élimé !

Elle vit un grand jeune homme s'approcher du cordon de police, accompagné d'une mince jeune fille avec un foulard sur ses cheveux blonds. Elle l'entendit dire à un agent :

— Wayne, du *New York Times*. Voici Crescent Holloway. Elle est avec moi.

L'agent hocha la tête et les laissa entrer dans le parc.

Surveillez-le, avait dit sa mère, pensait amèrement Mrs. Schultz mais comment pouvait-elle aider Gus si personne ne la laissait faire ? Ses lèvres remuèrent et, dans son anglais hésitant, elle récita :

— Sainte Marie, Mère de Dieu, priez pour nous pauvres pécheurs, maintenant et à l'heure de notre mort, amen.

Barbara Boyd était seule à l'arrière de la voiture de police quand Paul Wayne s'arrêta contre la portière et s'adressa à elle :

— Mrs. Boyd ? Paul Wayne, du *Times*.

— Oui ?

Il était en compagnie d'une fille admirablement belle, dont les traits paraissaient vaguement familiers à Barbara.

— Crescent Holloway, Mrs. Boyd. C'est une amie de Rudi Zahn.

Que lui voulaient-ils ? se demanda Barbara parce qu'elle voyait des questions dans leurs yeux, dans leur expression. Mais elle ne pouvait pas les aider. Elle ne pouvait penser à rien qu'à la terreur désespérée qui était comme une présence physique dans son corps. Elle serrait ses bras autour d'elle, engourdie, isolée dans le tumulte ordonné du poste de commandement. Cette concentration d'hommes et de matériel ne la touchait pas ; rien n'existait pour elle que la terrible certitude que sa fille était morte. Pas emportée par une maladie miséricordieuse, pas tuée en une fraction de seconde par un accident de cheval mais enlevée — Dieu non ! suppliait-elle en silence mais la pensée atroce ne pouvait être chassée — enlevée par un monstre sadique qui la torturerait et la terrifierait avant de finir par la tuer.

Son seul espoir était contenu dans un cruel paradoxe. Les facettes du caractère de son mari qu'elle n'avait pas comprises, qu'elle avait critiquées, étaient l'unique force capable de sauver leur fille ce soir. Elle n'avait pas peur pour lui mais elle rêvait d'être avec lui.

— Je suis terriblement désolée, Mrs. Boyd, dit Crescent Holloway. Les mots sont assez stupides en ce moment. Je vais simplement dire des prières.

— Merci, murmura Barbara.

— Mrs. Boyd ? demanda Wayne. Savez-vous où est Mr. Zahn ?

— Il a été si courageux. Il a essayé de sauver ma petite fille.

Elle est en état de choc, pensa Crescent en remarquant les yeux fixes, le petit tic nerveux au coin des lèvres.

— Est-ce qu'il a dit où il allait ?

— Il est parti. Il a dit qu'il n'en avait pas fait assez. Il a dit qu'il n'en avait jamais fait assez.

Ilana, se dit Crescent le cœur serré d'anxiété. Où Rudi était-il parti ? Dans ce parc obscur et dangereux, à la recherche d'une petite fille perdue qui avait disparu de sa vie mais jamais de son souvenir, il y avait près de trente ans ?

Paul Wayne prit Crescent par le bras et l'entraîna.

— Nous allons interroger le lieutenant Tonnelli, dit-il.

Ils trouvèrent Gipsy au milieu d'un groupe d'inspecteurs et

d'agents, devant le grand plan en relief illuminé. Mais Tonnelli n'avait pas de nouvelles de Rudi Zahn.

— Je croyais qu'il était avec Mrs. Boyd.

Il fit signe à un des inspecteurs de son unité, Jim Taylor, et lui dit de prendre quelques hommes et de chercher Rudi Zahn.

Au moment où Taylor s'en allait, Max Prima arriva en courant.

— J'ai un message de cette dame noire, l'usurière de Harlem. Elle veut vous parler, elle dit que c'est important.

— Où est-elle ?

— Garée à l'est, dans l'allée.

Il y avait deux voitures arrêtées dans l'Allée Est, la Cadillac verte de Samantha et l'Imperial blanche de Biggie Lewis. En traversant le PC brillamment éclairé avec Max Prima, Tonnelli aperçut Biggie, Coke et Samantha sur la pelouse près des voitures, en compagnie de Manolo Ramos, un petit pédé prostitué connu de la police et de deux gamins noirs qu'il ne reconnaissait pas.

Prima et Tonnelli s'arrêtèrent et le lieutenant regarda Samantha en passant le pouce sur sa cicatrice.

— Qu'est-ce que tu as pour moi ? lui demanda-t-il.

— Dis-lui, Hugo.

— Eh bien, Billy et moi on se baladait dans le Ramble, et on a vu cette petite fille blanche, couchée là par terre et toute ligotée avec des cordes et un bout de sparadrap sur la bouche.

— C'était où et quand, petit ?

— Je prends la relève, intervint Samantha. Il y a environ une demi-heure, du côté est du Ramble. Entre la 75e et la 76e Rue. Hugo et Billy ont arraché le sparadrap de la bouche de la petite et elle s'est mise à hurler et qui pourrait le lui reprocher ?

— Et je n'ai plus revu le grand cheval qui voulait s'en donner avec moi, dit Manolo. Nous avons entendu crier et...

— Trions tout ça, interrompit Tonnelli. Toi d'abord, Manolo.

— Je drague dans le parc et cette espèce de géant sort du bois. Il ne cause pas beaucoup mais je sais ce qu'il me veut. Il n'a pas d'argent et je n'aime pas sa tête. Alors je lui dis que je le retrouverai plus tard, histoire de me débarrasser de lui. Il dit qu'il peut se procurer de l'argent mais c'est là qu'on a entendu crier la gosse.

— Ce grand salaud nous a chassés avant qu'on puisse la détacher, dit Hugo d'une voix précipitée.

Tonnelli regardait fixement Manolo.

— Tu as dit que tu le retrouverais plus tard ?

— Ça me coûtait rien de dire ça.

— Tu peux retrouver l'endroit où tu lui as dit que tu le verrais ?

Manolo savourait son instant d'importance, l'attention du lieutenant Tonnelli.

— Facile, assura-t-il.

Tonnelli jeta un coup d'œil à Prima, lui fit signe et tous deux s'écartèrent du groupe près des grosses voitures. Ça valait la peine d'essayer, pensait-il.

Le profil émotif que les psychiatres de la police avaient tracé de l'Egorgeur, depuis quelques années, insistait surtout sur le fait qu'il était poussé par un complexe d'infériorité psychopathique mais ils avaient également conclu que ses pulsions étaient profondément enracinées dans une homosexualité latente.

— Allez faire un rapport au chef Greene, dit-il à Prima. Dites-lui que nous avons une localisation géographique de l'Egorgeur. Et que j'avertis nos tireurs d'élite.

Prima parti, Tonnelli retourna vers Samantha qui l'observait d'un œil méfiant.

— Qu'est-ce que tu manigances, Gipsy ?

— Manolo a un rencart. Naturellement, il va y aller.

— Pas question, à moins qu'il veuille bien.

— Je crois qu'il voudra. Autrement, j'ai une douzaine de méthodes intéressantes pour botter son joli petit cul hors de New York.

— Tu veux bien te taire, Pape ? protesta-t-elle avec de la colère et de la frayeur dans la voix.

Elle s'accroupit pour que ses grands yeux bordés de blanc soient à la hauteur de ceux de Manolo et posa doucement les mains sur ses frêles épaules.

— Qu'est-ce que tu en dis, Manolo ? Tu veux aider l'Homme ?

Manolo regarda Tonnelli d'un air maussade.

— Qu'est-ce qui lui prend, de raconter qu'il va me botter le cul hors de New York ?

— C'est comme ça que les Italiens parlent. Ils ne savent pas s'y prendre autrement.

— Tu crois que je devrais, Sam ?

— C'est toi que ça regarde, Manolo. Tu pourrais en pâtir, ça c'est la vérité.

Et il est si joli, pensait-elle, si fragile, délicat comme une fleur.

— Il me manque encore dans les trois cents dollars.

— Fais ce que demande le lieutenant, si tu veux, et alors tu ne me devras plus rien.

Tonnelli examina Manolo.

— Tu es sûr que ce type viendra à ton rendez-vous ?

— Pas moyen qu'il ne vienne pas.

— Je te le demande encore. Comment le sais-tu ?

— Je branche un mec, lieutenant, il reste branché, affirma Manolo avec un sourire si charmeur, si intime, que Tonnelli ressentit une crispation involontaire de son bas-ventre et s'aperçut avec honte qu'il rougissait.

Dieu de Dieu, pas *moi* ! Mais cette réflexion se teintait d'ironie parce qu'il n'avait pas le moindre doute sur son identité sexuelle. Néanmoins, le sourire taquin de Samantha l'agaçait et le gênait.

Enfin, se dit-il, on ne pouvait en vouloir à personne, parce que ce ravissant garçon avait apparemment le pouvoir de provoquer des explosions d'excitation sensuelle. C'était de la marchandise de qualité, un cadeau de choix, la veste de fourrure blanche et le pantalon de daim moulant, les cheveux noirs bouclés brillants et parfumés, et ces yeux de velours, tout ça c'était de la grande classe et, pensait Gipsy, si nous devons appâter une pédale, nous avons de la chance parce que nous avons ce qu'on fait de mieux dans le genre.

XXII

Gus Soltik était immobile sur une éminence rocheuse. Son énorme silhouette se fondait dans l'ombre des arbres. Son cœur battait et ses vagues pensées étaient agitées par la panique et la confusion. Le mot qui se formait dans son esprit torturé exprimait sa frustration, son impuissance. « Murs... murs. »

Le martèlement et le tonnerre des hélicoptères de la police avaient disparu des cieux au-dessus de Central Park. La musique tonitruante s'était tue et les aboiements des chiens s'étaient perdus dans l'étrange silence menaçant qui pesait à les étouffer sur les peurs et la colère de Gus Soltik.

Il se sentait au centre exact de ce silence... Murs... C'était difficile et dangereux de bouger. Ils entendraient. Et il savait que le « froid » n'était pas loin.

Pas mal. Il n'avait pas voulu lui faire de mal. Il était trop vieux, comme Lanny, mais il n'était pas bon comme Lanny. Il avait un pistolet et il avait crié, alors il avait été obligé de lui faire mal.

Il essaya de maîtriser son excitation croissante, parce que maintenant il pouvait aller retrouver « noir-doux ». Sa mère se fâchait quand il s'excitait. Parce que ça aboutissait à des rages. Mais il ne ressentait aucune rage contre « noir-doux ». C'était un soulagement, un bonheur. Et il avait de l'argent. Celui du vieux, vieux comme Mrs. Schultz, à qui il avait dû faire mal.

Même s'ils l'attrapaient maintenant, ils ne verraient jamais « jambes blanches ». Jamais il ne leur dirait où elle était et s'il ne le leur disait pas, personne ne la trouverait jamais. Alors ils ne lui feraient pas de mal.

Mais le cerveau embrumé de Gus Soltik était troublé. Pas par la douleur de son épaule ou la crainte qu'ils trouvent « cordeverte ».

Ce qui torturait son esprit, c'était la peur du commencement de la douleur. Une fois qu'elle était là, sauvage et vivante dans son corps, il l'acceptait. Ce n'était même pas la peur du « froid » qui l'inquiétait.

C'était le silence...

Et ce fut à cause de cet étrange silence qui était tombé sur le parc que Luther Boyd commit une erreur presque fatale A ce moment, il était très près de l'Egorgeur. Lentement et avec d'infinies précautions, Boyd escaladait l'escarpement rocheux au sommet duquel se tenait Gus Soltik.

Depuis vingt minutes, Boyd suivait la piste de l'Egorgeur et de Kate sur des kilomètres de terrain rocailleux, recouvert d'un épais tapis de broussailles et d'ajoncs.

En trois endroits, il avait découvert des taches et des brins de nylon rouge de l'anorak de Kate accrochés à des branches épineuses. Il avait trouvé les derniers sur la branche cassée d'un marronnier rabougri qui poussait dans une crevasse si étroite que Boyd supposa que l'arbre avait été planté là par un écureuil ou un geai.

Comme tous ces petits bouts d'étoffe étaient à environ un mètre quatre-vingts du sol, Boyd en déduisit que l'Egorgeur portait toujours sa fille sur son épaule.

Mais à présent, le colonel était profondément troublé parce que le léger bruit qu'il avait entendu quelques secondes plus tôt lui apprenait que l'Egorgeur revenait sur ses pas, ce qui signifiait peut-être qu'il avait abandonné ou tué Kate au bout de son chemin et qu'il revenait maintenant pour se glisser entre les cordons de police et sortir du parc. Et voilà que le son de son passage dans des fourrés épais s'était fondu dans le silence surnaturel.

L'homme ne bougeait plus, il était arrêté là-haut. Pourquoi ? Est-ce que le dingue le traquait, lui ?

Ce fut alors que Boyd, en grimpant, commit une erreur de calcul. Cherchant un point d'appui d'une main sur une grosse racine, il la jugea assez solide pour supporter son poids mais quand il se hissa, le bois vermoulu se cassa et il glissa de trois ou quatre mètres contre la paroi rocheuse, en déclenchant un petit éboulement de cailloux et de branchages qui rompit le silence aussi spectaculairement qu'une fusillade.

Boyd se colla contre la paroi, sachant que le moindre mouvement le trahirait. Mais sa main droite s'insinuait silencieusement vers le browning, enfoncé contre son ventre par le poids de son corps.

Dans les ombres mouvantes des arbres et du clair de lune,

il distinguait la haute silhouette, au sommet de l'escarpement. L'homme leva les deux bras au-dessus de sa tête et jeta un énorme fragment de rocher. La pierre frappa la pente à un mètre au-dessus de Boyd et fit voler des éclats de silex dans ses yeux. Il se jeta de côté mais trop tard ; l'énorme pierre rebondit sur son épaule gauche et l'envoya débouler au pied de la falaise.

Immédiatement, il se dressa comme mû par un ressort et plongea la tête la première derrière un enchevêtrement de houx sauvage. Il dégagea le browning de sa ceinture. Sa bouche et ses narines étaient pleines de poussière, il savait que sa figure était écorchée et ensanglantée par les éclats de pierre, mais c'était son épaule qui l'inquiétait ; si elle était fracturée, l'Egorgeur aurait un avantage écrasant.

Avec lenteur, prudemment, Boyd se releva et risqua un œil au-dessus des buissons. L'homme avait disparu. Il remua son bras et son épaule gauches et ne sentit à son soulagement que la douleur de muscles meurtris et non le craquement d'os brisés.

Soudain, très loin au nord-est, quelqu'un cria le nom de Gus Soltik, d'une voix flûtée et douce dans le silence, aussi charmante que des clochettes d'argent.

Boyd entendit au-dessus de lui sur sa droite le martèlement de pas lourds, le passage d'un grand corps dans des broussailles. C'était l'Egorgeur, il le savait, et à la longueur et à la rapidité de ces foulées, il devinait que l'homme se déplaçait seul, maintenant...

N'ayant plus rien à gagner en gardant le silence, il reprit son escalade mais quand il arriva au sommet les pas de l'Egorgeur s'étaient éloignés vers l'est parmi des arbres noirs et il n'entendait plus rien.

Pendant un moment, Luther Boyd resta sur place à masser son épaule, flairant le vent fraîchissant et le silence anormal, tous ses sens en éveil. Il comprit que la police avait changé de tactique. Elle n'essayait plus de traquer l'Egorgeur ni de l'épuiser ; elle lui tendait un autre genre de piège. Et il y avait là une implication effrayante qui le forçait à changer de plans lui-même. Il avait été résolu à suivre Kate à la trace parce que tant qu'il y avait une chance qu'elle soit encore en vie, elle était son unique souci. Elle pouvait être ligotée et bâillonnée de telle manière qu'elle s'étranglerait s'il ne la trouvait pas à temps, à moins qu'elle soit enfermée quelque part, sans air, en train de s'asphyxier. Ou de perdre son sang...

Mais il ne pouvait plus la chercher maintenant, il devait trouver l'Egorgeur avant, parce que la police risquait de le tirer à vue et ce psychopathe était le seul être au monde à savoir où était Kate.

Boyd balaya le sol avec sa torche pour chercher les traces de bottes mais quelque chose attira son attention, une grosse pierre aux bords coupants, luisante de sang avec une touffe de cheveux blancs collée dessus. Pas les cheveux blonds de Kate, constata-t-il avec soulagement, mais des cheveux blancs et raides, ressortant sur le sang brillant.

Il suivit des gouttes de sang et les traces de bottes vers un ravin moussu où il découvrit le corps d'un homme aux cheveux blancs, avec un revolver de calibre 38 à côté de sa main droite. La joue droite et le crâne de l'homme avaient été fracassés par des coups violents. Un portefeuille traînait près du cadavre. Il ne contenait pas d'argent mais une carte d'identité au nom de Samuel Fritzel, domicilié à Teaneck dans le New Jersey.

Un étroit étui de cuir avec une bandoulière dépassait de la poche du pardessus de Fritzel et Boyd vit qu'il contenait un petit émetteur-récepteur. Il l'arracha de la poche, appuya sur un bouton et parla rapidement dans le micro.

— Lieutenant Tonnelli !

— Ici Tonnelli.

— C'est Luther Boyd...

— J'ai été honnête avec vous, colonel. Mais les chefs ont envoyé les hélicos.

— Pourquoi avez-vous interrompu la reconnaissance aérienne ?

— Nous lui avons tendu un piège. Nous avons tout arrêté, dans l'espoir qu'il se détendra et tombera dans le panneau.

— Alors bon Dieu, écoutez-moi, lieutenant. L'Egorgeur est seul, il se déplace vers l'est. Vous comprenez ce que ça veut dire ? Ou il a tué ma fille, ou il l'a cachée quelque part où elle est sans défense. Je me dirige vers l'ouest, parallèlement à la 77ᵉ Rue, pour essayer de la trouver. Mais je veux votre parole que vous prendrez ce salaud vivant. Parce qu'il est le seul à savoir où est Kate.

— Vous l'avez, colonel. Nous lui fracasserons peut-être les rotules, mais il sera vivant.

— Deux choses, reprit Boyd, pestant contre chaque seconde perdue. Le sergent Boyle est dans le Ramble avec une balle dans la cuisse. Entre la 77ᵉ et la 78ᵉ Rue, à cent mètres de l'orée est, près d'un bosquet de saules. Maintenant, est-ce que ça vous dit quelque chose ? Je me sers en ce moment de la radio d'un homme mort, un nommé Samuel Fritzel.

— Jésus ! s'exclama Tonnelli et il y avait de la lassitude dans sa voix. Un vieux flic du New Jersey. Il voulait nous aider parce que...

Boyd coupa la communication au milieu de la phrase et repartit rapidement pour chercher des traces de sa fille

A une vingtaine de mètres de la paroi rocheuse, après une course en zigzag, il trouva encore quelques brins de nylon rouge sur des ronces, arrachés à l'anorak de Kate. Ils étaient toujours à un mètre quatre-vingts du sol, donc à ce moment elle était encore sur l'épaule de son ravisseur. Encore quelques mètres, et il releva des empreintes des bottes qu'il suivit jusque dans une clairière, il marchait plus vite, maintenant, il courait presque en ligne droite, balançant sa torche devant lui à droite et à gauche, suivant facilement les traces sur l'herbe humide jusqu'à l'endroit où la piste s'arrêtait au pied de l'immense sentinelle d'un arbre, dressé comme un fantôme dans l'obscurité, son écorce fendue et blanchie par la foudre. C'était un chêne et il avait été frappé à trois mètres environ du sol ; le bois mort auteur du trou noir béant portait de minuscules pousses rouges et quelques feuilles mortes argentées par le gel.

L'Egorgeur s'était arrêté là et Boyd devina que c'était pour se retourner sur la clairière qu'il venait de traverser et voir s'il y avait des signes de poursuite.

Puis les bottes repartaient vers l'ouest mais Boyd les perdit au bout d'une dizaine de mètres parce que le terrain herbeux et spongieux faisait place à de la rocaille et à des plaques de granit.

Devant lui, des façades rocheuses se dressaient, irrégulières et déchiquetées. Il se dirigea vers cette barrière naturelle, en évaluant les cachettes possibles, et il sentit renaître un peu d'espoir.

Car c'était un but stratégique logique pour l'Egorgeur : un labyrinthe de ravines, de grottes, de cavernes et de crevasses, humides et redoutables comme des cachots, des oubliettes naturelles qu'un esprit dérangé choisirait pour emprisonner une petite enfant sans défense.

Si Kate était morte, pensa-t-il, il n'y aurait que le paradis pour elle après cette nuit parce que, comme le formulait l'épitaphe d'un Marine qu'il avait vue à Guadalcanal, elle avait déjà purgé sa peine en enfer.

Le lieutenant Gipsy Tonnelli attendait l'Egorgeur. Il se trouvait avec Samantha dans l'ombre d'un bosquet de gigantesques chênes-lièges à l'écorce épaisse et tourmentée et aux grandes branches étendues en largeur. Tous deux se cachaient à cinq mètres derrière une formation de dix tireurs d'élite, eux-mêmes complètement couverts aussi par l'ombre et les troncs des arbres géants.

Tous les yeux étaient fixés sur Manolo, qui allait et venait dans la clairière au clair de lune, en appelant tout bas Gus Soltik, d'une voix douce, insinuante, suggestive de sensations intimes.

Les tireurs étaient en uniforme, fusil à l'épaule, les œillets de leurs bottes et la boucle de leur ceinturon peints en noir, les boutons de la tunique recouverts de feutre noir. Chaque homme portait un casque de mailles noires serrées. Pas un n'avait de bague, de montre-bracelet, de bracelet d'identité. Rien, sur leur personne, ne pouvait refléter de clarté révélatrice.

Tout le monde guettait le côté opposé de la clairière où Manolo déambulait nonchalamment.

Tonnelli avait donné, en quelque sorte, le côté ouest à l'Egorgeur. Là-bas en face, il n'y avait pas de policiers. Toute la puissance de feu avait été concentrée sur la bordure est de cette prairie, laissant l'ouest vide et tentant.

Mais la conscience de Tonnelli le tourmentait. En qualité d'officier de police, il savait qu'il avait pris la bonne décision et que, par conséquent, il ne devait pas avoir de remords. Mais cela avait été dur de mentir à Luther Boyd. Les tireurs d'élite ne prendraient pas l'Egorgeur vivant. Les ordres de Tonnelli étaient froids et classiques : tirer pour tuer. Parce qu'ils n'avaient pas le choix. Ils devaient le tuer maintenant, quand ils en auraient l'occasion. S'ils échouaient, où surgirait-il le 15 octobre prochain ? Combien de tendres petites victimes prendrait-il dans les années à venir, s'ils le perdaient ce soir ?

C'était leur boulot de flics de l'abattre dès qu'il apparaîtrait dans les lunettes des fusils, à l'instant même où il avancerait au clair de lune vers Manolo.

Ensuite, une fois l'Egorgeur mort, Tonnelli pourrait envoyer mille hommes dans le parc fouiller chaque centimètre carré de terrain. Ils pourraient tout illuminer comme en plein jour, avec leurs projecteurs et les hélicoptères et chaque homme travaillerait avec confiance, certain qu'il n'y aurait pas de fou en liberté pour lui faire sauter la cervelle avec un pistolet ou lui plonger un couteau entre les épaules.

Luther Boyd se prenait à la fois pour Davy Crockett et le bon Dieu, pensait cyniquement Tonnelli, comme pour soulager sa conscience. On voyait bien que ce n'était pas la vie de sa fille qui était en équilibre sur les plateaux dorés de la Balance. Ce n'était pas la chair de sa chair.

— Le petit con fait le cabot, gronda Samantha.

— Il est très bien.

— Ma foi, j'ai la frousse pour lui. J'ai peur pour lui, tu m'entends, Gipsy ? C'est un chouette petit. Mais un cabot.

En effet, Manolo se délectait, il transformait son passage lent et sensuel à travers la clairière en un rôle amusant qu'il se plaisait à jouer. Riant tout bas, il tapotait ses jolies boucles et appelait Gus Soltik d'une voix frémissante de promesses sexuelles.

Manolo était heureux et estimait avoir de la chance. Il ne devait plus rien à Sam, d'abord, et ensuite quand on faisait une fleur à un lieutenant de police, on était en droit d'espérer quelque chose en échange, et c'était utile quand on gagnait sa vie en vendant ses fesses dans les rues et les ruelles de New York.

Manolo alluma un joint et aspira lentement la fumée ; il la

garda pendant un long moment vertigineux avant de la souffler par le cercle parfait de ses belles lèvres rouges.

— Allez, Gus, viens donc. Un grand gaillard comme toi, tu ne vas pas avoir peur. Viens, mon gros chéri, on va s'en payer.

Sous les chênes-lièges Samantha chuchota entre ses dents :

— Pourquoi est-ce qu'il appelle ce malade par son nom ? Tu lui as dit de ne pas faire ça.

— Tout va bien, Maybelle, assura le lieutenant, mais lui aussi avait des inquiétudes.

Manolo prenait un risque inutile en prononçant le nom de Gus Soltik.

On lui avait dit de rester bien visible au clair de lune, de ne pas aller dans l'ombre. Mais Manolo n'avait pas peur de Gus Soltik. Il avait suprêmement confiance dans son art de manipuler les pédés. C'était toujours lui qui menait le jeu. Il était la friandise pour laquelle ils bavaient et s'ils n'étaient pas des petits garçons bien sages, jamais ils n'y mettraient leurs sales pattes.

XXIII

Les idées préconçues de l'esprit et de l'œil humains sont les principaux écueils de la reconnaissance aérienne : on s'attend à ce que les terrains d'aviation soient longs et étroits ; les unités militaires dans des casernes sont formées en carrés ; les revêtements des pièces d'artillerie, avec leurs cercles de sacs de sable, ressemblent à des couronnes du haut du ciel ; les routes de ravitaillement, si elles ne sont pas camouflées avec art, sont des flèches révélant leur existence en pointant droit au cœur. La nature est capricieuse, négligente, désordonnée ; la tendance inévitable de l'homme est de rendre son environnement conforme à des schémas ordonnés et discernables.

Luther Boyd fouillait des hectares de rochers et de fourrés à la recherche de traces de l'homme. Il cherchait la preuve d'une nécessité humaine de modifier le désordre de la nature.

La nuit était plus froide, le vent plus vif soulevait les feuilles sèches sur le sol rocailleux. Des rafales soudaines faisaient passer des nuages déchiquetés devant la lune à son déclin et l'air sentait la pluie.

Ce fut alors que Boyd trouva ce qu'il cherchait, au moment où sa frustration devenait du désespoir. Il se rappelait une citation de Von Moltke, sur laquelle on avait insisté à West Point : « D'abord réfléchissez, ensuite osez. » Mais oser quoi ? Avec quoi ? s'était-il demandé en vain.

Mais à présent, sa torche révélait un tas de pierres adossé à une paroi rocheuse d'une manière ordonnée ; c'était ce qu'il cherchait, pas une formation naturelle mais le travail évident de l'homme.

Il rejeta les pierres à droite et à gauche, le souffle court au bout de quelques minutes parce qu'elles étaient énormes, lourdes et bien tassées dans l'ouverture d'un tunnel. Mais quand il pratiqua enfin une percée et braqua sa torche dans une petite caverne, il ne découvrit qu'un tas poussiéreux de bouteilles vides. Il lut les étiquettes distraitement, écrasé par la déception, en comprenant que chaque seconde risquait d'être la dernière de sa fille. Cidre, muscat... Soudain, et pour une raison qu'il ne comprit pas, il fut averti, alerté par une feuille par terre. Elle était maculée de boue mais belle dans ses couleurs d'automne, écarlate et jaune. Son cœur se mit à battre plus vite. Il comprenait qu'il avait commis une erreur funeste. D'abord réfléchir, ensuite oser. Il avait osé, dans un sens, deviner l'Egorgeur mais avait-il réfléchi, bien réfléchi ? Il avait mal lu les signes, il en était sûr. Un indice, une flèche pointée vers sa fille avait échappé à son œil entraîné.

Cette conviction de l'échec fut pour Luther Boyd une torture particulière, parce qu'il avait fait défaut à sa fille quand il ne l'aurait pas dû, dans le domaine de sa propre adresse et de sa force professionnelles.

Boyd ramassa la feuille d'érable rouge et jaune et la contempla comme pour lui demander une indication.

Dans l'ombre vers laquelle marchait Manolo, Gus Soltik était tapi près du sol, dissimulé par des fourrés et par les branches noires des arbres. Son corps réagissait avec une excitation presque insoutenable à la présence et à la beauté de Manolo. Mais une peur primitive lui conseillait de ne pas se révéler. C'était l'homme en noir escaladant les rochers pour l'atteindre. C'était ce qui avait été derrière lui toute la soirée. Le « froid ».

Cette terreur était détournée par la pensée qu'ils ne le puniraient jamais parce que jamais ils ne la trouveraient.

Il était aveuglé par le désir. Il ne voyait rien que Manolo, les cheveux noirs bouclés, la gorge lisse et tentante.

Manolo n'était plus qu'à six ou sept mètres de l'Egorgeur, dans le clair de lune se fondant dans les ombres, et Gus Soltik était délicieusement prêt pour lui.

Dans un souffle pressant, Samantha murmura à Tonnelli :

— Tire-le de là, Gipsy.

— Ne t'en fais pas, nous le couvrons.

— Mais pas si vous ne le voyez pas.

Cela amusa Manolo de pénétrer enfin dans l'ombre des grands arbres. Cela l'amusa et l'excita car il pensait (ou espérait du moins) que cela effraierait Samantha. Savoir qu'il pouvait lui faire ça lui donnait de l'importance. Elle avait un truc dingue pour lui, à voir comment elle l'avait caressé et embrassé dans la voiture de police qui les avait amenés là.

Il s'arrêta dans l'obscurité, en riant tout bas et en murmurant le nom de Gus Soltik.

Dès que Manolo disparut, Samantha voulut lui crier un avertissement, mais Tonnelli vit les muscles de sa gorge se crisper et il lui plaqua promptement une main sur la bouche, étouffant le cri en un petit sanglot étranglé. Plusieurs tireurs d'élite se retournèrent, un réflexe déclenché par la lutte silencieuse entre Samantha et le lieutenant.

L'Egorgeur décela du mouvement dans les arbres à l'est de la clairière. Son large front bosselé se plissa. Au début, seule une vague curiosité l'anima. Quelqu'un... Quelqu'un d'autre voulait le garçon.

Mais après ce premier petit pincement de jalousie, qui le fit gémir comme un coup de fouet, d'autres pensées se formèrent, laides et dangereuses. Son instinct d'animal était soudain en éveil. Il écouta, il renifla, ses petits yeux ternes se fixèrent sur les arbres d'en face. Là-bas, les ombres formaient des motifs. Il distingua des formes humaines. Les chiffres le déroutaient mais il en compta quand même quatre, sur les doigts de son énorme main droite. Il vit d'autres silhouettes mais quand il essaya de les compter sa colère et sa confusion augmentèrent. Les formes étaient immobiles, comme des gens qui attendaient. Il sentait le parfum de cerise de l'huile brillant sur les cheveux frisés de Manolo mais le mot « mur » était apparu dans sa tête et ses mains commençaient à trembler de fureur.

Il savait pourquoi ces hommes attendaient. Ils étaient là pour lui faire du mal, en se servant du garçon pour l'attirer entre des murs. Son nom. Parfois il oubliait son propre nom. Mais le garçon connaissait son nom. Quelqu'un le lui avait dit.

Résistant à l'envie de beugler sa fureur de cette trahison, il ouvrit son sac et y prit le lourd couteau de chasse. Puis il courut sans bruit dans l'ombre, derrière Manolo et avant que le garçon pousse un seul cri, il lui avait tranché la gorge, creusant un profond sillon dans cette chair tendre, la chair qu'il avait simplement voulu caresser, pensait-il, et en sanglotant il souleva Manolo au-dessus de sa tête et le jeta comme une poupée cassée dans le clair de lune de la clairière.

Alors, quand la fusillade éclata et que les flammes des fusils brillèrent dans la nuit comme des yeux furieux, Gus Soltik s'enfuit, terrifié, à l'abri des arbres.

Luther Boyd jeta la feuille d'érable qu'il examinait et se tourna vivement dans la direction des coups de feu tonnant sous les arbres, loin à l'est. La trahison de Tonnelli lui donna la nausée, le plongea dans une colère sauvage, car ce n'était pas le tir précis et méticuleux de tireurs visant uniquement pour blesser. Non, c'était un tir de barrage, à volonté, meurtrier et, à son volume, à son intensité, il savait que ce n'était pas destiné à mettre l'Egorgeur hors de combat mais à l'exécuter.

Tonnelli pensait peut-être que c'était une priorité, le devoir d'un flic, mais s'ils tuaient l'Egorgeur, sa fille risquait de mourir aussi, parce que seul ce malade savait où elle était prisonnière, dans l'immensité de ce parc.

Dans sa rage, Luther Boyd sentait que Tonnelli s'en fichait éperdument. Il ne cherchait que ce dénouement spectaculaire qui plaisait aux foules, cette encoche sur sa crosse...

Gipsy Tonnelli courut dans la clairière vers le corps inerte de Manolo, en haletant et la détresse au cœur. Devant lui, la ligne des tireurs se déployait dans le sous-bois, là où l'Egorgeur avait disparu comme un personnage mythique, s'évaporant dans le mystère de la nuit après avoir manié le couteau du sacrifice. Tout en courant, il appelait frénétiquement le PC par radio et dès qu'il eut une réponse, il cria :

— Envoyez nos hélicos ! L'Egorgeur est à environ deux cents mètres de l'allée, entre les 77e et 78e Rues.

Respirant péniblement, la bouche ouverte, il s'arrêta et contempla le petit corps de Manolo, la veste de fourrure blanche tachée de rouge... Samantha s'accroupit à côté de lui et tendit une main mais ne toucha pas Manolo. Puis elle leva vers Tonnelli des yeux brillants de larmes.

— Je t'ai dit que j'avais peur pour lui !

Proche de la crise de nerfs, elle répéta, d'une voix stridente et mauvaise :

— Je t'ai dit que j'avais peur pour lui !

— Nous ne voulions pas ça, marmonna Tonnelli d'une voix angoissée. Bon Dieu, nous ne voulions pas ça !

— Non, tu ne voulais pas ça, mais c'est à cause de toi que c'est arrivé ! Et si tu avais eu ton homme, tu t'en serais bien foutu, hein, Gipsy, pas vrai ?

Tonnelli passa lentement son pouce le long de sa balafre et se détourna des grands yeux accusateurs pour regarder vers les arbres noirs.

Les inspecteurs Carmine Garbalotto et Clem Scott accoururent dans la clairière où gisait le sergent Rusty Boyle, les mains serrées sur le tourniquet du garrot improvisé par Luther Boyd. Le grand rouquin était pâle et malgré les rafales de vent froid la sueur perlait en grosses gouttes sur son front et sa lèvre supérieure. Les hélicoptères avaient repris l'air et le son de leurs rotors, la lumière crue de leurs projecteurs blessaient ses oreilles et ses yeux.

Carmine Garbalotto brancha sa radio et appela le PC. Il donna leur position approximative et réclama une ambulance. Clem Scott s'accroupit à côté de Boyle et prit la relève pour maintenir le garrot.

— Ça va aller très bien, assura-t-il.

— Bien sûr. On a arrêté ça à temps.

— Qui est le mort ? demanda Scott en jetant un coup d'œil à Ransom.

— C'est drôle, dit Rusty Boyle d'une voix déformée par la douleur. Pour lui aussi, ça va très bien. Très bien.

Il perd la boule, le pauvre, pensa Scott.

— Ils ont trouvé la petite ? demanda Boyle.

— Pas encore, sergent.

— L'Egorgeur ?

— Il court toujours. Mais un con de badaud qui venait en voiture assister à l'action a été trouvé dans un caniveau de l'Allée Est. Il dit qu'un gars qui pourrait être l'Egorgeur l'a arraché à sa voiture, il y a environ vingt minutes.

— Alors le fumier est motorisé, maintenant !

Luther Boyd savait maintenant que l'Egorgeur était vivant. A la radio de Babe Fritzel, il avait écouté les ordres de Tonnelli au PC et s'il savait que Rusty Boyle était vivant aussi il ignorait encore que l'Egorgeur était en voiture, car cette conversation entre Scott et le sergent Boyle n'était pas passée sur la fréquence de la police.

Boyd éprouva un regain d'espoir. Il avait, dans un sens, infiltré les positions de la police et avait accès à ses mouvements et à ses rapports, grâce à l'émetteur-récepteur de Fritzel.

Tout de même, il y avait une terrible ironie dans le fait qu'à présent, Boyd devait sauver l'Egorgeur avant que les unités de Tonnelli le cernent et le tuent.

Après avoir consulté sa montre, Boyd se mit à courir vers l'est, la radio indiscrète collée à l'oreille...

XXIV

L'Arsenal est situé au coin de la 64e Rue et de la Cinquième Avenue, au sud-est du Mall. Construit au milieu du XIXe siècle, pour servir de ce que son nom indique, il a été également utilisé depuis comme poste de police et laboratoire de météorologie. Actuellement, cet édifice de trois étages aux tours crénelées abrite la direction des affaires récréatives et culturelles de Central Park. Il s'adosse à un quadrilatère formé par le bâtiment des animaux, la volière, les rangées de fosses aux ours et la cafétéria. Au centre de cet ensemble, il y a le bassin des phoques gardé, ou décoré, aux quatre coins par des aigles de pierre géants.

La nuit, il n'y a pas de gardiens ni d'employés dans le bâtiment des animaux et la volière. Il n'y a pas de service de sécurité externe, à part une surveillance intermittente par deux agents de police à bicyclette ou le passage d'une voiture de patrouille du 22e commissariat de la Traverse Trois.

L'Arsenal est fermé à clef à la fin de la journée de travail et un seul homme reste de garde, un veilleur de nuit dont la présence est imposée par les règlements des assurances.

Lanny Gruber, homme d'un certain âge aux yeux chaleureux, de service ce soir-là, était assis dans son petit bureau du rez-de-chaussée, juste à côté de l'entrée principale, et s'apprêtait à dîner. Il s'était versé le café de son thermos et il était en train d'ôter le papier d'un sandwich au jambon quand il s'immobilisa et se tourna vers la porte ouverte. Etait-ce un bruit, ou son imagination ? Du verre brisé au sous-sol ? Serait-ce... La soirée avait été terrible pour Lanny, parce qu'il avait vu le portrait-robot de Gus Soltik à la télévision et l'avait reconnu. Il avait téléphoné au 22e commissariat mais ils savaient déjà le nom. Et il y avait eu un autre

170

drame brutal et insensé dans le parc. Un jeune Portoricain, à en juger par son nom.

Mais Lanny éprouvait malgré lui de la compassion pour Gus. A son avis, Gus avait fait des efforts pathétiques pour comprendre un monde qui le ridiculisait et le méprisait.

Lanny entendit alors un autre bruit, des pas dans le couloir. Son cœur se serra de crainte. Il y avait un pistolet dans l'armoire, à l'autre bout de la pièce, mais avant qu'il puisse se lever Gus Soltik entra en se traînant, la figure hagarde de douleur et de confusion. Il s'arrêta devant le bureau de Lanny ; du sang coulait goutte à goutte de sa main gauche. Le seul mot qu'il prononça fut presque un sanglot :

— Aide.

— Oui, je vais t'aider, Gus, répondit Gruber, lentement et calmement, employant la chaleur de sa voix comme il se servirait de sa main pour caresser un animal effrayé.

Réaliste, il avait fortement conscience du danger qu'il courait. Il comprenait que sa vie ou sa mort dépendait de l'effet calmant qu'il aurait ou n'aurait pas sur Gus Soltik. S'il arrivait à lui faire admettre qu'il valait mieux appeler la police...

— Aide, répéta Gus et il tendit à Lanny sa main droite, puis il prononça un autre mot que Gruber ne comprit pas : Cage.

Une certaine expectative dans l'attitude de Gus mit Lanny en confiance.

— Je n'ai qu'un seul moyen de t'aider, Gus dit-il toujours aussi lentement et calmement. Nous avons été de bons amis et tu peux te fier à moi.

Gus Soltik continua de le regarder en silence, plein d'espoir.

Il a toujours fait tout ce que je lui ai dit, pensait Lanny et, encouragé par l'expression de Gus il décida de tenter sa chance. Nonchalamment, il décrocha le téléphone et, en souriant à Gus, il commença à former le numéro de police-secours.

— Comme tu as besoin d'aide, Gus, autant que nous en fassions venir. C'est le meilleur moyen, crois-moi.

Mais Lanny Gruber avait fatalement mal interprété l'espoir et l'attente de l'expression de Gus Soltik. Il ne pouvait savoir quels puissants éléments avaient agité l'esprit malade, ce soir. Il ne pourrait plus y avoir de moments sans colère pour Gus Soltik.

Lanny Gruber, souriant et formant lentement le numéro, ignorait que le concept « jambes blanches » étincelait dans la tête de Gus Soltik ainsi qu'un besoin frénétique et insensé de vengeance.

— Cages, répéta-t-il mais avec plus d'insistance.

Ce que Gus Soltik voulait, c'était ces petites tiges de métal qui ouvraient des portes. Dans son esprit torturé, il croyait que s'il libérait une « cage », les grandes « cages » rugissantes qui étaient fortes comme lui mais impuissantes comme lui derrière leurs barreaux, une fois libre la « cage » l'aiderait. Les tuerait. Tous. Et le froid...

— 22ᵉ commissariat, sergent Dorman.

— Monsieur l'agent, dit Gruber, ici...

La main de Gus jaillit à une rapidité aveuglante, ses doigts se refermèrent sur le fil du téléphone et l'arrachèrent du mur.

— Non, je t'en prie ! cria Gruber, sachant qu'il avait tort de ne pas maîtriser la panique de sa voix. Gus Soltik se rua sur lui en formant une boucle avec le fil du téléphone.

Gus pensa vaguement, en contemplant le cadavre de Gruber, à ce jour où il avait apporté des fruits et légumes de rebut, où Lanny avait été si gentil, et ces souvenirs se confondirent avec d'autres, les souvenirs de sa mère, de Mrs. Schultz, du jeune garçon dont les cheveux bouclés sentaient les cerises, et des larmes lui montèrent aux yeux.

En les essuyant d'un revers de main, il prit trois trousseaux de clefs dans un tiroir du bureau de Lanny.

Sexe masculin, race blanche, 29 ans, nom : George Cobb, adresse : 300, 54ᵉ Rue Est, Manhattan. Approximativement 1,75 m et 100 kilos. Cheveux bruns, yeux bleus. Signes particuliers : néant. Petite moustache.

Tel était le signalement donné par la police de l'homme agressé pas Gus Soltik. George Cobb était en ce moment interrogé par le lieutenant Tonnelli au PC. Des équipes de la télévision et des journalistes faisaient le cercle autour de Cobb. Les lumières éblouissantes et les énormes réflecteurs d'aluminium projetaient leurs ombres grotesques derrière eux.

Cobb parlait d'une voix hésitante, presque peureuse, en évitant le regard furieux de cet inspecteur musclé avec une hideuse cicatrice en travers de la joue.

— Eh bien, je regardais tout ça à la télé, et puis quand j'ai vu les chiens et les hélicoptères, j'ai voulu venir voir sur place, quoi, simplement pour...

— Ça va, interrompit Tonnelli et il jeta un coup d'œil à ses notes : casquette de cuir jaune, chandail marron à col roulé, 1,90 m environ. Il ne vous a rien dit, rien du tout ?

— Eh bien, il a juste grogné, répondit Cobb. Ce n'était pas des mots.

L'agent Prima se fraya un chemin dans la cohue et attira l'attention de Tonnelli.

— Nous avons trouvé la bagnole, lieutenant, annonça-t-il et il regarda Cobb. Pontiac 69, bordeaux à bande noire, une aile avant gauche cabossée ?

— C'est ma voiture.

— Où l'a-t-on trouvée ? demanda Tonnelli.

— Dans les bois, à l'est du Mall, parallèlement à la 66ᵉ Rue.

Gus Soltik sortit de l'Arsenal en courant lourdement, contourna le bassin des phoques, passa sous l'horloge Delacorte et arriva à la grande porte du bâtiment des animaux. Il ouvrit avec les clefs et repoussa les deux battants jusqu'à ce que les goujons de métal retombent dans des encoches du carrelage. Ses narines palpitaient et ses sens étaient excités par la forte odeur d'urine de fauve et de désinfectant.

Cette aile étroite du zoo était obscure, comme toutes les autres. Un peu de clair de lune filtrait par les lucarnes à barreaux dans le fond des cages, en éclairant vaguement les murs de brique jaune et les carreaux noirs du sol.

La plupart des animaux dormaient et, en cette saison, ils étaient tous à l'intérieur. Par beau temps, on laissait les fauves prendre l'air dans les cages extérieures, face à la verdure du parc.

Gus Soltik enjamba la barrière de bois qui maintenait les visiteurs à distance des barreaux et ouvrit la cage du lion à crinière noire, le grand mâle appelé Garland.

Le lion était couché sur une épaisse planche, à un mètre cinquante au-dessus du sol de ciment. Il était réveillé et ses yeux jaunes brillaient dans l'ombre mais il ne manifesta aucun intérêt pour la porte que Gus avait ouverte.

Gus fit claquer sa langue. Le grand fauve posa sa tête massive sur ses pattes et ferma les yeux. Pendant un long moment, Gus attendit dans la pénombre, dérouté, les idées confuses, conscient de la douleur dans son bras gauche et du sang coulant encore sur son bras et sa main.

Puis il se rappela quelque chose que Lanny lui avait dit, à propos des animaux. Des animaux dans des forêts. Dans des granges. Il repassa la barrière et sortit du bâtiment pour aller vers la rangée de poubelles attendant le passage des éboueurs matinaux.

Avec son briquet, il mit le feu à un journal et l'enfonça dans une poubelle. Bientôt, le vent nocturne attisa le feu et des flammes grondantes montèrent.

Gus hissa la poubelle sur son épaule, en grimaçant de douleur, et retourna dans le bâtiment du lion, traînant un sillage d'étincelles et de fumée.

Il lança la lourde poubelle en feu par la porte ouverte de la cage de Garland. Elle tomba avec fracas et son contenu se répandit sur le ciment en tas embrasés.

Pendant que Garland courait d'une rangée de barreaux à l'autre, affolé par la barrière de flammes, et que d'autres fauves rugissaient de panique, Gus s'enfuit en courant dans la nuit.

Garland, hurlant de peur, bondit par-dessus les ordures enflammées, par la porte ouverte de sa cage. A ce moment, Gus Soltik se précipitait déjà sur un véhicule des services du parc, en pensant avec une joie sauvage à « jambes blanches ».

Libre pour la première fois depuis sept ans, Garland fit face à la grande porte ouverte à deux battants et à la nuit noire au-delà. Ramassé sur lui-même, tremblant de peur et de surexcitation à cet événement nouveau, il sortit lentement dans les ténèbres de Central Park.

Vingt minutes plus tard, Tonnelli donnait des ordres urgents à Sokolsky, au standard du PC. Il venait de recevoir un rapport affolé d'agents dans une voiture de patrouille du 22ᵉ commissariat de la Traverse Trois. Le rapport avait provoqué comme un spasme dans le chaos ordonné et discipliné du PC. Des voitures de police avaient été envoyées vers l'Arsenal, de tous les secteurs du parc, leurs gyrophares brillant comme des lucioles géantes sous les arbres noirs.

Gus Soltik roulait vers le nord dans l'Allée Est, à une vitesse modérée ne reflétant en rien sa fureur. L'intérieur de la cabine était sombre, sa figure n'était qu'une tache floue derrière le pare-brise et cela, s'ajoutant à l'insigne des services du parc sur les portières du camion, lui donnait un sauf-conduit pour passer devant les groupes d'agents en tenue postés à cent mètres d'intervalle le long de l'allée, avec des torches électriques rouges.

Il comptait abandonner le véhicule dans le parking à côté de l'allée, et ensuite il pourrait se cacher dans l'obscurité et aller retrouver sa proie.

Les phares des voitures arrivant en sens opposé le frappaient comme des lances furieuses, intensifiant sa rage et ses désirs.

— Premièrement, dit Tonnelli à Sokolsky, envoyez une équipe de la Criminelle à l'Arsenal. Lanny Gruber est mort. Ensuite, alertez tous les agents et les inspecteurs dans ce secteur et avertissez-les qu'il y a un lion... C'est ça, Sokolsky, un lion en liberté dans le parc. Les chefs ont envoyé trois jeeps blindées avec des tireurs d'élite et des balles tranquillisantes. Que personne n'essaie de l'arrêter avec un Spécial police. Ça ne servirait à rien.

Après avoir transmis ces ordres à tous les agents et aux voitures de police, dans le parc et alentour, Sokolsky abaissa sa manette réceptrice et fit signe à Tonnelli.

— Quelque chose d'autre arrive, lieutenant, annonça-t-il puis il écouta pendant quelques instants et hocha la tête. Les mêmes types du 22e. Ils ont enquêté sur place et ils ont constaté la disparition d'un des camions des services du parc. Il paraît que Lanny Gruber avait l'habitude de faire une ronde vers minuit, dans le secteur du zoo. Et après, il garait le camion au sud de l'Arsenal, vous savez, après s'être assuré que personne ne rôdait par là...

Tonnelli l'interrompit d'un geste tranchant.

— Quand ont-ils constaté la disparition ?

— Il doit y avoir deux minutes.

Des possibilités, des horaires, des routes se formaient dans les pensées complexes de Tonnelli. Pas au sud mais au nord. Il ne roulerait pas au sud vers ce barrage de voitures de police de la 59e Rue. Au nord, donc. Il y avait au moins vingt minutes, peut-être plus. Et la destination de l'Egorgeur ? Boyd lui avait donné une réponse à cette question.

A l'ouest à travers le Ramble, parallèlement à la 77e Rue. Si Kate Boyd était vivante, c'était là que se dirigeait l'Egorgeur. Si elle était morte, il irait inévitablement vers le nord dans l'espoir de s'échapper du parc par les secteurs plus sauvages qui rejoignaient le lac Meer et le bord de Harlem.

Sokolsky redressa une manette et parla dans son micro :

— Code Trois, toutes les unités...

Mais Tonnelli secoua vigoureusement la tête.

— Un instant !

Sokolsky le regarda d'un air surpris.

— D'accord, lieutenant, mais je croyais...

— Un peu de finesse, ce coup-ci.

Gipsy se retourna vers les grands arbres noirs, au nord. Il avait une expression dure, froide, et il plissait les yeux comme s'il avait déjà aperçu son gibier.

— Laissez tomber le rapport sur le camion disparu, Sokolsky. C'est un ordre.

— Compris, lieutenant.

— Un dernier mot. Je veux que tous les agents et inspecteurs quittent le Ramble. Dites-leur d'aller se présenter au rapport à l'unité de réserve de Sheep Meadow. Transmettez cette consigne immédiatement.

— A vos ordres, lieutenant.

Tonnelli marcha à longues enjambées résolues non pas vers sa boiture banalisée mais vers une rangée de voitures de police équipées de gyrophare et contenant un arsenal complet, avec des mégaphones et des fusils anti-émeutes. Il fit un signe autoritaire à un jeune agent en tenue, au volant d'une des voitures de réserve. L'agent lui laissa précipitamment la place et, quelques secondes plus tard, Gipsy Tonnelli roulait à travers la prairie vers l'Allée Est.

Tapi dans la cabine obscure et chaude du camion, Gus Soltik regardait deux jeunes agents traverser le parking dans sa direction, leurs torches rouges balayant le sol cimenté. Il ne bougeait pas mais sa main droite se crispait sur le manche de son couteau. Ses pensées étaient en plein chaos, son corps brûlant, et il tremblait.

Le faisceau rouge d'une torche passa sur le pare-brise mais la tête de Gus était sous le tableau de bord et les agents continuèrent leur marche vers l'Allée Est ; bientôt leurs lumières disparurent.

Avec un gémissement d'animal, Gus Soltik sauta du camion et courut sans bruit sous les arbres bordant le parking.

XXV

Luther Boyd s'arrêta dans l'obscurité près d'une énorme paroi rocheuse. Grâce à la radio de Babe Fritzel, il écoutait la conversation entre le chef Taylor « Chip » Larkin et le dispatcher Sokolsky, installé au standard du PC.

Le commandant Larkin se dirigeait vers le nord dans sa conduite intérieure avec chauffeur, du supermarché de Greenwich Village où l'homme armé, après l'incroyable intercession de deux passants, avait libéré ses dix-neuf otages indemnes et s'était rendu, les larmes aux yeux, à la police.

— Sokolsky ? J'ai un rapport du 22e annonçant qu'un camion du parc a été volé à l'Arsenal approximativement au moment où le gardien du zoo a été assassiné. Vous avez ça, Sokolsky ?

— Oui, chef, je l'ai.

Il y avait plus qu'un soupçon de colère dans l'accent irlandais de Larkin.

— Pourquoi n'avez-vous pas alerté toutes les unités ?

— Le lieutenant Tonnelli l'a interdit, chef. Il en a fait un ordre direct.

— Tonnelli est au PC ?

— Non, chef. Il est parti il y a quelques minutes dans une des voitures de patrouille.

— Seul ?

— Oui, chef.

— Central ! dit Larkin en élevant la voix. Ici le commandant de Manhattan-Sud. Mettez-moi en communication avec le lieutenant Tonnelli et que ça saute !

Boyd, maîtrisant ses émotions par une discipline acquise au cours d'années d'entraînement, restait parfaitement immobile, alors qu'il écoutait le standardiste du Central ordonner à Tonnelli de signaler immédiatement sa position et sa destination au commandant Larkin.

Le lieutenant ne répondit pas. Boyd voyait la situation aussi nettement que si elle se déroulait sous ses yeux sur un écran. L'Egorgeur était dans ce camion volé et Tonnelli le prenait en chasse.

Mais Boyd savait ce que voulait l'Egorgeur et il savait pourquoi. Une seule question se posait maintenant : où abandonnerait-il le camion ?

Avec une ruse animale, l'Egorgeur pourrait comprendre instinctivement que le véhicule l'indiquerait comme une flèche, s'il le laissait près de sa destination.

Alors, où serait l'endroit le plus évident et le plus innocent pour cacher un camion ? Idéalement, une station d'essence ou un parc de voitures d'occasion. Mais cela n'existait pas dans Central Park. La solution frappa alors Boyd, si brusquement qu'elle fit courir dans son corps une onde de choc, d'espoir et de surexcitation.

Estimant qu'il était pratiquement certain de la destination de l'Egorgeur, Boyd put aisément deviner où il abandonnerait le camion, dans le parking le plus proche du Ramble, cette aire rectangulaire adossée au hangar à bateaux, juste au nord de l'Allée Est.

Tonnelli s'arrêta le long du trottoir, près de Max Prima et d'un autre agent postés dans l'Allée Est non loin de la 68e Rue.

Quand il baissa sa vitre et leva les yeux vers Prima, la faible lumière d'un lampadaire courut comme du mercure le long de la cicatrice qui lui barrait la joue.

— Auriez-vous aperçu un camion des services du parc roulant vers le nord, il y a un quart d'heure vingt minutes ?

Max Prima hésita à peine un instant. Comme dans toutes les organisations aux services étroitement liés, les potins et les rumeurs se répandaient dans la police comme un feu de brousse. Et le bruit, déplaisant, courait que le lieutenant Gipsy Tonnelli devenait branque, qu'il avait coupé sa radio, qu'il refusait de répondre au commandant Larkin. Sokolsky avait demandé à toutes les unités de chercher ce camion vingt minutes après que sa disparition ait été signalée par des agents du 22e. Il pouvait être à Long Island à présent.

Mais Max Prima n'avait pas n'importe quel flic, n'importe quel lieutenant de la police de New York en face de lui. Il avait devant lui un homme balafré, une légende vivante dans toutes les cinq circonscriptions, alors il répondit avec simplicité :

— Oui, lieutenant. Nous l'avons aperçu, il doit y avoir dix-huit minutes, roulant vers le nord.

— Toujours cette bonne paire d'yeux, Max, dit Gipsy.

Le camion du parc était à l'extrémité du parking du hangar à bateaux, en partie caché dans l'ombre d'immenses saules pleureurs.

Luther Boyd s'en approcha, le browning au poing. Il ouvrit la portière, sentit l'odeur fétide de l'Egorgeur et vit, comme il s'y attendait, que la cabine était vide. Il y avait des taches de sang sur le cuir du siège de droite.

Après s'être assuré que l'intérieur du camion était vide aussi, Boyd courut à travers le parking vers le terrain découvert qui s'étendait jusqu'au Ramble. Il se heurta à une épaisse haie d'aubépines et s'arrêta devant une brèche pratiquée comme par une bête sauvage. Et, alors qu'il s'insinuait tant bien que mal par cette ouverture, sa torche lui révéla les empreintes reconnaissables des bottes de l'Egorgeur.

A l'attaque maintenant, pensa-t-il et tandis qu'il se ramassait sur lui-même et courait sur la piste de ces bottes, une maxime guerrière, sans rapport mais réconfortante, lui revint à la mémoire : « Mon centre cède, mon flanc droit est écrasé, situation excellente, j'attaque. » C'était la réponse du maréchal Foch au GQG de Paris, lors de la seconde bataille de la Marne.

Quelques minutes plus tard, il aperçut du mouvement au loin devant lui, dans l'ombre des grands arbres agités par le vent. Puis il vit nettement, encore à plusieurs centaines de mètres, une énorme silhouette titubant à travers une prairie illuminée par le clair de lune. Même à cette distance, il distinguait la casquette jaune et les reflets du couteau que l'Egorgeur tenait dans la main droite.

Luther Boyd éteignit sa torche et courut sans bruit derrière son gibier.

Le lieutenant Tonnelli entra lentement dans le parking du hangar à bateaux et ses phares illuminèrent les ailes du véhicule de service. La portière était ouverte, la cabine vide, ce qui confirma la première estimation de la route de l'Egorgeur : dans le Ramble, à l'ouest de la 77ᵉ Rue. C'était la position que Luther Boyd lui avait donnée. Gipsy Tonnelli n'avait pas besoin de suivre la piste des bottes, même s'il avait eu les qualités pour le faire. Eteignant les phares de la voiture de patrouille, il roula lentement hors du parking à travers une prairie bordée par un épais fourré d'aubépines enchevêtrées. Il longea cette haie, qui avait été arrachée en un endroit, et bientôt la voiture se fondit dans l'ombre et le silence des arbres géants.

XXVI

Quand Luther Boyd émergea de l'ombre à la clarté de la lune, dans un petit bocage, le mouvement figea Gus Soltik et il regarda l'intrus avec terreur, tremblant de tout son corps en respirant si rapidement et si péniblement que la bave moussait sur ses lèvres. C'était ce qu'il avait craint ce soir, ce « froid » qui le traquait si cruellement et inexorablement. Ses pensées étaient des pointes d'acier perçant son esprit tourmenté faisant resurgir les menaces du père et les châtiments de sa mère, leur façon de le maintenir pour le battre, sa terrifiante certitude qu'il ne connaissait pas de mots pour les faire arrêter.

Avec un grognement inarticulé de rage et de peur, il arracha le couteau de sa ceinture et se rua sur Boyd. Il leva la lame pour la plonger vers la figure de son ennemi mais Boyd lui coinça le poignet dans un puissant X formé par ses avant-bras croisés. La pointe scintillait à quelques centimètres de ses yeux mais était solidement maintenue là par des muscles bien trempés et quand Soltik tenta de se libérer, Boyd lui maintint la nuque de la main droite et, de toute la force de son poing gauche, il l'envoya rouler par terre.

Quand Gus voulut se relever, Boyd lui décocha un grand coup de pied dans le ventre et, aussitôt après, il lui fractura le poignet droit d'un coup du tranchant de la main qui fit voler le couteau de chasse dans les fourrés.

Sanglotant de douleur, Gus Soltik essaya de se traîner et s'écroula contre un tronc d'arbre.

Il rêvait que cessent ses souffrances et ses tourments. Il voulait que tout soit fini à jamais. Pourquoi était-ce toujours comme ça ?

Sans jamais s'arrêter ? Les yeux pleins de larmes, il voyait cet homme debout au-dessus de lui, qui tenait ce pistolet, et qui avait l'air taillé dans un rocher.

Luther Boyd regardait les traits bouffis de Soltik, les petits yeux couleur de boue, la bouche molle et les dents gâtées, le front proéminent cachant un esprit purulent. Il n'y avait rien à sauver, là, c'était de l'ordure humaine.

Il posa une question, de la voix d'un inquisiteur s'adressant à un homme écartelé sur le chevalet.

— Est-elle vivante ?

Gus Soltik hocha la tête avidement, pris du besoin désespéré d'atténuer en quelque sorte la haine et le mépris qu'il voyait fulgurer dans les yeux de cet homme qui braquait une arme sur sa figure.

— Rendez-vous, dit-il d'une voix rauque, étranglée.

Luther Boyd le saisit par l'épaule et le fit lever puis il le retourna et lui enfonça le canon du browning dans le creux des reins.

— Conduis-moi, dit-il de la même voix dure.

Gus hocha de nouveau la tête, rapidement, presque gaiement, et se mit en marche. Le pistolet dans son dos le poussa à courir gauchement.

La direction prise par l'Egorgeur coïncidait exactement avec la première estimation qu'avait faite Boyd de l'endroit où pourrait se trouver sa fille ; à la pensée que cette terrible nuit allait peut-être finir avec Kate vivante et tiède dans ses bras, il éprouva un immense espoir mêlé de soulagement.

— Chocolat, dit Gus Soltik d'une voix douce, un peu hésitante, interrogative. Canotage ?

— Silence ! ordonna Boyd à voix basse en enfonçant plus fort le canon dans le dos du colosse qui se mit à courir.

Tous deux avancèrent à longues foulées rapides.

Boyd risqua un coup d'œil par-dessus son épaule. Il ne voyait encore rien mais il entendait le léger ronronnement d'un moteur, apporté par le vent. Tout à l'heure, il avait écouté les ordres de Sokolsky à toutes les forces du Ramble de retourner à l'unité de réserve de Sheep Meadow. Donc ce ne pouvait être que Tonnelli qui le suivait, qui le traquait dans une voiture de police, sa passion sicilienne le poussant à détruire l'Egorgeur à n'importe quel prix, même au prix de la vie de Kate.

Tonnelli freina sans à-coups, s'arrêta et coupa le contact. Alors que le silence retombait autour de lui, il ouvrit sa portière avec précaution et descendit, en regardant de tous côtés dans les ténèbres du Ramble. Rien ne bougeait dans cette étendue noire, à part les silhouettes des arbres se mouvant sur le fond du ciel clair ; il n'y avait d'autre bruit que le vent dont les rafales faisaient de temps en temps tomber des feuilles d'automne.

Tonnelli avait la main sur la crosse de son pistolet. Il savait que Boyd avait un émetteur-récepteur et n'ignorait pas que le Ramble avait été vidé de tous les policiers. Et il était naturellement au courant du camion disparu.

Le lieutenant resta immobile et silencieux pendant trente secondes au moins, guettant un signe de Boyd ou de l'Egorgeur, sondant un silence presque surnaturel en tournant légèrement la tête de côté et d'autre pour tenter de capter un son ou un mouvement, comme un radar humain.

Enfin Gipsy se remit au volant avec précaution, carra son torse puissant sur le siège de cuir, tourna la clef de contact et laissa le moteur tourner au ralenti avant d'effleurer l'accélérateur et de rouler lentement vers un tunnel formé par d'immenses sapins.

Luther Boyd avait arrêté l'Egorgeur en lui empoignant le bras et tous deux s'étaient figés quand Boyd avait entendu le moteur de la voiture de patrouille se taire dans le silence de la nuit. Il se retourna sur les fourrés enchevêtrés et les cimes oscillantes des arbres, en cherchant à analyser la tactique de Tonnelli. Pourquoi s'était-il arrêté ? Est-ce qu'il le traquait à pied, maintenant ?

Enfin, après un silence de plus d'une minute, Boyd entendit le moteur se remettre en marche et il essaya de juger si Tonnelli avait pu localiser sa position.

Il poussa de nouveau Gus Soltik en avant avec le browning.

— Plus vite, dit-il d'une voix aussi basse que le vent chuchotant dans les arbres.

Gus sentait le sang couler de sa blessure rouverte et un gémissement lui échappa.

— Silence, répéta tout bas le colonel.

Les larmes aveuglaient Gus. Chaque fois que ses lourdes bottes retombaient par terre, la douleur fusait dans tout son corps. Des spasmes soulevaient son grand torse mais l'air ne lui apportait aucun soulagement, brûlait ses poumons comme les flammes qu'il redoutait à la messe des morts. Il était au bord de l'effondrement, il avait la vue brouillée par les larmes et quand il buta brusquement contre une racine, il s'affala de tout son long, écrasant de tout son poids son épaule blessée par la balle. Un cri involontaire fut arraché à sa gorge et il hurla encore une fois quand Boyd lui saisit les bras et les tira pour le remettre sur ses pieds.

Puis il lui plaqua une main brutale sur la bouche.

— Il y a un flic derrière nous, dit Boyd en scrutant les yeux terrifiés de l'Egorgeur. Il veut te tuer.

Gus Soltik ravala le cri qui cherchait à exploser de son gosier car il comprenait vaguement, dans les profondeurs opaques de son cerveau, que ce « froid » arrêterait de lui faire mal tandis que l'homme à la cicatrice dont il se souvenait avec terreur continuerait toujours...

Tonnelli freina et abaissa rapidement sa vitre. Tout était silencieux maintenant mais il avait entendu les cris et il savait qu'il était sur la bonne piste. Dégainant son 38, il prit le mégaphone sur le tableau de bord et le posa sur le siège à côté de lui, puis, d'une sombre humeur triomphante, il écrasa l'accélérateur au plancher et la grosse voiture fonça dans une brusque poussée de puissance comme si elle était projetée dans les ténèbres par une catapulte géante.

Boyd entendit la soudaine accélération et, simultanément, il fut aveuglé par des phares. Alors qu'il pivotait pour faire face à la voiture qui se ruait sur eux, Gus Soltik se laissa tomber par terre et tenta d'étouffer ses cris en pressant sur sa bouche ses poings énormes.

Tonnelli freina pile et donna un coup de volant ; la voiture s'arrêta net en dérapant, à dix mètres d'eux, et aussitôt il eut le 38 dans une main, le mégaphone à ses lèvres.

— Otez-vous de là, Boyd !

— Foutez le camp, Tonnelli. Vous aviez promis de le prendre vivant mais vous avez voulu le massacrer.

— Allez vous faire foutre ! gronda Tonnelli, sa voix amplifiée frémissante de colère et d'impatience. Nous abattons le dingue. Ensuite j'inonderai ce parc avec un millier d'hommes pour retrouver votre fille. La priorité numéro un, c'est lui. C'est la police que ça regarde. Ne m'obligez pas à vous abattre aussi, Boyd.

— Notre accord ne comprenait pas le sacrifice de ma fille, répliqua froidement Boyd.

— Vous n'êtes qu'un civil larmoyant, après tout, tonna le lieutenant avec mépris.

— Il me conduira à ma fille. C'est ça qui importe. Rien d'autre.

— Vous vous trompez, Boyd. Il n'y a pas que ça en jeu.

— Je l'emmène d'ici, tout de suite, déclara le colonel.

— Nom de Dieu ! Ils vont plaider et lui obtenir cinq ans dans un abri douillet. Ensuite, il sera de nouveau lâché dans les rues avec son couteau. Combien de gosses va-t-il se payer au prochain tour ? Nous le tenons maintenant, Boyd. Je veux le voir mort. Vous refusez de me comprendre ?

— Debout, dit Boyd à l'Egorgeur.

— Une dernière fois ! hurla Tonnelli. Otez-vous de là !

— C'est ce que nous verrons, répondit calmement Boyd.

— Très bien.

Tonnelli passa en marche arrière et accéléra. Tandis que la voiture bondissait à reculons, il tourna le volant jusqu'à ce que la calandre se pointe directement sur Boyd et Soltik.

— J'arrive ! glapit Tonnelli en changeant de vitesse.

Il colla l'accélérateur au plancher mais alors que la voiture fonçait à la puissance maximale, Boyd leva le browning et tira dans le côté droit du pare-brise.

Il tira encore deux fois et si rapidement que les deux détonations se confondirent. Les deux phares éclatèrent et plongèrent cette arène folle dans le noir absolu.

Dans la voiture, Tonnelli avait replié un bras contre sa figure pour se protéger des éclats de verre. Aveuglé par l'obscurité, il entendit encore deux coups de feu et il perdit soudain le contrôle de sa voiture, les deux pneus avant éclatés. Tandis qu'il se bagarrait fébrilement avec le volant pour stabiliser sa direction, la voiture s'écrasa contre un orme géant.

Ce fut à cet instant précis, dans ce terrifiant vacarme, que la douleur dans l'esprit de Gus Soltik devint insoutenable. Avec un cri d'angoisse couvert par la collision de la voiture de Tonnelli, Soltik se traîna en se relevant à demi et disparut comme un crabe dans les ombres du Ramble.

Boyd écouta le bruit de son passage dans les fourrés. Il hésita tout juste le temps de s'assurer que Tonnelli n'avait pas perdu connaissance et pouvait demander des secours par radio s'il en avait besoin.

Puis il courut à la poursuite de l'Egorgeur. Il avait fait une dizaine de mètres quand il l'entendit buter et tomber, il entendit le corps lourd dévaler un long escarpement rocheux en entraînant une bruyante cascade de cailloux et de branches mortes.

Quand l'Egorgeur atterrit au bas de la pente, il poussa un cri de douleur, une plainte déchirante et puis ses cris cessèrent.

Luther Boyd, du sommet de l'escarpement, vit le corps de Soltik empalé sur un éperon triangulaire de roche noire, un instrument d'exécution impersonnel, arbitraire, sans jugement ni raison, dont la pointe aiguë comme un couteau avait plongé dans la poitrine de l'homme et ressortait luisante de sang au milieu du dos.

Il y avait du sang sur la grande main de Gus tendue devant lui, pointant vers l'immense sentinelle d'un arbre où Luther Boyd s'était déjà arrêté une fois, dans sa poursuite de sa fille et de l'Egorgeur.

C'était l'arbre foudroyé, au tronc fendu à environ trois mètres du sol, c'était là qu'il avait vu le bois mort autour du trou garni de petites feuilles d'automne poudrées de givre.

C'était l'erreur qu'il avait commise et maintenant il priait Dieu, en se maudissant sans pitié, de n'avoir pas découvert la faute trop tard pour sauver Kate. A une vitesse dont il ne se croyait pas capable, il courut vers le chêne spectral en criant le nom de sa fille, mais seuls les échos lui répondirent.

Ce n'étaient pas des feuilles d'automne aux couleurs vives, poussant de façon invraisemblable sur du bois mort à trois mètres du sol, ni l'éclat de petites baies, pas plus que les plumes d'un rouge-gorge ou d'un cardinal bordant le trou béant, mais des fils de nylon de l'anorak de Kate.

Boyd s'arrêta au pied de l'arbre et murmura une nouvelle prière en fléchissant les genoux pour sauter le plus haut possible et s'accrocher aux bords du trou. Il balança ses jambes et, plaquant ses pieds contre le tronc, il resta suspendu, tirant de toute sa force sur le bois en se servant autant des muscles de ses cuisses et de son dos que de ceux de ses bras et de ses épaules. Combien de temps Boyd resta-t-il dans cette position, il ne le saurait jamais, mais après une éternité, lui sembla-t-il, il entendit un grand craquement et, centimètre par centimètre, un large pan de tronc pourri se détacha, fléchit sous le poids de Boyd et finit par se casser bien au-dessous de ses pieds. En tombant à la renverse, serrant contre lui le bois mort, il vit — une seconde avant de s'écraser sur le sol — sa fille bâillonnée et ligotée dans le tronc creux, le sparadrap sur sa bouche maculé de boue, les cheveux pleins de brindilles et de fragments de mousse.

Les yeux de Kate étaient rendus vitreux par la panique mais elle était indemne et miraculeusement vivante.

XXVII

Joyce Colby se trouvait avec l'inspecteur Miles Tebbet et l'agent Max Prima à la porte des Arstistes, là où la Sixième Avenue croise la 59e Rue et entame sa traversée sinueuse de Central Park.

La nuit était froide. Beaucoup de policiers avaient regagné leurs commissariats et repris leur travail habituel. La circulation était presque normale, la foule de curieux morbides était repartie en apprenant que la petite fille était saine et sauve et au sein de sa famille.

Le vent qui agitait les eaux du petit lac au nord de la 59e Rue faisait voler les longs cheveux roux de Joyce et fouettait ses chevilles nues. Miles Tebbet lui montra une des courbes de la Sixième Avenue, où il avait aperçu le gyrophare rouge d'une ambulance.

— Voilà le grand homme, annonça-t-il.

La nuit avait été infernale, se disait Tebbet, mais grâce à Dieu c'était fini, la 59e Rue était pratiquement déserte, à part quelques policiers, Joyce Colby et cette vieille femme trapue qui paraissait aussi large que haute avec ses couches de lainages sous son manteau. Elle avait été là presque toute la nuit et elle attendait encore, aussi patiente qu'une vache dans un pré, en regardant arriver l'ambulance.

Max Prima s'avança sur le sentier au nord de la 59e Rue et arrêta l'ambulance avec sa torche rouge. Miles Tebbet prit Joyce par le bras, ils se dirigèrent vers l'arrière du véhicule et il ouvrit la portière.

Les deux infirmiers flanquant la civière de Rusty Boyle regardèrent Joyce et l'inspecteur Tebbet avec l'indifférence de ces hommes qui gagnent leur pain en courant aux incendies ou en soignant les blessures par balles ou couteau.

— Qu'est-ce que c'est que ce merdier ? demanda l'un d'eux à Tebbet.

— Un passager de plus, répondit Tebbet en aidant Joyce à monter.

— C'est contre le règlement, protesta l'infirmier mais Joyce l'avait déjà écarté pour se jeter dans les bras de Rusty Boyle.

Il la serra contre lui, reconnaissant de respirer le parfum propre de ses cheveux, reconnaissant même de sentir ses larmes sur sa joue. A moitié endormi après la piqûre qu'on lui avait faite, il avait encore une pensée claire : quand il sortirait de l'hôpital, il irait à l'église de l'Epiphanie au coin de la 22ᵉ Rue et de la Deuxième Avenue, où il allait quand il était petit, et il dirait merci.

Tebbet claqua la portière et l'ambulance tourna à droite dans la 59ᵉ Rue, son gyrophare clignotant et sa sirène hurlant dans le vent.

Par curiosité et simple compassion, il s'approcha de la grosse femme emmitouflée qui, l'œil vide, regardait partir l'ambulance. Elle était comme clouée au sol et il y avait quelque chose de las et d'abandonné dans sa vieille figure usée.

— Je peux quelque chose pour vous, madame ? demanda-t-il.

— Non, répondit-elle en tournant ses yeux ternes vers les arbres du parc.

— Connaissiez-vous des personnes qui ont été mêlées à ce drame, ce soir ?

Elle avait trop peur et elle était trop rusée pour tomber dans des pièges.

— Non, je ne connais personne, marmonna Mrs. Schultz et elle s'en alla d'un pas traînant vers Columbus Circle.

Elle priait encore pour le pauvre garçon bizarre qu'on lui avait confié, mais à présent elle priait dans sa propre langue d'autrefois, pas dure comme cet anglais qu'on lui avait fait apprendre, pas dure comme ce pays pouvait l'être pour certaines gens.

— *Gegrusset eist du Maria*, murmura-t-elle dans la nuit, *full der Gnade der ist mit dir du bist Gebenedeit under den weibern und gehendeit ist die frucht deine libes, Gesus. Heilige Maria Mutter Gottes bitt für uns sinners jetzt und in die stundes unser todes. Amen.*

Luther Boyd porta sa fille à travers les clairières qui devaient les conduire aux sentiers donnant dans l'Allée Est. Elle le tenait serré par le cou, la figure enfouie contre le creux de son épaule.

Les mots ne seraient encore d'aucun réconfort, il le savait par sa longue expérience des hôpitaux de campagne. Les soldats avaient besoin de lettres de la maison, de douceurs, des soins maternels des infirmières, mais jamais Boyd n'avait connu de blessé qui éprouverait un soulagement à parler de l'impact de la balle ou de l'éclat d'obus, de l'éclatement des os, de la douleur et de la nausée qui suivait.

Parler serait utile plus tard, peut-être en compagnie de médecins. Et tous deux pourraient prendre de longues vacances aux sports d'hiver, à Tahoe-Donner. Tous deux, pas trois, pensa-t-il avec une amère résignation.

— Papa ?

— Oui, mon bébé ?

Elle resta un moment silencieuse, puis elle dit, si bas qu'il eut du mal à l'entendre :

— Je lui ai dit que tu l'aiderais.

— A qui, Kate ?

Elle ne répondit pas et appuya sa joue plus fort contre l'épaule de son père.

— Tu l'as dit à l'homme, c'est ça ?

Elle hocha lentement la tête.

— Je sais qu'il a tué Harry Lauder, mais j'étais sincère quand j'ai dit que tu l'aiderais. Tu pourrais, papa...

La force et la compassion de sa fille firent monter des larmes aux yeux de Boyd. Et il comprit avec fierté, mais aussi avec un certain chagrin, que l'humanité de cette enfant lui avait été inculquée par sa mère, pas par le colonel Luther Boyd.

— Il m'a fait peur et il m'a ligotée mais il ne m'a rien fait d'autre. Il voulait me parler. Je le voyais bien.

Il se dit que cela expliquait sans doute les divagations hésitantes de l'Egorgeur, sur des rendez-vous, du chocolat et du canotage. Kate avait peut-être vu quelque chose dans cet effroyable déchet d'humanité que lui-même, Luther Boyd, n'aurait jamais pu déceler. Malgré sa terreur, elle avait eu assez de détachement pour éprouver pour lui de la compassion, ou peut-être à cause de sa terreur. Etait-ce cette miséricorde qui lui avait permis de survivre à son effroyable épreuve ? Kate, avec sa sagesse puérile, avait été généreuse avec cet homme, elle lui avait promis l'aide de son père. Et cela avait pu faire dévier les monstrueux besoins de l'Egorgeur, gagner du temps en attendant d'être sauvée.

— Nous en parlerons plus tard, dit-il et il fut soulagé de voir qu'elle était distraite par les lumières rouges des gyrophares de la police, arrivant entre les arbres.

— Maman est là ? demanda-t-elle.

— Oui, mon bébé.

Lorsque Kate aperçut sa mère qui descendait d'une des voitures, elle sauta des bras de son père et courut à travers la prairie, un peu chancelante, en pleurant pour la première fois depuis que Luther Boyd l'avait découverte.

Barbara la serra dans ses bras, aussi fort qu'il était physiquement possible, en répétant inlassablement son nom comme si c'était une garantie que cette chaude et douce présence dans ses bras n'était pas un produit cruel de son imagination.

D'autres personnes descendirent des voitures de police, les inspecteurs Jim Taylor et Ray Karp, Crescent Holloway et Rudi Zahn.

Crescent glissa son bras sous celui de Rudi et le contempla avec des yeux lumineux. Il avait la mâchoire enflée et meurtrie et des pansements sur le front et les joues.

— Je suis une zone sinistrée, dit-il.

— Non, tu es absolument magnifique ! répliqua-t-elle.

Kate se détourna de sa mère et leva les yeux vers Rudi Zahn.

— Merci, monsieur, lui dit-elle.

— Ma foi, j'ai essayé, murmura-t-il et tandis que Crescent Holloway se serrait plus encore contre lui, il caressa d'une main la joue de la petite fille. Tout a fini par s'arranger. Nous pouvons en être reconnaissants.

Tout était arrangé, pensait Zahn, véritablement arrangé et il pouvait dire *Auf Wiedersehen* avec chagrin mais sans regret au nom qui le hantait depuis si longtemps, au visage qui avait étincelé dans son esprit durant tant d'années de lassitude : Ilana.

En voyant le léger sourire sur ses lèvres alors que Kate lui maintenait la main contre sa joue, Crescent comprit que, d'une certaine manière, Rudi Zahn était libéré.

Barbara Boyd contemplait son mari. Il y avait une question lancinante dans ses yeux, et elle attendait désespérément une réponse.

XXVIII

La famille Boyd fut raccompagnée chez elle dans une voiture de police par l'inspecteur Carmine Garbalotto, qui les déposa juste devant l'entrée de leur immeuble.

Le lieutenant Gipsy Tonnelli arrêta sa voiture banalisée de l'autre côté de la Cinquième Avenue et coupa le contact. Il avait l'intention d'attendre que la petite fille et ses parents soient en sécurité chez eux, avant de retourner à son bureau et au gigantesque travail d'écritures nécessité par les événements de la soirée.

Garbalotto agita une dernière fois la main aux Boyd et repartit vers le sud.

Les portes tournantes de l'immeuble pivotèrent en scintillant dans la nuit et John Brennan en surgit ; Kate fut bouleversée par tout un mélange d'émotions quand elle vit le petit chat qu'il tenait entre ses mains. Elle le lui prit et il se mit à ronronner, tout doucement. Pauvre Harry Lauder, pensait-elle en caressant la tache blanche soyeuse au front du chaton.

Luther Boyd regarda sa femme ; les angoisses de la soirée l'avaient marquée. Elle avait de grands cernes sous les yeux et ses lèvres sans maquillage étaient blêmes dans la pâleur mortelle de sa figure.

— Quand nous aurons couché Kate et qu'elle dormira, nous pourrons parler de ce que tu veux faire, Barbara.

— Je suis à la maison, Luther, murmura-t-elle.

Elle tremblait comme si un courant électrique la traversait. Des larmes soudaines brillaient dans ses yeux et elle posa enfin la question dont elle souhaitait si désespérément la réponse :

— Est-ce que tu veux bien ?

— Si je veux ! C'est merveilleux ! s'exclama Boyd et il lui enlaça les épaules.

Ils entrèrent dans le hall, Kate avec le petit chat dans ses bras, et Mr. Brennan les précéda jusqu'aux ascenseurs.

— Monte avec Kate, dit Boyd. Je n'en ai que pour une minute.

Il ressortit et regarda Gipsy Tonnelli, de l'autre côté de l'avenue. Ce fut un moment suspendu dans le temps, puis il soupira et traversa.

— Sommes-nous d'accord tous deux pour penser que nous avons fait ce soir ce que nous devions ? Que nous n'avions vraiment pas le choix ?

— Reconnaissons simplement que c'est fini, répondit le lieutenant d'une voix désenchantée. Tout est rentré dans l'ordre. On a même collé deux balles tranquillisantes dans le lion. Le foutu bestiau dormait paisiblement dans une resserre à outils de la 73e Rue.

Boyd sourit légèrement.

— Lieutenant, j'ai une bouteille de bourbon de vingt-huit ans, là-haut. Qu'en dites-vous ?

Mais le moment, l'humeur étaient mal choisis et il ne fut pas surpris quand Tonnelli secoua lentement la tête.

— Merci, mais j'ai une tonne de paperasses qui m'attend, répondit-il en élevant la voix dans le bruit de la circulation intermittente.

— La paperasse c'est pour les gratte-papier, lieutenant. Nous sommes des soldats. Et nous avons quelque chose à fêter.

Tonnelli tourna son profil vers Boyd, en passant machinalement le pouce sur sa balafre. Le colonel, qui s'y connaissait en hommes, devina la signification de ce geste et le tour que prenaient les pensées du lieutenant.

Oui, Boyd avait quelque chose à fêter. Mais les autres ?

La petite princesse avait regagné son château aux fortifications électroniques, pensait Gipsy. C'était à cela qu'ils lèveraient leur verre, cela qu'ils fêteraient.

Mais qui lèverait son verre à Manolo, aux morts du hangar à bateaux et de l'Arsenal ? Et Samantha, Babe Fritzel et Rusty Boyle, avec la cuisse et les côtes en feu, qu'avaient-ils à fêter ?

Pouvait-on dire que John Ransom avait eu un coup de chance, rongé par le cancer avec deux balles en pleine figure ? C'était ce qu'il avait pris ce soir. Et même l'animal humain tué devait compter. Toute la ville comptait, ou le devrait.

Il se tourna vers Luther Boyd. Les deux hommes se dévisagèrent longuement.

— Une autre fois, dit enfin Tonnelli.

— Je comprends, lieutenant, murmura Boyd et il fit un petit salut militaire.

C'est peut-être vrai qu'il comprend, se dit Tonnelli en passant sa vitesse.

Luther Boyd resta sur le trottoir et suivit des yeux la voiture du lieutenant jusqu'à ce qu'elle tourne et disparaisse dans la 59e Rue.

Solitaire, sur ce trottoir, Luther Boyd ressentait ce vide qui l'accablait toujours après la bataille. Même dans la victoire il y avait une impression de perte, la dissolution de cette inévitable et trompeuse fraternité qui se noue entre soldats au combat.

Il comprit alors à quel point il avait tenu à boire ce verre avec le lieutenant Tonnelli.